KB269138

양성성의 문화와 신화

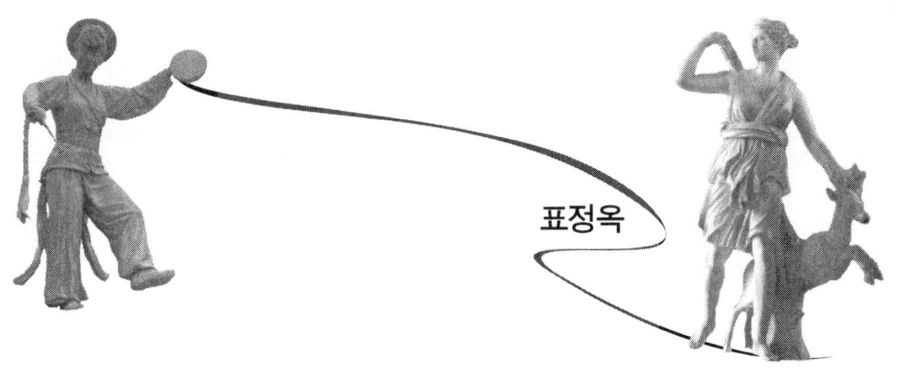

표정옥

지식과교양

■ 서론을 대신하며

양성성, 변화하는 시대의 아이콘

언제부터인가 학문의 새로운 방법으로 통섭과 융합이 화두가 되어 버렸다. 인문학이 다른 학문과 만나고 현재와 과거와 미래가 융합되어야 하고 남자와 여자는 서로 융합되어야만 경쟁력을 발휘하는 시대가 된 것이다. 분산된 것을 융합해서 더 큰 부가가치를 만들어내자고 하는 문화적 제안들이 각 분야에서 활발하게 전개되고 있다. 김광웅은 융합의 시대에 세상을 아름답게 꾸미는 지혜를 디지노그라는 말로 나타내고 있다. 디지털과 아날로그의 결합된 세계를 말하는 것이다. 스티브 잡스는 아이팟을 만들어서 이동하면서 들고 다니는 컴퓨터 시대를 열어놓았고 우리 시대는 그 어느 때보다도 새로운 문화 혁명과 패러다임의 전환을 몸소 체험하고 있다. 이 시대에 변화하는 문화의 새로운 아이콘으로 양성성이라는 코드에 주목해 본다. 양성성이란 완전한 인간형을 지향하는 100여 년 전 버지니아 울프의 개념이다. 그녀의 유명한 책 『자기만의 방』("A room of one's own")의 6장에는 여성과 남성이 융합되는 상상력이 등장한다. 신화학과 종교학에서 양성성의 개념을 중요하게 바라본 미르치아 엘리아데는 양성성의 개념을 더욱 전문화시켜서 신체적 양성성과 심리적 양성성으로 나눈다. 이 시대는 악녀들이 미디어에서 더 이상 비난 받지 않는 심리적 양성성이 난무하고 있으며 남성과 여성의 경계가 없어지는 신체적 양성성이 보편적인 흐름이 되고 있다. 이러한 양성성을 현대 문화의 가장 큰 변화로 받아들이고자 한다.

왜 문화에서 양성성의 여성성을 중요한 아이콘으로 바라보아야 하는가. 여성을 바라본다는 것은 문화의 중요한 한 축을 바라본다는 의미에 다름 아니다. 필자는 문화의 놀이적 상상력에 오랫동안 관심을 가져왔다. 그러한 관심의 일환으로 문학을 놀이의 서사시학으로 풀어내기 시작해서 지금까지 영상과 신화 그리고 축제와 미디어 문화를 연구해오고 있다. 이러한 테마들은 놀이적 상상력과 신화적 상상력으로 집결된다. 특히 최근 몇 년 동안은 우리 문화에서 벌어지는 축제의 필드조사를 펼치고 있으며, 현재 축제에 대한 문화를 심층적으로 읽는 공부를 하고 있다. 그러한 여정 속에서 축제와 문화에 대한 연구 조사를 진행하면서 여성과 문화라는 주제가 떠나질 않았고, 어느새 문화 전반에 그려지는 여성들의 데이터를 양성성이라는 고리로 묶어 가고 있었다. 이 연구를 위해 지금까지 모아둔 각 분야의 자료를 정리하고 또 새롭게 조사해서 축제 속에 나타난 여성의 신화적 상상력과 양성성을 본격적으로 살펴보기로 한다. 그렇다면 첫째로 왜 여성을 문화의 양성성의 아이콘으로 바라보아야 하는가에 대한 간단한 해답을 제시해야 하겠다. 우리의 문화는 상상력에 있어서 여성이 주인공인 적이 없었기 때문이다. 따라서 여성 중심의 양성성으로 변화하는 문화의 흐름을 읽어갈 필요가 있다.

본고에서는 문화 속 여성이 어떻게 그려져 있는가에 대한 질문을 던짐으로써 여성성 연구의 새로운 방향의 필요성을 강조하고자 한다. 우리의 문화에서 여성은 즐거운 결말의 이야기를 유도하기보다는 슬픔을 달래주는 일종의 위령제이거나 제의적 상상력을 함축하고 있는 경우가 허다하다. 특히 축제의 여성 주인공은 억울하게 죽었거나, 억울하지는 않지만 스스로 제물이 되기로 결심한 처녀들의 위령이 많았고, 남편과 헤어져 망부석이 되었거나 가족의 안녕을 위해 희생한 모성 또한 많았다. 사랑에 성공한 여성들도 무척 많았으나 그들은 하나같이 모진 시련을 감내해야만 사랑을 이룰 수 있는 시련담을 겪어야 했다. 또한 정절의 시험대에 늘 던져지거나 모든 욕망을 거세한 여성이 되기를 강요받고 있었다. 설령 정상적인 사랑을 이룬 경우라도 그녀들은 영웅의 탄생을 위해 자신의 고귀한 신분을 버려야만 했었던 것이 축제 속 여성들의 풍경이었다. 그렇다면 이러한 현상만을 볼 것이 아니라 여성 상상력의 근간을 보다 심층적인 원형 상상력을 통해서 바라보아야 할 것이다.

문화 속 여성의 상상력은 우리 민간 신화의 여성 상상력의 심층적인 이해를 필요로 하는 것임을 주목해야 할 것이다. 우리 문화 속 여성 주인공들은 그 자체로 일종의 설화를 가지고 등장한다. 이 설화의 근간적 상상력은 우리의 민간신화와 전통적으로 함께 읽히는 부분이다. 따라서 〈삼공본풀이〉 〈원천강 본풀이〉 〈바리데기〉 〈궁상이굿〉 〈성주풀이〉 〈천지왕 본풀이〉 〈칠성본풀이〉 〈세경본풀이〉 〈관청아기 본풀이〉 〈삼승할망본풀이〉 〈제석본풀이〉 등 민간신화의 상상력을 현대적인 여성주의 시각에 입각해 다시 읽어볼 필요가 있다. 이러한 읽기가 먼저 선행되어야 우리 문화에 재현되거나 현현되는 여성 신화적 상상력을 살피는데 보다 가깝게 다가갈 수 있을 것이다.

양성성으로 현대 여성 문화를 검토하는 것은 단순히 여성과 문화를 협소하게 읽는 것이 아니라 문화의 거시 구조를 읽는 과정이라 할 수 있다. 수렵 시대와 농경 시대에 여성은 힘을 필요로 하는 영역에서 남성에게 의존할 수 밖에 없었다. 그러나 디지털 시대에는 어디에서도 남성의 보살핌을 요구하는 곳은 없다. 우리 문화의 발달은 양성성을 향해 나아가고 있다는 생각이 든다. 문화는 한쪽으로만 질주할 수 없는 특성을 가진다. 즉 어느 한쪽이 성장하면 다른 한쪽도 함께 그 만큼 성장하는 것이다. 여성과 남성의 관계도 마찬가지다. 양성성이란 남성과 여성의 특성이 적절하게 배합되어 가는 문화적 현상이다. 따라서 양성성이란 용어는 여성을 이해한다는 협의의 의미를 넘어서 문화와 인간을 이해한다는 광의의 문화해석이 될 수 있다.

왜 인류의 역사는 여성에게 시련담과 희생담의 주인공이 되도록 신화화 시켰을까. 여기에서 여성의 신화 상상력을 여성이라는 성적인 의미로만 읽을 것이 아니라 타자화의 과정으로 읽어야 하지 않을까하는 필요성을 염두에 두면서 문화를 살펴볼 수 있다. 이는 미국 하버드 교수인 댄 킨들런이 알파걸이라는 새로운 여성의 탄생을 담론화시키는 시점에 더더욱 필요한 연구라 하겠다. 현대를 살아가는 여성들이 알파걸이라면 현대 축제에서 현현되는 신화 속 여성은 어떻게 의미화 되어야 할 것인가 역시 연구가 필요한 대목이라 하겠다. 알파걸의 긍정적인 문화의미를 해석하는 반대편에 팜므파탈식의 여성 그리기가 동시에 진행되고 있음을 주시해야 하겠다. 이 책은 양성성이라는 요소를 통해 여성의 문화와 남성의 문화라는 이분법적 편견을 넘는 인간을 이해하는 기회로 삼고자 한다.

한국의 여인상을 정의하는 많은 학자들은 그들을 인고와 끈기라는 용어로 정의하곤 한다. 이어령은 삼국유사의 여인상을 이야기하면서 한국여인들은 질김을 가지고 있다고 평한다. 〈도화녀와 비형랑〉의 도화녀의 정절은 신비화되고 있으며, 수로부인의 아름다움은 초자연적인 존재까지 움직일 정도이다. 그런데 기다림과 인고의 표본인 박제상의 부인과 같은 여인상이 반드시 우리네 신화의 여성 인물의 양상은 아니라는 점을 눈여겨 볼 필요가 있다. 우리는 제주도 신화에 나오는 수많은 여신들을 통해 한반도에 전해져오는 독특한 여신들의 특징을 양성성으로 재정의 해 볼 필요가 있을 것이다.

동화, 애니메이션, 드라마, 영화, 신화, 삼국유사, 문학, 축제 등 문화 전반에 나타난 양성성이라는 아이콘에 최대한 촉수를 세워보기로 한다. 문화의 흐름을 거시적으로 느끼면서 그것을 새로운 용어로 읽어보려는 의도이기도 하다. 웹2.0시대를 열면서 인터넷 문화는 쌍방향 소통을 중요한 개념으로 대두시키고 있다. 옛날에는 상상도 하지 못했던 일들이 곳곳에서 벌어지고 있다. 누구나 웹상에 글을 쓰고 언제든지 사람들은 그것에 쉽게 접근할 수 있다. 양성성이란 남성과 여성이 조화를 이루는 개념이면서 소통을 향한 문화적 흐름이라고 볼 수 있다. 남성적 문화가 여성적 문화와 만나서 소통을 하기 시작한 것이다. 이제 과거에 남성이 했던 일들에 여성이 과감히 도전하기 시작했고 금남의 영역이었던 분야에 남자들의 참여가 활발하게 진행되고 있다.

우리는 더 이상 집에서 살림하는 남자를 이상하게 바라보지 않으며 뜨개질하고 바느질 하는 초등학교 남자아이를 이상하게 보지 않는다. 이미 초등학교 교과과정에 뜨개질과 바느질을 남학생들에게 가르치고 있기 때문이다. 미용과 피부에는 전혀 관심 없던 남성들이 아름다워지는 것에 관심을 가지기 시작했고 화장품 광고 모델이 남성으로 바뀌고 있고 밥솥 선전이 남성으로 바뀌고 있고 김치 냉장고의 광고 모델 역시 남성으로 바뀐 것이 더 이상 새롭지 않다. 주로 과거에는 물건을 사주는 대상으로서 존재하던 남성들이 이제는 직접 사용한다는 개념이 광고에 들어가 있다는 것이다. 남성들의 천편일률적인 헤어스타일도 다양한 패션을 자랑하고 있다. 유니섹스라는 말은 이제 더 이상 신조어가 아니라 익숙한 용어가 된지 오래다. 이제는 남성과 여성의 차이가 아니라 인간과 인간의 개인별 특성을 강조하는 시대에 우리는 살고 있다. 이런 시대를 양성성의 시대라 부르고 싶다.

 이 연구는 아모레퍼시픽이 제공하는 혜택을 통해 가능했다. 마지막 애니메이션은 이미 발표한 적이 있는 이야기이지만 본 논의와 깊은 연관성을 가지고 있어서 수정해서 함께 묶고자 한다. 또한 현재 근무하는 숙명여대의 알파걸들에게도 많은 영감을 받았다. 우리의 학생들은 지금까지 문학에서 혹은 신화에서 혹은 동화에서 재현되었던 타자들이 아니라 문화를 직접 만들어 가는 주체적인 여성들이었다. 태생부터 어떠한 불평 등도 경험해보지 못한 학생들이며 여자이기 때문에 새 옷을 양보해야 하거나 여자이기 때문에 대학을 포기해야 하는 경험을 가진 학생들은 거의 없다. 이러한 여성들은 자신의 능력에 대한 제한선을 느끼지 않고 도전하는 패기를 가지고 있다. 그들은 자신이 남성에게 선택되어야 한다는 생각을 하지 않는다. 또한

자신이 여성이기 때문에 앞으로 무엇을 하지 못할 것이라고 생각하
지도 않는다. 이 시대의 남성과 여성은 이미 양성인들이다. 그 양성
성 속에서 보다 창조적인 미래를 찾을 것이다.

목 차

제1장

여성,
봉인을 풀고 걸어 나오다

제1장

여성, 봉인을 풀고 걸어 나오다

안티고네
크레온 왕은 안티고네를 향해
여자도 아니고 남자도 아니라고 말한다.

현대 문화에서 여성의 활약은 눈부실 정도로 발전하고 있다. 금녀의 영역에서 최고 자리를 차지하는 여성들이 늘어나고 있으며 지금까지 여성의 생물학적 특성이 특정한 일에 적합하지 않다는 암묵적인 사회적 편견은 깨진지 오래되었다. 여자 축구가 세계무대에서 우수한 성적을 거두었고 여자 역기 선수는 세상을 번쩍 들어올렸다. 여성이 우주복을 입고 우주에 간다는 생각이 현실로 재현되었고 콜럼버스의 항해처럼 세상을 누비는 여성 탐험가들이 늘어가고 있다. 여성이어서 할 수 없는 것은 더 이상 존재하지 않는 듯하다. 마찬가지로 과거 남성들에게 상상할 수 없었던 변화의 물결들이 퍼지고 있다. 메튜본(Matthew Bourne)은 〈백조의 호수 Swan Lake〉에서 남성 백조들을 선보이면서 기존의 백조에 대한 고정관념을 과감히 깼다. 비단 아름다움이란 것이 여성의 전유물이 아니라는 것이다. 남성들의 발레가 여성들의 발레와는 또 다르게 매우 아름답다는 것을 느끼게 한다. 남성들이 앞치마를 두르고 요리를 하는 광경이 낯설지 않은 시대가 되었고 미디어 광고는 그러한 시대의 변화를 거침없이 보여준다. 여성 고유 영역이었던 가전제품 광고에 남성이 주체가 되는 시대가 되었고 여성의 자리가 더 이상 보조석이 아닌 시대가 되었다. 이미 남녀의 구분은 사라진 듯하다. 이러한 문화적 흐름을 양성성이라고 부르고자 한다.

양성성은 남성 여성의 담론을 넘어서는 문화 일반 개념이다. 인터넷 시대와 미디어 시대에 소통의 문화는 기본적으로 양성성을 가진다. 사소한 이야기의 전말을 모두 이야기하는 섬세한 노출은 지금까지 남성의 문화와는 거리가 있었던 개념이다. 그런데 인터넷 시대에 모든 유저들은 자신의 소소한 이야기를 익명성에 기대어 풀어놓기를 주저하지 않는다. 우리가 사용하는 휴대폰 역시 그 변화의 흐름을 기술의 발전이라는 용어로 진단할 수 있지만, 문화적 용어로 보자면 이는 곧 양성성의 실현이다. 단순히 전화를 걸고 받던 기계가 예뻐지고, 기능이 추가되어 음악도 듣고, 텔레비전도 보고, 영화도 보고, 인터넷도 하며, 은행일도 보고, 편지도 보낸다. 정말 못하는 것이 없는 시대이다. 그 변화의 흐름을 양성성으로 읽어 볼 수 있을 것이다. 하나가 부족했을 때 생기는 문제를 보완하는 상상력으로 휴대폰은 진화하고 있으니 말이다.

동화와 애니메이션에서 불어오는 양성성의 흐름은 어제 오늘의 이야기가 아니다. 이미 그 변화의 선두 지점에 〈슈렉Shrek〉시리즈의 시작이 있었다. 벌써 4편을 거듭하면서 다양한 여성성과 남성성의 변주를 보여주고 있는 디즈니 애니메이션 〈슈렉Shrek〉은 성에 갇힌 공주를 우리가 아는 방식으로 구해내지 않는다는 점에서 신선함을 주었다. 그 이후로 애니메이션과 동화에는 남성과 여성에 대한 다양한 변화가 일어났다. 포스트모던과 다중지능 등 여러 가지 용어로 진단할 수 있지만 우리는 이러한 문화의 변화를 양성성이라고 부르고자 한다.

1. 중심과 주변의 패러다임을 바꾸는 동화

■ 이상해와 당연해 사이

일본 동화작가 나카야마 치나츠가 최근 낸 작품 중에 『이상해!』[1]라는 동화가 있다. 남자가 뜨개질을 하고 인형을 가지고 놀고 바느질을 하면 안 되고 여자는 축구공을 가지고 놀면 안 된다는 고정관념을 가진 어른들을 위해 이 동화는 많은 생각거리를 던져준다. 동화는 물고기들의 남녀 성역할을 다양하게 보여준다. 동화의 주인공들은 기존의 고정 관념을 가진 어른들에게 새로운 생각의 패러다임을 제공한다.

주인공 남자 아이는 어느 날 기억에 없는 이모를 처음 만난다. 화장도 하지 않고 남자처럼 짧은 머리의 이모는 아이에게 무척 낯설다. 이것저것 물어보는 조카를 데리고 이모는 바다로 뛰어든다. 이모는 스킨스쿠버를 하면서 아이에게 물고기들의 재미있는 이야기를 해준다. 흰동가리는 암컷도 수컷도 아닌 몸으로 태어나 상황에 따라 성이 변하는 동물이다. 즉 여성과 남성의 성이 이미 주어진 것이 아니라 상황에 적합한 것으로 변한다는 것이다. 엄마가 아이를 돌봐야 한다는 고정관념을 가지는 아이에게 알을 입 속에서 부화시키는 수컷 도화돔은 신기하기만 하다. 아버지는 늘 나가서 바깥 일을 하고 엄마가 집 안의 모든 것을 해야 한다는 고정관념을 깨준다. 수컷 해마도 배의 주머니 속에서 알을 키워 부화시킨다. 아빠들이 아이를 키우는 것이 물고기 세상에서는 흔히 있는 일이었던 것이다. 또한 반드시 아빠는 직장에 나가고 엄마는 집에 있어야 한다고 생각하는 아이에게 수컷 초롱아귀는 낯설다. 이 물고기는 암컷에게 달라붙어 살아간다. 그러나 그것은 결코 부끄러운 것이 아니라 자연의 질서였다.

 아이는 직접 물고기들과 대화까지 해본다. 남자와 여자에 대한 아이의 고정관념을 듣고 물고기는 놀라고 물고기의 전복적인 이야기를 듣고 아이 역시 놀란다. 그들은 서로 다른 기준으로 이야기하는 상대방을 신기하게 생각한다. 이런 신기한 성역할의 변화들을 듣고 바다 밖으로 나온 아이는 이모와 함께 다시 이모 집으로 향한다. 그런데 바다 속에서 본 수컷해마처럼 털이 덥수룩한 이모부는 아이를 주머니에 넣은 것처럼 아이를 업고 돈까스를 만들고 있었다. 아이는 바다에서 만난 수컷 초롱아귀를 생각했을 것이다. 아이는 바다에 들어갔다 온 후인지라 더 이상 이모부의 모습이 이상하지 않다. 성역할에 대한 편견은 일부러 교육시키지 않아도 너무나 자연스럽게 고착되기 십상이다. 남녀의 성 정체성을 올바르게 배워가는 과정에서 양성성에 대한 교육은 반드시 필요하다. 남자여서 못하고 여자여서 못하는 사고방식은 현대사회에서 더 이상 의미가 없다. 성이라는 편견을 넘어서 우리는 인간의 고유한 특성으로 각자를 바라볼 수 있어야 할 것이다. 아이는 '이상해'라고 생각하던 남녀 간 성역할의 고정관념을 넘어서서 남자와 여자는 서로 도와야 하는 상생과 공존의 관계이며 상황에 따라서는 하는 일이 서로 뒤바뀌는 것이 '당연해'라는 성역할 인식을 하게 되는 것이다.

■ 마법의 드레스와 종이봉지 드레스 사이

애니메이션 〈슈렉Shrek〉을 보면 지금까지 동화 속에서 잠만 자던 공주들이 각성하기 시작한다. 그녀들의 과거 경력은 잠을 자는 것과 왕자에게 구출 받은 것이 전부였다. 그러나 이러한 그녀들에게 혁명 같은 변화가 일어나기 시작했다. 자신을 구해 줄 왕자를 기다리는 것만이 그녀들의 삶이 아니라는 각성이 시작되었다. 즉 자신의 운명을 스스로 개척하겠다는 단호한 모습을 보인다. 언제부터인가 공주들의 드레스 벗는 광경이 애니메이션에서 자주 등장한다. 이는 공주들 스스로 자신의 삶의 의미를 찾아가는 주체적인 양성성의 인간으로 거듭나고자 함이라는 것을 보여주는 것이다. 가장 대표적인 것으로 동화 『종이 봉지 공주』와 애니메이션 〈이상한 나라 앨리스 (2010)〉를 들 수 있다.

『종이 봉지 공주』는 남성적 관점에 의해 그려진 여성신의 모습에 이의를 제기한다. 신화 속에서 여신들이 자신이 좋아하는 남성을 선택하는 경우는 거의 없다. 신화의 여자들은 운명에 저항하지 않고 아름답지만 매우 순종적인 속성을 지니고 있다. 그리고 그리스 신화의 여성들은 가부장적 사회에 미덕이나 가치에 부합되고 사회적으로 교훈을 주는 경우에야 비로소 칭찬과 경배의 대상이 되었다. 그런데 『종이 봉지 공주』의 여성상은 신화에서 제시되고 있는 여성관과는 무척 다르다. 신화에서는 여성을 악의 근원(판도라)으로 폄하하면서도 정반대로 처녀성(아테나)을 숭상하는 이율배반적인 남성 이데올로기를 보여주고 있다는 신화학자 김화경의 지적을 염두에 둘 때 『종이 봉지 공주』의 여성은 악을 퇴치하고 자신의 길을 개척하는 매우 신화 전복적인 인물라고 할 수 있다. 지금까지의 공주와 왕자 동화의 기본구조는 공주가 악당에게 잡혀가는 구조를 취하고 있으며 왕자는 칼과 용맹함을 무기로 악당을 물리치고 공주를 근사하게 구하게 된다. 결국 공주는 왕자에게 고마워하며 왕자와 결혼하는 구조를 가진다.

그런데 『종이 봉지 공주』에서는 나쁜 용에게 잡혀간 대상이 공주가 아니라 왕자라는 점이 특이하다. 이러한 상황에서 공주는 절대 좌절하지 않고 용을 뒤쫓아 가는 용맹함을 떨치고 있으며, 심지어 공주의 상징인 아름다운 옷이 타버린 것에도 전혀 슬퍼하지 않고 거리의 종이 봉지라도 과감히 걸치고 왕자를 찾기에 조금도 망설임이 없다. 기존 동화 구조에서는 왕자가 칼로 용을 물리쳤다면 종이 봉지 공주는 지혜로 용을 무찌른다. 용의 자존심을 최대한 이용해서 용의 무기인 불과 힘을 모조리 탈진시키고 위트와 기지를 발휘해 용을 죽이는 대신 자게 한다. 이 점은 일본의 신화학자인 나카자와 신이치가 주장한 신화의 대칭성을 존중한 신화적 사고라고 할 수 있는데, 자연을 정복해서 파괴시키는 것이 아니라 자연의 대칭적인 구조를 존중해서 인간의 역할을 그 대칭적인 지점에서 올바르게 수행한다는 것이다.

지금까지 왕자의 공주 구원담은 인간과 자연의 대칭구도를 파괴하고 남성 혹은 지배구조를 정당화시키는 야만의 상태를 강화시켰다고 볼 수 있다. 공주는 지혜로움을 무기로 용을 성공적으로 무찌르고 동굴에 갇힌 왕자에게 가지만 왕자의 태도는 종이 봉지 공주에게 진짜 공주처럼 입고 오라는 식의 무례한 태도를 보인다. 이때 왕자는 공주의 역할 모델을 원하고 있었고 공주는 이러한 상황의 부당함과 모순을 왕자에게 지적해준다. 진정한 왕자란 겉만 번지르르한 빈껍데기의 화려한 옷이 아니라는 것을 당당하게 말하고 공주는 자신의 갈 길을 간다. 이 동화는 지금까지 상투적인 "왕자와 공주는 행복하게 오래오래 살았다"는 식의 모호한 해피 앤딩 결말에 종지부를 찍는다.

영화 〈이상한 나라 앨리스(2010)〉는 루이스 캐럴의 『이상한 나라 앨리스』("Alice's Adventure in Wonderland")와 『거울 나라의 앨리스』("Through the Looking-Glass")의 이야기를 확장한 팀 버튼의 영화이다. 어린 앨리스는 어느덧 19살 처녀가 되었다. 19세의 숙녀란 자신의 정체성을 찾아가는 내면여행의 적기이다. 앨리스의 내면여행은 삶의 통과제의를 보여주고 있다. 사업가 아버지의 야망을 이어받은 앨리스는 자유로운 상상을 즐기는 자유분방한 양성적 인간이다. 그런데 어느 날 무도회에서 부유한 귀족 집안 자제인 해미시라는 청년의 청혼을 받게 된다. 앨리스는 청혼을 받는 야외 정원에서 우연히 토끼를 보게 되고 자신도 모르게 토끼를 따라 언더랜드(Underland)라는 신기한 나라로 다시 들어간다.

언더랜드는 현실의 앨리스와 이상의 앨리스가 만나는 통과제의의 상징인 상상의 공간이다. 앨리스가 방문한 언더랜드는 위선의 세계를 상징화시켜 보여준다. 붉은 여왕 주변에 있는 신하들의 과장된 이마, 코, 턱은 빅토리아 시대의 허위의식을 보여주며, 빅토리아 시대를 낙관한 신하들의 거짓된 모습이라고 한다.[2]

앨리스는 언더랜드에서 날뜩한 칼이라는 무기를 찾아서 언더랜드의 나쁜 여왕인 붉은 여왕의 하수인인 재비워키라고 불리는 용을 무찔러야 하는 임무를 부여받는다. 재비위키는 나쁜 괴물로서 생김새는 용과 비슷한 동물이다. 재비위키를 무찌르고 다시 현실로 돌아온 앨리스는 더 이상 아름다운 드레스를 입고 있지 않다. 언더랜드를 모험하느라 옷은 흙투성이로 변하고 무도회에 모인 사람들은 앨리스의 흙투성이 드레스를 향해 야유를 한다. 그러나 앨리스는 더 이상 우물쭈물하지 않고 자신에게 청혼한 해미시에게 자신은 결혼할 생각이 없다고 말한다. 그리고 평생 동안 왕자를 기다리는 이모진 고모에게 왕자는 없으니 정신과 치료를 받으라고 권한다. 돌아온 앨리스는 구혼자인 해미시에게 자신의 아버지 뒤를 이어 사업가가 되어 세상을 돌아다니겠다고 당당히 말한다. 드레스를 벗어던진 공주들은 이제 스스로 자신에게 어울리는 새로운 옷을 만들기 시작한 것이다. 그 옷의 모양은 더 이상 천편일률적인 드레스가 아니라 자신의 취향에 맞는 자유로운 복장이다. 그리고 당당하게 나아갈 것이다.

여행에서 돌아온 앨리스는 빅토리아 시대의 여성들과는 사뭇 다르다. 아버지의 뒤를 이어 중국으로 가는 배에 탄 앨리스에게 애벌레였던 압살롬은 나비가 되어 그녀 주위를 맴돈다. 애벌레가 번데기를 거쳐 아름다운 나비로 성장하듯이 앨리스는 더 성숙한 인간으로 성장할 것이라는 암시를 던져준다. 여성과 남성으로서가 아니라 하나의 성숙한 인격체로서 성장하는 것이다.

■ 마법의 키스와 현실의 키스 사이

키스는 과연 달콤하기만 할까. 왕자와 공주의 가장 아름다운 결말은 키스이다. 키스를 통해 신데렐라는 다시 드레스와 유리 구두를 신은 공주로 변하게 되는 것이다. 키스는 모든 이야기의 결말에서 영원한 행복을 전해주는 대서사시의 정점이었다. 그런데 그 아름답던 키스가 모든 문제의 시작이라고 생각해 볼 수 있다. 현대 동화의 세계와 애니메이션의 세계에서 키스에 대한 생각을 바로잡고자 하는 시도가 상당히 많이 진행되고 있다. 가장 대표적인 것이 애니메이션 〈슈렉Shrek〉의 피오나와 슈렉Shrek의 키스이다.

성에 갇힌 피오나는 사랑하는 사람의 키스를 받아야 풀려난다. 그런데 그 키스의 대상이 잘생긴 왕자가 아니라 괴물 오우거 슈렉Shrek이라는 점에서 일상적인 상상력을 뒤흔든다. 그런데 더더욱 황당한 것은 키스 후에 피오나의 변신이다. 보통 키스는 한 단계 더 진보된 변화를 가져왔던 것이 동화의 고정된 상식이었다. 그저그런 공주가 키스를 받고 나면 눈부신 외모로 거듭난다. 그러나 키스 후 피오나는 더욱 뚱뚱해지고 못생겨진 것이다. 또한 피오나의 아버지가 개구리 왕자였음을 보여주는 대목 역시 키스는 본질을 속이고 환상 속에 살아가게 하는 환상적 요소가 될 수도 있음을 보여준다. 피오나의 아버지 왕은 개구리로 변하면서 사위인 슈렉Shrek을 보다 잘 인정하게 되며 슈렉을 자신의 딸의 짝으로 받아들인다. 결국 키스라는 것은 마법과 현실 사이의 시소놀이를 유도하고 있는 셈이다.

슈렉Shrek 시리즈의 최종판인 〈슈렉Shrek Forever〉의 경우 키스가 전편에 비해서 또 다른 진정성을 수반하고 있음을 다시 역설한다. 룸펠스틸츠헨이라는 독일의 도깨비가 악당으로 등장해서 삶에 찌들어가는 슈렉Shrek에게 단 하루의 운명을 바꿀 수 있는 계약서를 쓰게 한다. 그런데 그 계약은 슈렉이 태어나기 이전으로 돌아가는 함정이었다. 슈렉Shrek이 원하는 시점은 자신이 태어나기 전으로 거슬러 가는 것이다. 슈렉Shrek은 자신을 기억하지도 못하는 피오나와 사랑의 키스를 이루어야만 다시 현실로 돌아오는 것이다. 그러나 슈렉

Shrek의 말을 믿지 않는 피오나는 슈렉Shrek과 아무런 감정도 없이 키스하지만 슈렉Shrek의 모습은 전혀 변화가 없다. 키스는 진정성을 가져야만 본연의 자신으로 돌아가는 것이다.

키스의 환상을 가장 적나라하게 해체시키는 애니메이션은 〈프린스 앤 프린세스 Prince & Princess〉이다. 〈프린스 앤 프린세스 Prince & Princess〉는 고정된 왕자와 공주의 역할을 뒤집고 있다. 고정적인 이미지의 아름다운 공주와 잘생긴 왕자는 신화나 동화의 세계를 현실과 더 멀어지게 하는 기능을 한다. 그러나 이 작품은 세상을 사는 모든 사람, 즉 보잘 것 없는 사람이거나 마녀이거나 공주이거나 사랑을 하면 누구나 공주와 왕자가 될 수 있다는 이야기이다. 여섯 가지의 이야기는 모두 누구나 공주이고 왕자가 될 수 있음을 피력하고 있다. 마지막 이야기에서 왕자와 공주는 키스에 의해 계속 모습이 바뀐다. 두꺼비, 애벌레, 나비, 사마귀, 물고기, 기린, 코끼리, 등등 수없이 변화하다 마지막에는 공주는 왕자로 왕자는 공주로 변하고 서로의 입장에서 살아보기로 한다. 결국 왕자는 공주로 변한 자기의 모습에 무척 불만을 드러내지만 공주는 이러한 전복된 상황을 긍정적으로 받아들이자고 제안한다.

〈프린스 앤 프린세스 Prince & Princess〉에서 키스의 의미는 새롭게 읽혀진다. 키스를 통해 영원한 사랑을 얻을 수 있을 것이라는 환상은 두꺼비와 애벌레로 변한 상대방을 비난하면서 깨지기 시작한다. 키스가 인간의 만남의 아름다운 종결이 아니라 추악하고 이기적인 모습을 한 겹씩 벗겨가는 시험대가 되는 셈이다. 자신들이 바뀌어가는 모습을 보면서 공주와 왕자는 점점 이기적인 표현을 거침없이 하다가 결말에 가서는 서로가 다른 상대방으로 변하는 것이다. 진정한 인간의 화합이 이루어지는 것이라 볼 수 있다. 갈등과 화해를 통해 그들은 왕자에서 공주로, 공주에서 왕자로 변하는 것이다. 공주와 왕자의 진정한 상호 이해를 위해서는 양성성에 대한 이해가 선행되어야 함을 말해주는 애니메이션이다.

키스를 담론화한 또 하나의 애니메이션은 〈공주와 개구리(2009)〉라는 작품이다. 이 작품은 그림 형제의 동화〈개구리 왕자〉를 모델로 E.D 베이키의 소설 『프린세스 엠마』를 기반으로 해서 만들어졌다. 주인공 티아나는 다른 동화 속에서 보이는 수동적인 여성이 아니라 부지런하고 능동적인 여성이다. 티아나는 타인과의 소통과 관계 맺기를 통해 진정한 자아를 찾아가는 인물이다. 개구리가 되기 전에는 타인의 도움을 받는다거나 소통의 중요성을 느끼지 못하였다. 일벌레였던 티아나의 꿈은 레스토랑을 여는 것 이외에는 없었다.

우리는 여기에서 다소 황당한 일벌레 공주를 주인공으로 만난다. 티아나라는 주인공이 그 인물인데 일하는 여성과 알파걸의 전형을 보여준다. 티아나는 언젠가 자신의 레스토랑을 가지고자 하는 미래의 꿈을 가지고 있다. 레스토랑에서 서빙을 하던 티아나는 마법에 걸려 개구리로 변한 뻔뻔한 왕자의 '딱 한번만'이라는 말에 넘어가 개구리에게 키스를 한다. 그러자 티아나의 모습 역시 개구리로 변해 버린다. 개구리로 변한 티아나는 여전히 열심히 일하는 긍정적인 모습을 보인다. 왕자는 티아나의 성실하고 진심어린 모습을 보면서 자신을 반성하게 된다. 꿈을 이루기 위해서 열심히 일하는 티아나는 왕자로 하여금 새로운 삶을 살아가게 해준다. 왕자는 개구리에서 인간으로 변하고자 노력하지만 결국 실패하고 만다. 개구리 티아나와 개구리 왕자는 개구리로 살아가고자 체념하고 둘의 사랑을 지키려고 노력한다. 그런데 진정한 서로의 신뢰가 담긴 개구리들의 키스는 그들을 다시 인간으로 변화시킨다. 이는 키스의 환상성과 키스의 현실성을 잘 보여주고 있다. 자신의 정체성을 확실히 알고 상대방을 진정으로 이해하고 사랑했을 때 키스는 신기한 마법이 되는 것이다.

동화 〈라푼첼〉 역시 왕자와 공주의 이야기이다. 애니메이션 〈라푼첼(2011)〉은 원작의 이야기를 상당히 변형시키고 있다. 그 변형의 중심에는 주인공 라푼첼의 여성성이 놓인다. 즉 원작의 경우에 비해서 라푼첼은 양성성을 소유한 현대적 여성이 되는 것이다. 원작의 경우와 애니메이션의 경우를 비교해보자. 원작 〈라푼첼〉은 그림형제가 〈어린이와 가정의 동화〉라고 하는 책에 실려 있다. 어느 날 마녀의 집 근처에 한 부부가 살았다. 부인은 임신 중이었고 상추(라푼첼)가 너무 먹고 싶었다. 이런 부인을 위해 농부는 상추를 훔치다가 결국 들통이 나게 된다. 마녀는 상추를 훔친 대가로 아이를 요구하고 그 아이는 탑에 갇혀 지낸다. 어느 날 지나가던 왕자는 라푼첼을 발견하고 그녀의 머리를 타고 올라와 사랑을 속삭인다. 이를 안 마녀는 왕자를 탑에서 떨어뜨려 가시덩굴에 눈이 멀게 한다. 후에 장님이 된 왕자를 다시 만난 라푼첼은 눈물을 흘리고 그 눈물은 왕자의 눈을 다시 뜨게 한다. 키스가 주는 기적이 눈물로 다시 재현이 되는 셈이다.

애니메이션 〈라푼첼(2011)〉에는 여러 가지 변형이 일어난다. 일단 마녀의 설정은 비슷하다. 그러나 농부 부부는 왕과 왕비로 재설정되고 마녀는 자신의 마법약초를 먹고 태어난 라푼첼을 데려가 탑에서 친엄마처럼 기른다. 동화 속에서 보이는 마녀가 아니라 사랑을 가득 담아 라푼첼을 키웠기 때문에 라푼첼에게는 어떠한 부족함도 없다. 그러나 라푼첼은 창밖으로 보이는 등으로 수놓은 세계를 동경하는데, 그 등은 왕과 왕비가 공주의 탄생을 기념하는 축제의 상징이다. 공주의 성격은 명랑하고 쾌활하다. 라푼첼의 머리는 사람을 젊게 하는 신비한 힘을 가지고 있기 때문에 마녀는 그녀를 볼모로 잡아두지만 가장 인자한 엄마의 모습을 보인다. 이 애니메이션에는 왕자가 존재하지 않는다. 왕자 대신 지명수배중인 절도범이 등장한다. 폴린 라이더라는 남자는 도망치다가 우연히 탑으로 들어온다. 라푼첼은 그와 만나 세상에 나갈 수 있도록 거래를 하고 드디어 세상에 나오는 데 성공한다. 라푼첼의 행동은 엄마의 강압에 대한 항거나 반항이 아니다. 단순히 세상에 대한 호기심일 뿐이다.

애니메이션 속 라푼첼은 동화 속 라푼첼처럼 왕자의 방문을 받는 인물이 아니라 절도범과 흥정하면서 자신의 삶에 대해서 모험을 즐기는 알파걸이다. 그녀는 자신이 누구인지 스스로 알아가는 주체적인 인물이며 자신의 미래를 스스로 개척하는 양성적인 인물이다. 그녀는 등 축제에 가서 자기의 출생의 비밀과 마녀의 음모를 알아차린다. 그녀는 동화에서처럼 머리가 잘린다. 그 머리는 마녀에 의해서가 아니라 스스로 잘라내는 것이다. 그것은 마법에서 스스로 벗어나려는 주체적인 의도이다. 그녀는 왕자와 결혼하지 않고 절도범인 남자를 자신의 상대로 선택한다. 라푼첼의 지혜와 용기로 남자를 개화시키는 것이다. 이 사랑의 결말은 기존 동화와는 무척 다른 양상을 보인다.

키스는 두 가지로 나누어 생각해 볼 수 있다. 존재를 은폐시키는 환상적인 키스와 모든 것을 알고 소통한 후에 현실을 보듬는 키스이다. 기존 옛날 동화들에서는 전자인 환상적인 키스만을 아름답게 포장하였다. 그런데 현대 동화와 애니메이션에서는 그런 키스가 지나치게 과대 포장되어 본질을 알지 못하게 한다고 생각하게 된 것이다. 동화와 애니메이션에 등장하는 키스의 의미가 변하기 시작한 이유일 것이다. 동화 속 공주와 왕자가 서로를 이해하지 못하고 첫눈에 반한 마법의 키스는 존재를 이해하는 것으로 이어지지 못한다. 왜냐면 그러한 키스는 더 이상 마법을 가져오지 못하기 때문이다. 서로를 이해하기 시작하면서 갈등을 넘고 서로를 진정한 타인으로 받아들이면서 현실의 키스는 현실을 다시 마법이 되게 하는 힘을 가진다. 개구리로 변한 티아나와 개구리 왕자가 서로를 있는 그대로 받아들일 때 그들에게 새로운 마법이 다시 일어난 것처럼 현대 애니메이션은 키스가 현실 속에서 마법이 되어야 한다고 말하고 있다.

■ 사랑과 국가 사이

자신의 사랑을 위해 나라를 배반한 여성들이 참으로 많다. 여성은 자신의 사랑을 위해 조국을 저버릴 수 있는 인물들이었다. 적장을 사랑한 여성들이 그러한 예이다. 호동왕자를 사랑해서 조국을 저버린 낙랑공주와 테세우스를 사랑해서 아버지를 배반한 아리아드네의 조국 배반 이야기는 대표적인 이야기이다. 적장을 사랑하는 이야기는 애니메이션 〈포카혼타스〉에서도 등장한다. 역사적으로 포카혼타스는 존 스미스를 사랑하지 않았고 백인들과도 평화롭게 살지도 않았다. 그녀는 실제로 영국인과 결혼을 해서 자식까지 두었으며 22세의 젊은 나이에 천연두에 걸려서 죽는 인물이다. 〈포카혼타스〉는 인디언의 역사에서 백인을 사랑한 최초의 여자라는 사실 때문에 애니메이션에서는 적장인 존 스미스를 사랑하는 여인으로 등장한다. 애니메이션은 역사적 사건의 일부를 각색했기 때문에 여기에서는 사랑과 국가를 사이에 둔 여성에 대한 이야기를 펼쳐 보자.

역사와는 좀 거리가 있는 애니메이션 〈포카혼타스〉의 내용은 다음과 같다. 인디언 추장의 딸인 포카혼타스는 자유로운 바람의 영혼을 가진 사랑스러운 여자이다. 어느 날 그녀의 부족이 사는 곳으로 영국의 존 스미스 대령이 이끄는 배가 정박하면서 사건은 벌어지게 된다. 추장은 부족의 자랑인 용감한 코코움과 포카혼타스를 결혼시키고자 하지만 포카혼타스는 그가 자신의 운명적인 사랑이 아닐 거라고 생각한다. 그러던 중에 백인 존 스미스를 만나게 되고 그와 사랑에 빠진다. 두 종족의 싸움을 말려보고자 노력하던 중에 코코움은 스미스 부하의 총에 맞아 죽게 되고 스미스는 인디언 부족에게 사로잡힌다. 포카혼타스는 자기 아버지에게 그를 사랑한다고 말하고 두 부족이 선택한 전쟁이 옳지 않은 방법임을 깨우친다. 아버지는 포카혼타스의 사랑에 감동하고 백인과의 싸움을 멈추게 된다. 총에 맞은 스미스는 부상이 심해져서 영국으로 떠나고 포카혼타스는 자신의 부족과 또 아버지를 위해 스미스를 따라가지 않는다. 포카혼타스는 스미스와의 사랑을 꿈을 통해서 예견하는데 이때 400백 살 먹은 버드나무 할머니의 도움을 받는다.

포카혼타스의 삶의 모습은 그야말로 신화적이다. 그녀는 자연의 소리를 듣고 물결의 흐름을 읽으며 땅의 영령들과 교감하는 신화적 인물이다. 스미스가 잡혀서 위기에 처했을 때 그녀는 버드나무 할멈에게 조언을 구하게 되는데 버드나무 할멈은 그녀에게 자연이 하는 소리에 자신을 맡기라고 말한다. 포카혼타스는 땅의 정령과 자연의 소리에 따라 사랑을 선택하게 되고 아버지와 부족의 증오를 자신의 사랑과 용기로 이겨낸다. 이는 인종을 뛰어넘는 아름다운 사랑이라는 표현보다는 문명과 신화의 세계에서 신화의 세계가 문명의 세계를 정복한 이야기라고 할 수 있다. 그 안에서 인류는 자연과 하나 되며 인종과 무관하게 평등하고 평화로워야 하는 것이다. 〈포카혼타스〉가 적장을 사랑한다는 점에서는 신화의 메데이아와 아리아드네를 생각나게 하지만 그 사랑을 성취해나가는 방법에 있어서는 자신의 가족을 희생시키는 잔혹한 사랑이 아니라는 점을 주시할 필요가 있다.

자신의 사랑과 조국의 운명 사이에서 똑같은 사랑 구도를 보여주는 영화는 영화의 패러다임을 바꾼 3D영화 〈아바타〉를 들 수 있다. 포카혼타스의 역할을 맡고 있는 판도라 행성의 공주는 네이티리이다. 그녀는 아바타로 판도라 성에 들어온 제이크 슐리와 사랑하는 사이가 된다. 자신의 부족을 정복하기 위해 고용된 아바타를 사랑하게 되는 구조이다. 판도라 행성의 우두머리이자 네이티리의 아버지는 딸에게 제이크를 훈련시키게 한다. 네이티리에게 지혜를 알려주는 여신은 에이와라고 하는 자연 모성신이다. 그녀는 판도라 행성의 중심이 되는 나무를 지키는 수호신이다. 〈포카혼타스〉의 버드나무 할머니에 해당하는 인물이라고 할 수 있다. 포카혼타스가 자신의 사랑을 지키면서 조국을 선택한 것과는 반대로 영화 〈아바타〉의 제이크 슐리는 자신의 인간 몸을 버리고 나비 족을 위해 아바타로 남는다. 에이와 여신의 도움으로 자신이 사랑하는 네이티리 곁에 남게 되는 것이다. 조국과 사랑 사이에서 한발 더 나아가 네이티리는 믿음으로 제이크를 이끈다. 여성 모성신의 지배를 받는 판도라 행성의 모습은 태초의 여성 모성신의 신화 세계를 보여주고 있다.

이와 조금 다른 차원의 이야기이지만 사랑과 조국이라는 담론에 여자가 중심에 선 이야기가 있다. 남장을 하고 전장에 나서는 여성으로 그 이름은 뮬란이다. 그녀는 전쟁이 나자 아버지를 대신해서 전쟁에 나선다. 디즈니 애니메이션 〈뮬란(1998)〉과 영화 〈뮬란(2009)〉의 이야기이다. 포카혼타스를 양성성의 여성으로 지목한 이유는 국가와 사랑 사이에서 고뇌하던 신화 속 여성들이 국가를 배반한 것에서 한발 나아가 자신의 사랑과 절충점을 찾고자 한 점 때문이다. 애니메이션 〈뮬란〉은 화목란이라는 중국 실존 여성을 모델로 만든 이야기이다. 애니메이션 〈뮬란〉은 전장에서 승리를 거두고 사랑하는 사람까지 얻는 행운의 여자로 등장하지만 영화 〈뮬란(2009)〉은 다소 다르다. 〈뮬란〉은 중국 위진남북조 시대를 배경으로 펼쳐지는 이야기이다. 위나라의 풍요로움을 시기하는 유연족이 위나라를 위협하면서 전쟁은 시작된다. 어렸을 때부터 무술을 즐기던 화목란은 아버지 몰래 남장을 하고 전쟁터에 나가게 되고 연이은 승전보를 날린다. 화목란은 뛰어난 무술 실력과 지략으로 동료 문태와 함께 장군의 자리에 오른다. 화목란의 잇따른 승전보를 시기하는 대장군은 그녀와 그녀 부대를 계략에 빠뜨린다. 하지만 위기를 잘 이겨낸 화목란은 자신의 아버지에게 명예를 전한다. 그리고 자신이 사랑하는 장군의 방문을 받지만 그들의 사랑은 이루어지지 않는다. 조국과 사랑 사이에 갈등을 겪던 신화 속 여성들이 자신의 사랑만을 위해 선택한 길에는 늘 불행한 결말이 기다리고 있었다. 아리아드네는 아버지 미노스 왕을 배신하고 테세우스를 돕지만 그녀는 홀로 섬에 남겨지게 된다. 아리아드네는 사랑을 위해 조국을 등지지만 결국 사랑에 성공하지 못하는 인물이다. 그러나 영화 속 화목란은 조국을 위해 스스로 남장을 선택하고 최고의 지위에 오른다. 또한 조국을 위해 전쟁에 나간 화목란은 사랑과 자신의 임무를 바꿀 생각을 하지 않는다. 그녀는 감성과 이성을 함께 겸비한 이상적인 현대 양성성의 여인으로 볼 수 있다. 즉 그녀는 자신의 상황을 지혜롭게 풀어가는 여성인 것이다.

■ 잠자는 공주와 투쟁하는 공주

포스트모던 시대에 동화 속 주인공들은 엄청난 변화를 거듭했다.

이미 선과 악은 그 역할을 뒤바꾼 지 오래다. 〈늑대가 들려주는 아기 돼지 삼형제 이야기〉에서 우리는 주인공 늑대의 이야기에 귀를 기울이게 된다. 못된 돼지들이 늑대에게 야박하게 설탕 한 스푼도 안 빌려주는 바람에 착한 늑대는 고생을 한다. 늑대는 감기에 걸려 재채기를 했을 뿐인데 지푸라기 집과 나무 집이 모두 무너져 버리는 것이다. 무너져버린 집에 돼지는 당연히 부산물이 된다. 죽은 돼지를 그냥 외면하는 것은 음식에 대한 예의가 아니라고 생각한 늑대는 돼지 두 마리를 어쩔 수 없이 먹었을 뿐이다. 이처럼 어린이 동화와 그것을 애니메이션으로 만드는 과정에서 주인공들의 고정된 역할이 이미 상당부분 변형되었다. 특히 공주를 다루는 영화들이 그러한 움직임을 가장 빠르게 받아들인다.

애니메이션 〈라푼첼(2011)〉과 영화 〈백설공주(2012)〉는 공주가 자신의 운명에 맞서 투쟁하는 적극성을 가진다. 애니메이션 〈라푼첼〉에서 주인공 라푼첼은 왕자를 기다리는 여성이 아니라 자기 스스로 마법에 맞서 싸우는 여성이다. 라푼첼은 자신을 가둔 마녀를 무찌르고 자신의 아버지와 어머니를 찾아 나서는 진취적인 인물이다. 마찬가지로 영화 〈백설공주(2012)〉에서 백설공주 역시 자신의 운명을 개척하는 여성으로 등장한다. 아무것도 모른 채 쫓겨나서 바보같이 사과를 먹는 그 옛날 동화 속 여성 주인공은 더 이상 공감을 얻기 어렵다. 따라서 각색된 영화 〈백설공주(2012)〉에서는 주인공들이 상당히 변화된 모습을 보인다. 백설공주는 어릴 때 어머니를 잃고 계모를 맞이한다. 그러나 계모는 다름 아닌 마녀였고 그녀는 아버지를 괴물로 변신시켜 왕국을 자신의 손아귀에 넣는다. 왕비는 세상에 백설공주의 존재를 이상하게 알리고 왕은 죽은 것으로 처리한다. 백설공주는 못생기고 부족한 아이로 세상 사람들에게 인식되어지고 왕비는 나라의 재산을 모두 탕진한다. 백설공주는 자신에게 부여된 사명을 생각하는 능동적인 여성이다. 자신의 왕국의 처참한 모습을 직접 확인한 후에 여왕에게서 왕국을 되돌려 받기 위해 자신을 단련시킨다. 잠자는 백설공주는 더 이상 잠만 자지 않는다. 그녀는 자신의 왕국을 위해 자신의 사랑을 되찾기 위해 스스로 일곱난장이들에게 칼 다루는 법을 배우고 무술을 연마한다. 어느새 백설공주는 일곱난장이들의 정신적 리더로 자리 매김한다. 공주는 마녀 계모 왕비가 자신이 사랑하는 왕자와 강제로 결혼하려고 하자 왕자를 납치할 만큼 과단성을 보인다. 해피앤딩은 그냥 주어지는 것이 아니라 백설공주의 노력이 빚어낸 보상인 것이다. 백설공주의 변화된 모습은 우리 안에 내재된 양성성의 발현이다. 이 시대의 욕망은 백설공주를 더 이상 잠만 자게 하지 않는다. 그녀는 CEO와 같은 리더십을 가지며 모험가와 같은 탐험심도 가져야 하며 자신의 적과 싸울 수 있는 용맹함도 가져야 한다.

2. 신발을 벗는 신데렐라의 다양한 변주들

■ 전족에서 날개 단 헤르메스 신발로

남자에게 신발은 자신의 정체성을 찾아가는 표지 같은 상징물이다. 테세우스가 자신의 존재를 찾아가는 신표로 신발이라는 것을 찾는 것은 참으로 의미심장하다. 신발은 테세우스에게만 있었던 일은 아니다. 우리 신화에서도 신발은 존재를 알리는 매개체로 등장했는데 낙산의 두 영웅 의상과 원효의 이야기에서 신발이 등장한다. 『삼국유사』의 '탑상편'에 실린 '낙산의 두 성인 관음과 정취, 그리고 조신'이라는 부분을 만나게 된다. 여기에는 의상, 원효, 범일, 조신의 이야기가 펼쳐진다. 모두 낙산사와 관련된 사람들이지만 범주가 조금은 나뉜다. 의상, 원효, 범일은 명승들이고, 조신의 이야기는 낙산사를 지키는 사찰 관리자의 이야기이니 말이다. 어떤 학자들은 이 장을 두고 본문과 부록이 함께 있는 장이라고 부르기도 하고 부록이 더 유명한 장이라고 부르기도 한다. 원효가 부처를 맞이하는 장면을 매우 신성하게 표현하고 원효가 낙산에 가다가 길에서 만난 여자에게 물을 청하자 여자는 핏물을 원효에게 건네준다. 그때 나무 위에 있던 새가 원효를 향해 조롱 섞인 말을 건다.

원효는 그때 나무에 걸린 신발 하나를 보게 되는데 낙산사에 돌아와 부처를 보니 나머지 신발 하나가 법당에 놓여있었다. 원효는 그제야 자신이 만난 여인이 부처의 화신임을 알게 되었다는 이야기이다. 달마대사와 관련된 신발이야기 역시 달마대사의 존재를 알려주는 표지로 작용한다. 이렇게 신화 속 남성의 신발들은 모두 존재의 정체성을 알리는 표시로 활용되어 왔었다.

여성에게 신발은 어떤 의미인가. 한마디로 여성에게 신발은 억압과 신분 상승의 대상이었다. 즉 중국의 전족처럼 여성을 사회적으로 억압하는 장치로 쓰였는가 하면 유리 구두처럼 한 순간 신분 상승의 도구로 활용되었던 것이다. 중국의 전족은 3-5세에 진행된 악습이었다. 여성들의 발 크기가 10센티미터였을 때가 가장 아름답다는 잘못된 사회적 악습이었는데, 이는 여성들을 안방에 가두고 남성들의 성욕구를 충족시키고자 하는 비정상적인 풍습이었다. 즉 전족을 하지 않으면 미인이 될 수 없고 결혼도 하지 못하게 되는 잘못된 여성관을 낳았다. 따라서 여성들은 불편함을 감수하고 등이 휘어져 가는 비정상적인 성장을 겪을 수밖에 없었다. 사회의 잘못된 이데올로기는 여성의 상속권을 부정하면서 사회적인 존재로 인정하지 않는 구조를 낳았다. 마치 열녀 이데올로기가 일본 에도 시대 여성과 조선 시대 여성을 억압했던 것과 같은 이치이다.

여성에게 억압의 상징이 되었던 중국의 전족과 같은 신발이 이 시대에는 더 이상 존재하지는 않는다. 과연 그렇다면 신발은 어떤 상상력을 주는가. 유명한 인터넷 사이트인 네이버는 날개를 단 이미지로 등장한다. 바로 헤르메스라는 신의 신발 장식이 날개 모양으로 차용된 셈이다. 헤르메스라는 신은 신들의 전령이자 여행과 상업의 신이어서 늘 날개달린 신발을 신고 다닌다. 유명한 상품 브랜드인 〈에르메스〉역시 바로 이 신의 이름에서 온 것이다. 문화의 전령이 되고 있는 이 신의 특성에 주목해서 현대 시대를 진단한 학자가 있다. 질베르 뒤랑이라는 프랑스 신화 학자는 현대 문화를 헤르메스의 시대라고 불렀다. 신발은 패션을 상징하기도 하고 자유를 상징하기도 한다. 〈악마는 프라다를 입는다 2006 The Devil Wears Prada〉라는 영화의 광고를 보면 '런어웨' 패션 잡지기자의 꿈을 상징화하는 의미로 높은 하이힐을 볼 수 있다. 하이힐이 가지는 세상에 대한 욕망을 읽을 수 있는 지점이다. 현대 양성성의 시대에 더 이상 신데렐라의 유리구두는 과거의 고정된 의미로만 느껴지지는 않는다. 자신이 원하는 신발을 적극적으로 직접 찾아 나서는 여성들이 점차 늘어가고 있다.

■ 마술을 부리는 신데렐라의 신발

신화에는 신발 한쪽을 찾아서 사랑을 쟁취한 신데렐라들이 많이 있다. 우리가 알고 있는 신데렐라는 프랑스의 이야기라고 전해진다. 일본의 신화학자 나카자와 신이치에 의하면 신데렐라는 저승의 세계를 자유롭게 왕래할 수 있는 능력을 가진 샤먼적인 존재 즉 문지방적 존재(Liminal)였다는 것을 알 수 있다. 일찍이 우리 근대 문학사에서도 이러한 신화의 원형에 깊이 천착한 사람이 있는데 바로 최남선이다. 최남선은 잡기 〈괴기〉를 만들어서 조선인 스스로 각성하고 분발해서 학술적 제국주의적 강압이 미치지 못하도록 문화적 탈식민주의를 주장했었다. 그러한 과정에서 우리의 〈콩쥐팥쥐〉가 세계와 교호할 수 있는 광포설화의 일종임을 밝히고 있다.[3] 프랑스의 〈상드리옹〉은 신데렐라라고 불리는 여성인데 '재투성이 엉덩이의 아이' 라는 뜻이다. 우리가 익숙하게 알고 있는 신데렐라 즉 마음씨 나쁜 계모와 두 딸의 이야기인데 상드리옹은 이들의 행패를 전혀 고자질하지 않는다. 무도회에 가고 싶지만 갈 수 없는 그녀에게 요정이 나타나 호박으로 마차를 만들고 산쥐 여섯 마리로 훌륭한 말을 만들고 시궁쥐로 마부를 만든다. 도마뱀 여섯 마리로 하인을 만들고 그녀를 아름답게 변신시켜 주고 유리 구두까지 만들어 준다. 그 이후는 우리가 익히 알고 있는 이야기이다. 결국 상드리옹은 왕자와 결혼한다.

독일의 그림 형제의 〈재를 뒤집어 쓴 소녀〉 역시 이와 비슷한 구조이지만 개암나무가 등장하고 콩이 등장해서 소녀를 구해준다. 아궁이와 나무와 새 그리고 콩 등 신화적인 매개체가 많이 등장하고 있다. 우리나라에는 〈콩쥐와 팥쥐〉가 있고 중국의 경우 물고기 뼈로 요술을 부린 〈섭한〉의 이야기도 전한다. 포르투갈에서는 물고기와 결혼한 〈아궁이 고양이〉라는 이야기가 전해지고 있으며 북아메리카 미크마크 인디언에게는 〈보이지 않는 사람〉과 결혼한 인디언의 신데렐라가 전해져 온다. 이러한 신데렐라 이야기는 전 세계적으로 넓게 분포되어 있는데 이러한 이야기는 현실 속에서 해결 불가능한 다양한 문제들을 중개기능을 이용해서 논리적으로 해결해 가고자 하는 의도로 읽힌다.

아직도 우리 드라마에는 이러한 신데렐라 신발 구도가 여전히 지배적이다. 〈파리의 연인〉과 〈꽃보다 남자〉 등 인기 드라마의 대부분 서사 구도가 이런 신데렐라 구도를 따르고 있다. 너무나 단순한 서사구조를 가진 드라마가 끊임없이 생산되는 데에는 사회구조와 경제 구조적인 요소가 들어 있기 때문이다. 경직된 사회일수록 신데렐라 이야기 구도는 더욱 잘 파고 들 수 있다. 상층부와 하층부의 이야기가 공존하는 신데렐라 이야기는 대리 충족의 불변의 진리인 것처럼 보인다. 비단 이야기 속에서만 일어나는 이야기가 아니라 현실에서도 가끔 신데렐라 이야기가 나온다. 이러한 신데렐라 신기루는 여전히 여성을 비주체적인 이데올로기에 감금시키는 마법을 지니고 있다. 자신의 신발을 찾는데 양성성의 힘을 발휘하고 있는 여성들이 많아지고 있지만 여전히 신데렐라는 많은 여성들을 동화 속에 머무르게 하는 유혹제이다.

■ 〈신데렐라〉의 주변 인물들은 악하기만 한가

요즘 우리 사회는 급속도로 다문화의 시대로 접어들고 있다. 즉 주변과 중심으로 나누어진 담론에서 보면 중심과 주변의 해체가 일어나고 있다는 것이다. 주변이 더 이상 주변으로 남아있지 않고 서사의 중심으로 부상하고 있다. 그러한 변화 중에서 동화의 주인공들을 다시 보려는 움직임들이 일어나고 있다. 애니메이션 〈슈렉〉의 동화 활용은 매우 전복적인 상상력을 준다. 할머니가 굽던 진저 브레드 맨

빵이 의자에 앉아서 커피를 마시고 있는 장면이 등장한다. 주로 쿠키는 커피의 보조제라는 것이 일반적인 상식이지만 애니메이션 속에서 쿠키는 직접 커피를 마신다. 할아버지와 돈독한 관계를 과시하던 피노키오는 할아버지가 팔아치우는 불행을 겪는다. 장화신은 고양이는 더 이상 현명하지 못하고 주인을 성공으로 이끌지 못하는 문제아가 된다. 동화 속 〈아더왕〉은 용맹과는 거리가 먼 겁쟁이로 자신에게 부과된 왕위 상속권이 부담스러운 존재이다. 요정 역시 아름답거나 착하다는 고정된 담론이 아니라 뚱뚱한 할머니에 표독스런 심술꾸러기에다 거침없이 악행을 저지른다. 정의의 사자인 기존 왕자와는 다르게 〈슈렉〉의 차밍 왕자는 괴물 슈렉보다도 훨씬 부족한 인물로 등장하며 동화 속 악당들을 선동하는 사악한 트릭스터로 등장한다.

선과 악의 경계가 모호한 현대의 속성을 심리적 양성성이라는 용어로 진단할 수 있다. 이 때 양성성은 미르치아 엘리아데의 용아에 해당하는 개념이다. 신데렐라의 언니 메이플의 험상궂은 모습은 선과 연결되지 않는 모습이다. 〈슈렉〉에 등장하는 뚱뚱하고 퉁명스런 모습의 메이플은 누가 봐도 악녀의 이미지를 보인다. 하지만 외모와는 다르게 메이플의 마음은 매우 착하다는 것을 알게 된다. 착한 외모와 착한 몸매라는 용어가 가지는 사회적 이데올로기는 여성을 지나치게 외모와 연결시키는 경향이 있다. 감성을 활용해서 상품과 이미지를 팔려는 경제적 목적이 기존의 고정된 여성관과 결합하면서 만들어 진 마케팅이다. 착한 몸매와 착한 외모를 가지지 못한 신데렐라 언니는 과연 비난의 대상이 되는가. 이 지점에서 드라마 〈신데렐라 언니〉를 생각해 볼 수 있다.

드라마 〈신데렐라 언니(2010)〉의 주인공은 신데렐라가 아니라 신데렐라 언니이다. 주인공 신데렐라 언니는 겉은 강인하게 보이지만 속은 착한 주인공이다. 생활에 찌든 신데렐라 언니는 자신을 지키기 위해서 독한 이미지를 보일 수밖에 없었다. 반면 다소 의존적으로 보이는 신데렐라는 시대에 적응력이 뒤떨어지는 인물로 보인다. 더 이상 콩쥐와 흥부가 착하다는 긍정적인 평가만을 받는 시대가 아닌 것이다. 산과 악의 개념이 원인과 결과를 종합적으로 바라보는 양성성의 시대이기 때문이다. 주인공 신데렐라 언니는 애니메이션 〈슈렉〉에도 등장한다. 언니 메이플은 외모의 투박함과는 다르게 착한 마음을 소유하고 있다. 못생기고 뚱뚱하다고 해서 마음이 사악한 것은 절대 아니기 때문이다. 선과 악의 양성성이 존재하는 시대적 욕망을 보여주고 있다. 절대 선도 절대 악도 존재하지 않는다는 것을 드라마 〈신데렐라 언니〉는 보여주고자 하였다. 그 과정에서 드라마〈신데렐라 언니〉는 자신의 일을 스스로 개척하는 양성성의 인물이다. 신데렐라 이야기가 다양하게 변주되면서 각 시대의 변화를 보여주고 있다. 초지일관 변화하지 않는 평면적인 신데렐라형 인물보다는 선과 악의 관념을 거치면서 변화하는 입체적인 신데렐라 언니형 인물이 오히려 더 인간적인 매력을 발산하고 있다.

그런데 과연 신데렐라는 자신의 노력도 없이 행운을 거머쥔 여성인가. 요즘 동서양의 여성 학자들은 동화를 새롭게 읽고자 한다. 캐리 브루셔드는 『신데렐라의 성공법칙[4]』이라는 책을 통해 신데렐라가 가만히 앉아서 수동적으로 왕자를 기다리는 인물이 아니라 자신의 일을 성실히 마친 대가를 받았다고 주장한다. 그녀는 백설 공주도 일곱 난장이를 위해 쌀을 씻어 밥을 짓고 성실히 봉사한 후에 죽음을 면할 수 있었다고 말한다. 그레텔은 마녀를 화덕에 밀어 넣어서 오빠 헨젤을 구할 수 있었다, 즉 캐리 브루셔드의 논의대로 다시 보자면 신데렐라는 요정의 도움을 받아 궁궐에 들어간 주인공이며, 빨간모자는 한눈을 팔지 않고 곧장 목표를 향해 나아간 주인공이며, 엄지공주는 크게 생각하고 다른 사람에게 선행을 베푼 주인공이며, 라푼첼은 자신의 생각을 다른 사람과 공유하고 당당히 자신의 목소리를 낸 인물이다. 고혜경은 우리의 전래 동화 속 여성들을 매우 세롭게 읽어내려고 한다. 심청이는 가부장을 치유하는 풍요롭고 넉넉한 마음을 가진 인물이며, 콩쥐는 결코 신데렐라 콤플렉스에 걸리지 않은 인물이며 나름의 지혜를 가지고 있는 분별 있는 여성이라는 것이다.[5]

똑같은 이야기이지만 어떤 사람들은 그 속에서 지배와 종속을 읽어내고 이데올로기나 차별을 읽어내며 종속의 부당함과 주인공의 수동적인 자세를 비난한다. 그러나 다른 한편에서는 그 안에 내재된 긍정적인 면을 중시한다. 동화 속 이야기는 변하지 않지만 그것을 해석해내는 시대 담론은 새로운 면을 읽어낸다. 동화 속 여주인공들은 우리시대가 꼽는 인재들의 특성을 가지고 있다. 그들은 문제해결 능력과 창의력을 가지며 긍정적인 사고방식과 도전의식을 가지고 있다. 현대 문화 속에서 재현되는 동화 속 인물들의 변신은 현대 사회의 문화 욕망을 그대로 반영한다. 바보스러울 정도로 착한 주인공은 더 이상 환영을 받지 못한다. 우리시대의 다층적인 욕망을 보여주면서 주인공들은 새롭게 변형되고 있다.

3. 괴물과 이방인과 신 사이에 떠도는 여성

■ 마녀, 이방인, 요괴

여성은 서양에서 마녀와 관련된 담론으로 형성되어 왔다. 서양의 마녀 사냥은 교회의 우월성을 강조하기 위해 당시 사회를 괴롭히던 갖가지 어려움을 마녀 탓으로 돌리곤 하였다. 교회는 자신들에게 반기를 든 사람들을 마녀로 몰았고 그 마녀의 대상은 과부나 약자였다. 여성은 교회뿐만 아니라 북위에서는 왕이 되는 이의 어머니는 죽어야 하는 운명을 가졌다. 이를 모사자귀라고도 지칭하는데, 황태자의 생모와 그 집안이 정치에 끼어드는 상황을 막으려고 했던 것이라고 한다. 마녀 담론은 여성의 약한 면을 악용해서 지배층의 권력을 강화시켜왔다. 프랑스 혁명 초 혁명에 앞장섰던 여성 주도의 운동이 후에 가면서는 남성주도의 혁명으로 변한 이유 중의 하나가 여성들이 변하는 것을 원하지 않았기 때문이라고 한다.

우리 사회에서 이방인과 괴물 담론은 서로 연관되어 있었다. 비형이나 처용은 둘 다 그 사회에 이방인이었다는 점이다. 그 이방인들은 여성과 깊은 연관성을 가지고 있으며 자신이 속한 사회에서 쉽사리 융화되지 못하고 성과 속의 양가성의 그네 줄을 타야만 하는 것이다. 고대 그리스의 기이한 형상을 한 괴물들은 당시 페르시아 사람들의 야만성을 드러내기 위한 기호로 작용되었던 것이다. 그리스 신화에서는 성(聖)과 속(俗)의 경계만이 아니라 남녀의 성(性)의 경계까지 넘나들고 있다.6) 이처럼 이방인은 다른 문화권에서는 비정상적으로 속된 형상으로 그려지기도 하고 아마존의 전사들처럼 초월적인 힘을 가진 신성한 존재들로 그려지기도 하였다. 『삼국유사』 속의 비형의 경우, 자신이 도화녀의 자식임에도 불구하고 그는 철저하게 인간과 귀신의 존재로 살아가야 하는 낯선 이방인이었던 것이다. 어떻게 죽은 임금이 살아있는 여자와 함께할 수 있었고 귀신의 자식까지 낳을 수 있었는지 그리고 태어난 아들이 왜 이방인으로 혹은 귀신으로 살아야 하는지는 역사의 사실성과 너무나 밀착되어 있는 이야기이다. 〈도화녀와 비형랑〉의 이야기는 〈화랑세기7)〉를 중심으로 다시 재편한 〈색공지신 미실8)〉이라는 역사 해설서를 통해 살펴볼 수 있다. 『삼국유사』〈도화녀와 비형랑〉의 역사와 이야기 사이에 드러난 비형의 탄생의 성스러움을 살펴보자.

> 임금은 이레 동안 그곳에 머물렀는데, 항상 오색구름이 지붕을 감싸고 방 안에 향기가 가득하였다. 그런데 이레 후 왕은 갑자기 종적을 감추었다. 도화녀가 이로 인해 임신하여 달이 차 곧 해산하려고 하자 천지가 진동하였다. 한 사내아이를 낳으니 이름을 비형(鼻荊)이라 하였다.
>
> 〈삼국유사: 도화녀와 비형랑〉

역사의 아이러니이지만 이렇게 비정상적으로 태어난 자식들은 하나같이 비범함을 가진다. 『삼국유사』의 〈도화녀와 비형랑〉을 통해 역사의 이야기에서 단서가 될 만한 부분을 한 번 살펴보는 게 좋을 것이다. 진흥왕이 죽자 둘째 아들 금륜 태자가 진지왕이 된다. 진흥왕이 죽었을 때, 사도황후와 미실과 미실의 동생 미생과 미실의 남편 세종은 왕의 죽음을 일체 발설하지 않았다고 한다. 그들은 둘째 아들 금륜 태자를 왕으로 추대하기 전에 미실과 먼저 정을 통하게 했으며 태자가 왕으로 즉위하면 미실을 왕후로 봉하기로 밀실계약을 하기에 이른다. 그러나 전왕을 모신 미실이 황후가 될 수 없다는 신하들의 격렬한 반대여론을 핑계로 진지왕은 미실을 황후로 맞아들이지 않는다. 그러나 미실은 화랑들의 존경을 받고 있는 국선 문노를 자기편으로 영입하면서 문란한 진지왕의 폐위에 앞장서게 된다. 문노는 진지왕의 폐위에 가담한 후 아찬이라는 큰 벼슬을 받는다. 4년간 통치를 했던 진지왕은 어머니 사도왕후와 색공연인 미실에 의해서 쫓겨난 셈이다. 역사의 아이러니가 아닐 수 없다.

『삼국사기』에는 갑자기 폐위된 왕이 죽었다고 명기되어 있지만 『화랑세기』에 보면 3년간 굴에 갇혀 있다가 죽었다고 한다. 바로 〈도화녀와 비형랑〉 이야기의 비밀이 풀리는 지점이다. "이 해에 왕이 폐위되어 죽고, 그 후 2년 만에 도화녀의 남편 역시 죽었다. 열흘 남짓이 지난 어느 날 밤에 왕이 생시와 똑같은 모습으로 도화녀의 방에 와서 말하였다."에서 폐위된 후 2년이라고 했으니, 사실은 유궁에 갇혀 있었던 때인 것이다. 진지왕은 갇혀 있던 유궁에서 잠깐 나오게 된다. 그리고 도화녀의 집으로 가서 도화녀와 이레 동안 머무는 것으로 유추해야 맞을 것 같다. 그래서 태어난 자식이 바로 귀신의 자식인 비형랑이다.

『삼국유사』에는 "한 사내아이를 낳으니 이름을 비형(鼻荊)이라 하였다. 진평대왕(眞平大王)은 아이가 매우 특이하다는 말을 듣고는 거두어 궁중에서 길렀다."의 내용이 나온다. 세간에서 죽었다고 생각했던 왕은 아직 살아있었고 그 왕이 몰래 유궁을 빠져나가 도화녀를 만났고 비형랑이라는 아이를 얻은 것이다. 그래서 이미 세상에 없는 것으로 되어 있는 진지왕의 자식인 비형랑은 귀신의 자식이라는 해괴한 별명을 가지고 기구한 운명을 살아야만 했을 것이다. 그는 밤마다 왕궁담을 넘어 귀신들과 어울렸다. 진평왕은 그를 불러 귀신친구

중 유능한 인물을 정계에 등용시키기까지 한다.

김열규의 말대로 어디에도 속하지 못한 비형은 이방인으로서 성과 속을 오가다가 궁극적으로는 이 두 가지 속성을 모두 가진 양가성을 가진 도깨비의 원형이 되고 있다. 그리고 현대의 문화에까지 비형은 도깨비의 원형으로 전해지는 것이다. 처용 역시 도깨비의 원형을 가지게 되는 이방인이다. 그 역시 비형처럼 문화의 이방인이었다. 비형은 도화녀라는 여성의 아들이며 처용은 처용 부인과 관련된 도깨비 상상력이다. 우리는 『삼국유사』에 나오는 '처용랑과 망해사'에서 나온 또 다른 도깨비의 원형으로서 처용을 살펴볼 수 있다. 왕은 당시 물가에서 쉬고 있는데 구름과 안개가 캄캄하게 덮쳐 길을 잃었는데, 주위사람들에게 그 이유를 물었다. 당시 신하들이 왕에게 전한 이유는 다음과 같다.

> "이는 동해에 있는 용의 변괴이니, 마땅히 좋은 일을 하여 풀어야 합니다."

그래서 왕은 동해용을 위해 근처에 망해사라는 절을 짓게 하고 구름이 거친 포구의 이름을 개운포라고 하였다. 동해의 용은 매우 기뻐하면서 자신의 일곱 아들을 데리고 나와서 왕의 수레 앞에서 덕을 찬양하며 춤을 추었다. 그 중 한 아들이 바로 처용이라고 한다. 왕은 그를 서울로 데려와 정사를 맡겼고 미녀를 주어 아내로 삼게 하였다. 그런데 아내가 매우 아름다워 역신이 밤이 되면 몰래 와서 그의 아내와 자고 가는 것이었다. 처용이 밖에서 일을 하고 돌아와 보니 두 사람이 자고 있었다고 한다. 그것을 본 처용은 화를 내기는커녕 노래를 부르고 춤을 추었는데 역신은 처용의 그런 태도를 보고 서둘러

도망을 갔다는 것이다.

> 동경(東京) 밝은 달에 밤새도록 노닐다가
> 들어와 자리를 보니 다리가 넷이구나.
> 둘은 내 것이지만 둘은 누구의 것인가.
> 본래 내 것이지만 빼앗긴 것을 어찌하리.

이 노래를 듣자 역신은 "제가 공의 처를 탐내어 지금 범했는데도 공이 노여워하지 않으니 감탄스럽고 아름답게 생각됩니다. 맹세코 오늘 이후로는 공의 형상을 그린 그림만 보아도 그 문에는 절대로 들어가지 않겠습니다."라고 말하고 줄행랑을 쳤다고 한다. 〈처용랑과 망해사〉 이야기는 신화적인 환상성 뿐만 아니라 사회문화적인 자료로도 매우 요긴하다는 평가를 받고 있다. 마치 신라 말기 사회의 한 단면을 보여주는 영상처럼 선명하게 그려져 있기 때문이다. 참고로 헌강왕 때는 신라가 망하기 일보직전의 상황이라는 것을 기억하자. 우선, 서울의 정경을 살펴볼 수 있다. "제49대 헌강대왕(憲康大王)대에는 서울로부터 동해 어귀에 이르기까지 집들이 즐비하게 늘어서 있고 담장이 서로 맞닿았는데, 초가집은 한 채도 없었다."라고 묘사한다. 49대 헌강왕은 875년에서 886년에 통치한 왕으로서 당나라 희종에 의해서 책봉된 왕이다. 당시 사회에서는 처용무가 유행했으며, 서울의 민가들은 모두 기와로 덮이고 사치와 환락의 시대였다고 하며 신라의 쇠퇴기가 시작되었던 때라고 전한다. 용해용의 아들로 낯선 신라에 와서 적응하는 처용은 역신이라는 속(俗)의 세계와 대결한다. 그는 춤과 노래로 역신을 물리치면서 성(聖)스러운 의미를 부여받는다. 비형과 처용은 이방인으로서 살아가야하는 운명을 거친다. 비형은 길달이라는 친구를 죽이고 처용은 역신을 물리침으로써 성과 속의 양가적 의미를 마침내 획득하고 있는 것이다. 그러한 성과 속의 양가적 이미지는 도깨비의 원형 속에 그대로 남겨지고 있다. 도깨비는 이방인이 속과 성의 인식구조를 거치는 과정에서 여성과 연관된 개념이라고 할 수 있다.

요괴 역시 인간과 다른 존재들을 이야기하는 과정에서 만들어진 이방인과 여성 담론의 장이라고 할 수 있다. 고마쓰 가즈히코의『일본 요괴학 연구[9]』에 따르면, 요괴 역시 공포에 결부된 초월적 현상과 관계를 가지는 존재라고 한다. 명명된 모든 존재 즉 인간, 동물, 식물, 인공물 등이 모두 '신'이 될 가능성이 있고, 동시에 '요괴'가 될 가능성을 가진다. 고마쓰가 이야기한 요괴의 이야기 중에서 〈헤이안 시대 교토의 공포 공간〉이라는 곳의 요괴는 이방인의 개념과 매우 밀접하다. 중국의 수도를 모방한 헤이안시대의 교토는 귀족 중심의 도시공간인 코스몰로지를 이루면서 살았다. 이때 교토 사람들이 가장 무서워했던 공포공간은 교토 안팎과 밤의 공간이었다. 교토시내의 요괴인 오니의 〈하세오조시〉이야기를 살펴보면 오니라고 부르는 요괴가 사실은 이방인의 속(俗)과 성(聖)의 개념이 결합되면서 공포를 자아내고 있음을 알게 된다.

어느 날 황혼 무렵이었다. 기노 하세오가 궁궐에 가려고 하는데, 한 남자가 찾아와서 주사위로 내기를 하고 싶다고 한다. 흥미를 느낀 하세오가 이 남자를 따라 나서니 주작문에 도착했다. 이 문 누상에서 주사위 내기를 하는데, 남자가 몰려서 지게 되자 모습이 오니 형상으로 변했다. 결국 하세오가 이기자, 이 남자 즉 오니는 약속대로 절세의 미녀를 건네주었다. 남자는 100일이 되기 전에는 절대로 미녀에게 손을 대

거나 껴안으면 안된다고 하세오에게 약속을 하게 하였다. 〈중략〉 100일
이 지나면 정말로 완전한 여자가 되었을 터인데, 약속을 어겼기 때문에
녹아 사라져버린 것이다.

위의 내용으로 볼 때 헤이안 시대의 교토에 등장하는 이방인은 요
괴로 동일시되었음직하다. 오니는 교토의 경계를 이루는 주작문에
살고 있었던 이방인인 것이다. 고마쓰의 이야기에 따르면 주작문은
당시의 사람들에게 있어서 궁궐과 그 외부와의 평면적인 의미에서
의 경계임과 동시에 수직적으로는 이계와의 경계라고 말한다. 교토
의 남쪽 입구에 높이 세워진 나성문과 응천문도 모두 요괴가 출몰하
는 공간으로 여겨졌다고 한다. 교토 주변의 문을 통과한 외부 사람
은 일단 요괴로 오인되었을 것이고 요괴는 주로 경계의 공간인 문에
살고 있음을 볼 수 있다. 요괴는 교토를 들어가고자 한 이방인들을
지칭하는 의미라고 추측된다. 자신의 영역을 지키기 위해 외부의 공
포를 만들어내는 과정에서 몬스터, 요괴, 도깨비가 등장했을 것이다.
오니라는 요괴에게 남자가 건네받은 것은 미녀였다. 미녀를 건네받
고 100일이 지나야 했지만 결국 실패하고 만다. 요괴와 미녀가 깊은
관련을 가지는 것은 우리나라의 도깨비와 과부 등 여자와 관련 있는
것과 깊은 연관이 있다.

■ 나인 테일과 구미호

구미호는 일본에서는 나인 테일이라는 포켓몬스터의 캐릭터로 매
우 친숙한 이미지이다. 드라마 〈내 여자 친구는 구미호〉가 방영되었
던 적이 있다. 구미호의 현대적 부활이라고 할 수 있다. 먼 옛날 구미

호는 인간이 되고 싶어서 예쁘게 단장하고 인간 신랑을 기다리고 있었지만 구미호가 인간의 간을 빼먹는다는 소문이 퍼져서 그만 그림에 다시 봉인되고 만다. 그러나 삼신할미의 은혜를 입고 세상에 나와 진정으로 사랑하는 남자를 만나서 그 남자가 여우 구슬을 100일 동안 품어주면 인간이 된다는 이야기 구도를 보여주고 있다. 지금까지 인간 남자의 간을 빼먹는다는 소문 때문에 구미호는 무서운 존재로 알려져 왔었다. 주로 우리 드라마와 영화에서는 구미호를 잔인한 여성의 원형으로 그려왔었다. 그런데 드라마 〈내 여자 친구는 구미호〉는 인터넷 시대의 환상적인 상상력을 보여주고 있다.

남자 주인공 대웅은 어느 날 구미호에게 생명의 은혜를 입는다. 대웅의 아픈 몸은 구미호의 구슬을 품으면서 감쪽같이 나아졌고 그때부터 구미호라는 여자는 대웅의 옆에 서성거린다. 구미호의 특성은 전형적인 알파걸의 양성성을 보여주고 있기 때문에 현대성을 얻고 있다. 구미호의 양성성의 특성을 몇 가지로 이야기 해볼 수 있다. 먼저 매우 적극적인 양성성을 소유하고 있다는 것이다. 자신이 좋아하는 남성에게 먼저 다가가는 적극성을 가진다. 주로 신데렐라 담론으로 익숙해진 여성들은 선택되는 것에 익숙하다. 그러나 주인공 구미호는 자신이 좋아하는 남성에게 먼저 좋아한다고 말하는 과감성을 가진다. 구미호라는 여성은 전혀 콤플렉스가 존재하지 않는다는 점이 양성성 구현에 중요한 요소가 된다. 이는 댄 킨들런이 이야기한 알파걸의 요소이기도 하다. 그녀는 자신이 아직 배우지도 못했던 것에 과감히 도전한다. 심지어 육식이 아니라 채식으로 식사를 바꾸는 과단성을 가진다. 또한 전혀 하지 못하는 일에 대해서도 도전해내는 양성성을 보인다. 한 번도 해보지 않은 일들에 대해서도 몸을 아끼지 않는다. 또한 자신의 사랑을 위해 최선을 다하는 능동성을 가지는 여성으로 그려진다. 이러한 양성성의 요소들이 구미호라는 옛이야기 속 요괴를 현대 살아있는 알파걸 여성으로 환생시킨 것이다. 옛 이야기 속 구미호는 과연 어떤 문화적 욕망을 담고 있는 것일까. 우리시대는 자신이 원하면 뭐든지 할 수 있는 적극적인 여성성의 의미를 구미호라는 기표에 대입시켰다. 구미호는 양성성의 새로운 의미작용을 내포하는 새로운 기의를 가진 셈이다.

■ 뱀파이어와 늑대인간 사이에 선 여성

90년대만 해도 뱀파이어 이야기와 늑대인간의 이야기는 다소 우울한 인간의 초상화를 보여주고 있었다. 선과 악의 개념을 가져올 때 늑대가 항상 악의 이미지를 가질 수밖에 없었던 근원적인 상상력을 살펴보는 것으로 신화의 원형을 추적해 가보는 것이 전복된 신화의 의미를 살피는 선결과제가 된다. 늑대의 신화는 동서양의 신화 속에서 광범위하게 등장하고 있다. 늑대인간에 대한 현대인의 상상력은 영화 〈언더월드 Underworld〉와 〈반헬싱 Van helsing〉으로 이어진다. 현대를 사는 사람들에게 늑대는 더 이상 공포의 대상이 될 수 없을뿐더러 기껏해야 동물원 사육장 안에서 초라한 야성미를 나타내는 늑대를 볼 뿐이다. 그렇다면 늑대인간과 뱀파이어 종족간의 싸움을 그리는 〈언더월드〉와 지상의 모든 악을 소탕하라는 운명과 함께 살인자 누명을 쓴 신의 사제 반헬싱이 드라큘라의 무서운 음모(전설적인 늑대인간과 프랑켄슈타인의 막강한 힘을 이용해 부활)를 저지하는 영화 〈반헬싱〉은 현대에 와서 왜 제작되고 있는지 생각해보지 않을 수 없다. 나카자와 신이치는 늑대인간을 둘러싼 공포이야기들은 인간의 아이덴티티의 붕괴에 대한 공포를 보여준다는 지적을 하고 있다. 아마도 선과 악의 끊임없는 대립이 바로 이러한 영화를 만들게 하는 기의일 것이며 그러한 기의를 나타내는 기표로서 영화는 의미를 가진다. 그렇다면 늑대에 담겨진 기의는 왜 이렇게 부정적인 것일까.

그런데 2000년대 와서 늑대인간과 뱀파이어에 대한 새로운 담론이 활개를 치고 있다. 영화 〈트와일라잇 Twilight〉 〈뉴문 New Moon〉 〈이클립스 Iclipse〉 등이 그런 변화의 흐름을 보여주고 있다. 뱀파이어와 사랑을 하게 된 여자와 그 여자를 사랑하는 늑대 인간 사이의 애증의 갈등을 보여주고 있다. 뱀파이어와 늑대인간이라는 이계에 진입하기 위해 인간의 여자가 고뇌하는 모습을 살펴볼 수 있다. 영화 〈트와일라잇〉 〈뉴문〉 〈이클립스〉 등이 과거의 뱀파이어 담론과 다르게 전개되는 가장 큰 특징은 이야기 전체 배경이 매우 밝다는 것이다. 어두운 밤의 분위기로 우울하게 보였던 과거의 뱀파이어와 늑대인간 영화와는 다르게 이들 영화 속 뱀파이어는 밝은 곳에 산다. 뱀파이어가 꼭 피를 먹어야 사는 것은 아니다. 유리로 된 집에서 햇빛을 즐기며 피아노와 고전을 즐기고 채식을 즐기는 우아하고 멋진 뱀파이어를 선보인다. 또한 뱀파이어 영화에서는 항상 강제로 뱀파이어로 변하는 불행한 여자 주인공을 보게 되는데 이 영화에서는 정반대로 자발적으로 여성이 뱀파이어가 되고 싶어 한다는 이야기를 펼쳐 보인다. 강제로 변한 여 주인공이 아니라 자발적으로 뱀파이어가 되기를 원하는 여성이 등장함으로써 뱀파이어가 이계의 환상성으로 다가오는 것이다. 뱀파이어와 항상 싸우는 종족인 늑대인간 역시 밝은 세상에 살아가는 다른 종족들이다. 뱀파이어의 남성 주인공 애드워드와 늑대 족 남성 제이콥은 둘 다 인간 여성 벨라를 사랑한다. 어느 편이 일방적으로 악이 되는 상황은 없다. 신생 뱀파이어 군대의 등장으로 뱀파이어 애드워드와 늑대 제이콥은 서로 협력관계를 형성한다.

영화 〈트와일라잇〉〈뉴문〉〈이클립스〉 등 뱀파이어 시리즈는 세 가지 측면에서 문화의 양성성을 보이고 있다. 먼저 과거의 지하 세계가 더 이상 이들의 무대가 아니라는 점이다. 이는 문화의 양성성이라는 의미로 확대해 볼 수 있다. 양성성이란 보다 긍정적으로 밝은 세상과 통합된 의식을 보여주는 요소를 담기 때문이다. 다음으로 선과 악의 경계가 모호하다는 것이다. 뱀파이어족과 늑대족들을 단순히 선과 악의 개념으로 나눌 수 없다는 것이다. 이들은 그들 나름의 존재 이유를 가지고 있다는 것이다. 뱀파이어 족은 나름대로의 삶을 개선시키면서 살아가고 늑대인간족 역시 남에게 피해를 주지 않으며 평화를 유지하면서 살아간다. 마지막으로 여성이 뱀파이어로 되는 과정에서 보이는 자발성을 양성성의 요소로 볼 수 있다. 지금까지 뱀파이어 이야기에서 여성은 강제로 뱀파이어가 되는 수동적인 희생자였다. 하지만 이 영화에서 벨라는 자발적으로 스스로 뱀파이어가 되는 것을 선택하는 여성이다. 스스로 자신의 운명을 선택해서 맞서는 여성으로 양성성을 보이는 문화적 흐름이라고 하겠다.

4. 오이디푸스와 안티고네의 그림자

■ 버림받은 선화공주, 왜 아버지를 찾아가나

『삼국유사』의 〈무왕〉편에 의하면 진평왕의 셋째 딸 선화공주는 나라 안에 퍼진 유언비어 때문에 집에서 쫓겨나는 억울한 운명을 맞는다. 유언비어의 발상지는 바로 백제의 무왕의 다른 이름 서동이다. 서동은 출생과 성장과정부터가 비범하다. 그는 30대 무왕이며 이름은 장이라고 한다. 그의 어머니는 홀로 연못가에 집을 짓고 살았는데 연못 속의 용과 관계하여 아들 서동을 낳는다. 그러니 앞에서 일연이 다루었던 중국의 신이한 왕들의 탄생과 우리의 삼국시조들과 맥을 같이 하는 신이한 왕이다. 그는 서동이라는 이름을 가지고 마를 캐는 것으로 생업을 삼았다. 그러단 중 신라의 진평왕의 셋째 딸이 아름답다는 말을 듣고는 머리를 깎고 신라에 들어간다. 그리고 아이들에게 마를 나누어주면서 환심을 사게 되고 그 아이들에게 유언비어와 같은 노래를 만들어 지어 부르게 한다. 그 노래가 유명한 〈서동요〉이다.

> 선화 공주님은 남몰래 짝지어 두고
> 서동방(薯童房)을 밤에 몰래 안고 간다네.

요새도 유언비어는 날개 돋친 듯 퍼지지 않는가. 당시에도 온 나라에 이 동요가 퍼진 모양이다. 신하들의 간언에 별 수 없이 진평왕은 딸을 유배 보내려고 딸을 출궁시킨다. 공주가 유배지에 도착할 때 쯤 서동이 나타나 자신이 돌보겠다고 말한다. 공주는 서동을 따라가 그와 함께 살게 된다. 공주는 나중에 그가 서동이고 동요의 영험함을 알게 되었다고 한다. 공주는 쫓겨날 때 어머니가 주신 금덩이를 내놓고 살아갈 계획을 세우려고 했다. 그때 공주가 내놓은 금을 본 서동은 크게 웃으면서 자신은 어려서부터 마를 캐던 곳에서 흙덩이처럼 금이 쌓여 있는 것을 보았다고 말한다. 그러자 공주는 그것은 천하의 보물이니 자신의 아버지가 있는 신라로 보내자고 제안한다.

서동은 익산의 미륵산 사자사의 지명법사에게 가서 금을 운반할 방법을 물었다. 법사는 신통력으로 하룻밤 사이에 신라의 궁궐에 금을 가져다 놓은 것이다. 즉 사위의 장인에 대한 첫 인사인 셈이다. 법사는 공주와 서동에게 "내가 신통력으로 옮겨줄 수 있으니 금을 가져오시오."라고 말한다. 공주는 아버지에게 편지를 써서 용화산 사자사 앞에 놓고 지명법사는 신통력으로 금을 옮겼다. 이것을 계기로 인심을 얻어 서동은 왕이 되었다. 공주가 무왕과 사자사에 행차해서 용화산 아래 연못으로 가니 미륵삼존이 못 속에서 나와 수레를 멈추고 경의를 표하였다. 왕비는 왕에게 "이곳에 큰 절을 세우는 것이 제 간곡한 소원입니다."라고 말한다. 왕은 지명법사에게 또 신통력을 발휘해서 못을 메우게 하고 하룻밤에 못을 평지로 만들었다고 한다. 이곳에 미륵불상 세 개와 절을 세우고 이곳을 미륵사라고 불렀다. 진평왕은 딸과 사위가 짓는 이 절을 위해 여러 공인들을 보내었다고 한다.

그렇다면 선화 공주의 행동에서 여전히 의문점은 남는다. 왜 소문만 듣고 딸을 쫓아낸 아버지에게 금을 보내고 싶었을까. 자신의 무고함을 하소연해보지도 않고 쫓겨난 딸이 아버지에게 금을 보내 자신과 자신의 남편을 인정받고 싶어 했다. 정작 쫓겨날 때 자신에게 금을 준 것은 어머니였지만 선화공주는 아버지의 인정을 받고 싶었던 것이다. 여기 우리는 선화공주가 아버지에게 느끼는 감정을 엘렉트라 콤플렉스라고 불러볼 수 있을 것이다. 딸이 아버지를 사랑해서 아버지에게 느끼는 사랑을 엘렉트라 콤플렉스라 칭한다. 오이디푸스는 어머니를 사랑하는 아들의 심리를 말한다. 아버지에게 인정받고 싶은 딸의 심리로 선화공주를 이해해 볼 수 있을 것이다. 비록 자신이 아버지에게 쫓겨났지만 자신의 지혜를 발휘해서 다시 아버지의 딸로 인정받는 속성을 보여줌으로써 어느 정도 양성성이 실현된 여성의 예로 볼 수 있다. 자신의 남편을 왕으로 만든 이야기 속의 양성성의 인물로서 아버지 진평왕으로부터 자신의 남편의 능력을 인정받게 된다. 선화공주의 이야기는 사실이라고 할 수 없는 신화 속의 이야기이지만 그 안에 구현되는 여성상은 현실의 삶과 밀접한 관련을 가진다.

■ 엘렉트라 콤플렉스와 계모이야기들

우리는 〈심청전〉과 〈장화홍련〉을 단순히 효심을 나타내는 이야기와 계모이야기로 한정하고 있는 것은 아닐까. 우리 옛이야기인 〈심청전〉을 들여다보면 심청이가 아버지를 봉양하면서 어머니를 대신하는 부분을 눈여겨 볼 수 있다. 자신이 어머니를 대신한다는 측면은 일종의 엘렉트라 컴플렉스이다. 심청은 용궁에서 친어머니를 만나게 되는데, 이들의 대화는 다소 의미심장하다. 심청의 어머니는 자신이 거두지 못한 딸의 성장을 보면서 자식의 안부를 묻기 보다는 심봉사의 부인으로써 남편을 걱정하고 있다. 이때 심청 역시 심봉사의 안녕에 초점을 맞추어 답변하고 있다. 이 모녀의 상봉은 아빠 심봉사를 중심에 둔 엄마와 딸의 미묘한 경쟁을 드러내준다.

엄마 클리타임네스트라를 죽인 엘렉트라는 아빠 아가멤논을 위해 자신이 최선을 다한 일이라 여겼을 것이다. 자신의 아버지를 위해 어머니 죽이기는 어머니에 대한 딸들의 경쟁 심리의 상징이다. 우리의 옛이야기인 〈장화홍련〉을 영화로 만든 영화 〈장화홍련〉에서는 주인공 수미가 계모에 대해서 가지는 경쟁 심리를 다루고 있다. 이 영화는 수미가 혼자서 벌이는 이야기이다. 여동생 수연은 엄마가 죽은 것을 보고 놀라서 장롱에 깔려 죽는다. 그러나 영화에서 큰딸 수미는 계모도 없고 동생 수연이도 없는 곳에서 아버지와 단 둘이 요양하러 온다. 수미는 어느 순간에는 계모의 역할로 아버지를 대하고 그것이 좌절되면 딸의 입장으로 돌아오길 반복한다. 어머니에 대한 끝없는 경쟁관계를 보여주면서 어머니를 악의 상징으로 상정한다. 동생을 구박하는 어머니의 모습을 상상하면서 자신은 동생을 지켜야 한다고 여긴다. 또한 어머니의 역할로 돌아와서는 아버지의 사랑을 독차지해야 한다고 느낀다. 우리의 전통 옛이야기가 엘렉트라 컴플렉스를 나타내주는 스릴러 공포 심리극이 되고 있는 것이다.

■ 안티고네의 선택

우리시대 미국의 힐러리는 양성적 여성의 표본이다. 삶에 대한 긍정적인 두려움을 가지는 것, 불가능해 보이는 목표를 세우는 것, 일보다 가정을 중요시하는 것 등 세 가지로 힐러리의 장점을 추켜세울 수 있다.[10] 삶에 대한 긍정적인 두려움을 가지는 것은 매우 이율배반적이면서 이성적인 태도이다. 이러한 속성은 과거 남성에게 부여된 능력으로 간주되었지만 이제는 여성의 덕목으로 꼽힌다. 불가능해 보이는 목표를 세우는 것 또한 이 시대의 여성의 특권이다. 버지니아 울프가 살았던 시절에 여성은 대학에 발을 들여놓을 수 없었다. 그러나 이제는 세계 어디에서나 여성 대통령과 여성 CEO들이 활약하고 있다. 여성은 가장 여성다운 특성을 보여주었을 때 경쟁력을 얻는다. 일보다 가정을 중요시하는 것은 여성으로서 의무감이 아니라 가정의 구성원으로서 가지는 의무일 것이다. 이제 여성은 영역을 초월해서 활약하고 있다. 지금은 당연하게 보이는 여성의 목소리가 그 자체로 범죄가 되었던 시대의 이야기가 있다. 바로 크레온 왕이 지배하던 시절에 살았던 〈안티고네〉의 이야기이다.

안티고네는 오이디푸스의 딸이다. 비극적 운명을 이야기할 때 오이디푸스는 빠지지 않는다. 오이디푸스 신화에서 오이디푸스의 비극은 자기의 아비를 죽이고 자기의 어머니를 범할 거라고 예언한 신탁에 있지 않고 오히려 그것을 피하기 위한 그의 노력에 기인한다고 볼 수 있다. 그는 어느 날 자신의 신탁을 듣게 된다. 아버지를 죽이고 어미를 범할 것이라는 끔찍한 신탁을 듣고 자기의 부모를 떠나기로 한다. 그러나 길러준 부

위 | 오이디푸스 신화
아래 | 오이디푸스와 안티고네

모를 친부모로 알고 자신의 신탁을 피하기 위해 길을 떠나는데 산길에서 친아버지 라이오스를 죽이게 된다. 그리고 스핑크스의 수수께끼를 풀어서 아버지 대신 테베의 왕이 되어 어머니 이오카스타와 결혼을 하고 자식까지 낳는다. 물론 이것은 오이디푸스가 전혀 모르고 한 일이다. 결국 이러한 사실을 안 오이디푸스는 스스로 자기의 눈을 빼고 어머니 이오카스타는 자살을 한다.

조현설은 오이디푸스 신화에는 금기의 위반에 의한 질서의 해체가

보인다고 말한다. 즉 어머니, 혹은 왕비 이오카스타의 자살로 상징되듯 카오스의 상태인 혼돈을 질서의 세계로 구현하려는 신화소인 것이다. 또한 혼돈의 구현체인 오이디푸스를 죽임으로써 신화는 근친상간의 금기, 즉 도덕적 심판의 체계를 우리에게 신성의 이름으로 폭력적으로 강요한다는 것이다.[11] 금기 신화들은 현실의 삶을 이해하게 해주는 이야기이다. 만약에 오르페우스의 부인이 다소곳하게 뒤를 돌라보지 않았더라면 죽은 자들이 살아서 돌아오는 일이 가능해야만 한다. 그러나 신화는 현실의 삶의 질서를 절대 교란시키지 않는 범주에서 진행된다는 것이다.

눈이 먼 오이디푸스는 평생을 유랑하다가 비참한 최후를 맞이하게 된다. 그때 아버지 오이디푸스를 돌보면서 함께 유랑했던 딸이 바로 안티고네이다. 비참하게 자결한 어머니 이오카스타와 오이디푸스에게는 4명의 자식이 남았다. 안티고네의 자매인 이스메네가 있고 두 오빠가 있다. 그 중 하나가 폴뤼네이케스인데 국법을 어기고 죽게 된다. 삼촌 크레온 왕은 전 나라의 반역자의 시신을 거두지 못하게 하는 명령을 내렸다. 그러나 죽은 오빠를 외면할 수 없었던 안티고네는 왕의 명령에 정면으로 맞서게 된다.

『안티고네』는 그리스 비극 중 걸작으로 평가받고 있다. 안티고네는 오이디푸스의 큰 딸로서, 왕인 크레온의 명령을 어기고 신(神)의 법에 따라 오빠인 폴뤼네이케스를 장사지내면서 강인한 의지를 보이는 인물이다. 안티고네의 굽히지 않는 정신의 위대성이 강조되고 있다. 왕 크레온 역시 지적이고 의지가 강한 사람이지만 자신의 운명을 이해하지 못했기 때문에 불행해지는 인물이다. 크레온의 아들과 안티고네는 서로 사랑하는 사이였고 법을 어긴 안티고네가 죽게 되자 연인인 하이몬은 역시 자기의 생을 마감한다. 크레온의 아들인 하이몬이 죽자 부인 에우뤼디케는 아들을 죽게 한 크레온 왕을 원망하며 역시 죽게 된다.

『안티고네』에는 국가의 질서를 위한 정의(正義)를 외치는 크레온과 인륜을 주장하는 안티고네 사이의 갈등이 첨예하게 나타나고 있다. 자기의 주장을 완고하게 주장하다가 죽음에 이른 안티고네와 역시 자신의 주장을 굽히지 않아서 자식과 부인을 잃은 크레온은 비슷한 운명을 가진다. 신념에 의해 선택한 일이 자신의 운명을 바꾸는 비극적 상황이 현대에도 빈번하게 일어난다는 점에서 『안티고네』는 오늘날도 유효하다. 오늘날에도 개인의 양심과 자유, 사회적 규율과 통제 사이의 갈등 등 가치충돌의 문제를 안고 살아간다. 안티고네의 항변은 인간의 인륜을 저버릴 수 없는 적극적인 인간성의 발현이다. 안티고네는 전형적인 양성성의 인물이라고 볼 수 있다. 안티고네의 항변한 구절을 들어보자.

네. 그 포고를 나에게 알려주신 이는 제우스가 아니었으며,
하계(下界)의 신들과 함께 사시는 정의의 여신께서도 사람들 사이에
그런 법을 세우시지는 않았기 때문이지요.
나는 또 그대의 명령이, 신들의 확고부동한 불문율(不文律)들을
죽게 마련인 한낱 인간이 무시할 수 있을 만큼, 강력하다고는 생각지
않았어요.
왜냐하면 그 불문율들은 어제 오늘에 생긴 것이 아니라
영원히 살아 있고, 어디서 왔는지 아무도 모르기 때문이지요.
나는 한 인간의 의지가 두려워서 그 불문율들을 어김으로써
신들 앞에서 벌 받고 싶지가 않았어요.
나는 언젠가는 죽게 될 것이라는 것을 잘 알고 있었어요.

어찌 모르겠어요? 그대의 그 포고가 없었다 하더라도 말예요.
하나 내가 때가 되기도 전에 죽는다면, 나는 그것을 이득이라고
생각해요. 나처럼 수많은 불행 속에서 살아가는 사람이라면
어찌 죽음을 이득이라고 생각지 않겠어요?
그러니 내가 이런 운명을 맞는다는 것은 나에게는 조금도
고통스럽지 않아요. 그러나 내가 내 어머니의 아들이 묻히지 않은 시
신으로 밖에 누워 있도록 내버려 두었더라면, 그것은 내게 고통이 되었
을 거예요. 하지만 이것은 나에게 조금도 고통스럽지 않아요.
그리고 만약 그대의 눈에 내 행동이 어리석어 보인다면, 나를 어리석
다고 나무라는 자야 말로 아마도 어리석은 자일 거예요.[12]

안티고네는 "신들의 확고부동한 불문율(不文律)"과 "한 인간의 의
지" 사이에서 자신은 신들의 불문율을 따르겠다고 당당하게 말한다.
안티고네는 국가법에 저항하면서 신들의 법에 자신을 맡긴다. 국법
과 신법 사이에서 그녀는 천륜의 도를 저버리지 않는 신법을 따르기
로 한다. 고대 그리스에서 용감함이란 덕목은 여성에게는 어울리지
않은 것이었다. 그러나 안티고네의 용감함은 아마존 여인들이나 클
뤼타임네스트라처럼 잔인하다는 비난이 쏟아지지는 않았다. 안티고
네는 천륜을 무시하는 크레온 왕의 법을 악법이라고 생각한다. 크레
온에게 저항하는 안티고네를 보면서 크레온은 "이번 승리가 벌 받지
않고 그녀의 것으로 남는다면 정말이지 이제 나는 사내가 아니고 저
계집의 사내일 것이오"라고 말한다. 안티고네의 행동이 남성에게 위
협적임을 지적하는 대목이다.
공명한 것을 따르고 자신의 의지대로 행동하며 자유로운 영혼을
가진 인간을 양성성의 인간으로 본다면 안티고네의 행동은 양성성에

걸맞다. 양성성이란 그리스어로 남성을 의미하는 andro와 여성을 의미하는 gyne이 합쳐진 말인 것을 두고 보더라도 남성의 특성과 남성과 여성의 특성이 공존하는 것을 의미한다. 왕의 명령에 맞설 수 있는 여성으로서 안티고네는 신의 불문율을 강조한다. 사랑하는 연인인 하이몬을 두고 자신의 신념을 따르는 여성이기 때문에 안티고네의 양성성은 돋보인다. 이러한 안티고네의 상상력 때문에 문화 콘텐츠에서도 여전히 현재성을 발휘하고 있는 작품이 『안티고네』이다. 촛불시위에서 국가의 실정법을 위반하면서 죽은 친구를 위해 촛불을 들어야 하는 여성들은 이 시대의 안티고네들이다. 시대에 대항해서 정의를 외칠 수 있는 자유로운 양성적 여성을 우리는 안티고네라 불러도 될 것이다. 따라서 안티고네는 언제든지 문화의 담론 안에서 새롭게 창조될 수 있는 여성인 것이다.

제2장
여성,
먼 신화의 박 줄기를 타고 내려오다

제2장

여성, 먼 신화의 박 줄기를 타고 내려오다

수로부인 공원
수로부인의 지적 호기심과 당당한 자기 표현은
현대의 양성적 여성을 떠올리게 한다.

한국의 여인상을 정의하는 많은 학자들은 그들을 인고와 끈기라는 용어로 정의하곤 한다. 김열규[1]는 한국의 여성들을 산 넋두리를 하는 여인들이라고 평하고 있다. 이어령은 삼국유사의 여인상을 이야기하면서 한국여인들은 질김을 가지고 있다고 평한다.[2] 넋두리와 질김은 밀접한 관련이 있는 용어이다. 한국 여성들은 과연 이런 모습으로만 읽혀져야 하는가에 대한 반문으로 신화의 논의를 시작하고자 한다. 우리의 민간 신화와 『삼국유사』 등을 살펴보면 한국 여성의 원형 상상력을 넋두리나 질김으로 일괄화 시키기에는 완전히 동의할 수 없다. 그 일면은 『삼국유사』 속 〈도화녀와 비형랑〉의 도화녀의 당돌한 답변으로 확인할 수 있다. 진지왕이 수청을 명령하는 대목에서 하찮은 백성이 당당히 자신의 의견을 밝히는 부분은 뭔가 다른 여성상이 우리의 심층적 자리에 존재하고 있는 것은 아닌가 하는 의문을 들게 된다. 또한 수로부인의 아름다움은 초자연적인 존재까지 움직일 정도이다. 그녀가 등장할 때 그녀의 언행은 일상적인 삶에 얽매여 있지 않다. 점심을 먹자고 쉬는 자리에서 그녀는 늘 자신의 호기심을 따라 딴청을 피우는 여인이다. 도화녀와 수로부인만 보더라도 넋두리와 질김이라는 용어와는 거리가 멀다.

그녀들은 당돌할 정도로 당당한 모습을 지니고 있다. 그래서 기다림과 인고의 박제상의 부인과 같은 여인상이 반드시 우리네 신화의 여성 인물의 전형적인 양상이 아니라는 점을 환기할 필요가 있을 것이다. 특히 우리는 제주도 민간 신화에 나오는 수많은 여신들을 통해 한반도에 전해져오는 독특한 여신들의 특징을 한과 인고와 넋두리라는 측면으로 설명할 수 없는 딜레마를 느끼게 된다는 것이다. 제주 민간 신화에 등장하는 여성들을 현대의 문화용어인 양성성이라는 개념으로 재정의 해 볼 필요가 있다.

낙산사
의상, 원효, 조신의 이야기를 만날 수 있다.

『삼국유사3)』에도 이러한 양성성의 여성 신 모습이 보이는 부분이 간혹 있는데, 그 중 가장 기억할 만한 이야기는 〈낙산의 두 성인 관음과 정취 그리고 조신〉이라고 하는 이야기에 마치 부록처럼 딸린 조신설화 부분의 이야기이다. 조신은 사찰관리자로서 절에 찾아온 아름다운 처녀를 연모하던 차에 그녀가 다른 곳으로 결혼 한다는 이야기를 듣고 매우 좌절하면서 불상 앞에서 깜박 잠이 든다. 그런데 꿈속에서 그 처자는 자신도 조신을 사모하였다고 고백하는 것이다. 이들은 그 때부터 부부로 살아가면서 여러 명의 자식을 낳는다. 그러나 그들의 생활은 점점 고단하기만 하고 가난과 굶주림에 허덕인다. 그때 부인은 이 난관을 극복할 계획을 먼저 이야기하는 과단성을 보여준다. 그녀는 남편에게 "젊은 날 고왔던 얼굴과 아름다운 웃음도 풀잎 위의 이슬이 되었고, 지초와 난초 같은 약속도 회오리바람에 날리는 버들 솜이 되었습니다."라고 말하며 헤어지자고 말한다. 이 이야기에 주목하는 이유는 제주 신화의 여신들에게서 느낄 수 있는 삶에 대한 강한 생명력을 느낄 수 있기 때문이다. 일연 스님에 의해 선택된 이야기는 다분히 제도권적인 이야기들이 많이 있었을 것이다. 그러나 민간에서 살아가는 갑남을녀들은 일연이 보는 이상적인 시각과는 다르게 매우 현실적인 삶의 원리로 돌아갔을 것이라 추측한다.

우리의 민간 신화의 대부분의 이야기를 차지하는 제주도 신화의 여성들은 지금까지 이야기되는 기존 제도권 이야기들의 여성 주인공들과는 사뭇 다르다. 제주 신화에 나오는

제주여신신화(제주대 박물관)

여신들의 독특한 속성을 양성성이라는 용어로 칭해볼 수 있을 것이다. 양성성의 속성에는 지금까지 여성적이라고 여겨졌던 것들에 대한 도전과 전복이 들어있다. 이는 미르치아 엘리아데[4]의 신화적 개념을 떠올리게 하는 요소이기도 하다. 엘리아데는 신체적 양성성과 심리적 양성성을 이야기하면서 남성과 여성의 합일된 요소를 가장 완전한 인격체로 보고 있다. 신은 남성이면서 여성이라는 논리일 수도 있겠다. 우리의 신화 안에는 그러한 양성성이 재미있게 드러나고 있다는 것이 흥미롭다.

버지니아 울프가 〈자기만의 방〉에서 가장 완벽한 인간의 모습을 양성성으로 묘사한 사유에는 한 인간 안에 여성적인 면과 남성적인 면이 조화롭게 공존하는 것이 보인다. 그리스의 소포클레스가 쓴 비극 작품 중 하나인 〈안티고네〉 역시 여성이지만 남성의 이성과 용기를 가진 현재적 여성이었다. 제주 민간 신화에 등장하는 여성들 역시 현재라는 시간의 속성을 가진 공시성이 존재한다. 사랑과 효와 부부간의 관계에서 보이는 역학관계와 의미가 오늘날 현대 사회가 담아내는 의미 구조를 그대로 담고 있다는 점이 흥미롭다. 이를 두고 제주 여성 신화의 독창성에 주목한 김정숙[5]은 제주의 여신들을 생물학적 성과 사회적 성을 조화시킬 수 있는 완전한 인격체들로 바라보고 있다. 그렇다면 제주 신화의 여신들의 삶을 네 가지 유형으로 나누어 이야기 해 보면서 양성성이라는 담론을 신화적으로 혹은 기호학적으로 살펴보기로 하자.

제주 신화에 나오는 여성들은 하나같이 전복적이고 도발적이다. 어째서 이러한 여신들이 등장하는 것일까. 우리는 신화가 빠롤이고 의미작용의 한 양식이라고 했던 롤랑바르트[6]를 다시 상기해볼 필요가 있다. 제주 민간 신화의 담론을 통해 푸코가 이야기한 대로 신화 담론을 권력과 관련된 언어의 앙상블로 볼 수도 있지만 그레마스처럼 신화담론을 의미의 앙상블로 바라볼 수도 있다. 본고는 제주 민간 신화의 담론을 통해 여성의 의미구조를 양성성의 측면에서 바라볼 것이다.

제주의 독특한 신화구조를 제주의 자연환경과 연결시키는 것은 전 세계 신화의 특이한 변별점을 두고 볼 때 너무나 자명한 것이다. 홍수가 일어나기 쉬운 지역에서는 어김없이 홍수신화가 창조신화의 일부분으로 등장한다. 건조한 사막의 척박한 기후는 인간을 미이라로 만드는 영혼불멸의 사상과 피라미드로 신화화 되었다. 그리고 밤과 낮의 여신들이 등장했고 지상의 왕과 지하의 왕을 만들어 냈다. 북유럽의 극야와 백야의 자연환경과 거대한 숲은 이그드라실이라는 우주목을 만들어 냈고 심지어 라그나로크라고 불리는 신들의 황혼, 즉 세상의 종말을 신화의 세계에서 그려내고 있다. 일년의 절반이 극야와 백야가 번갈아 오고 있는 자연 조건을 생각하면 신화의 발생을 짐작하게 된다. 그리스의 지중해 문화는 다양한 사랑과 증오와 갈등과 전쟁의 신화를 만들어냈다. 일본 역시 섬나라의 특성에 맞는 신화 이야기가 전해져오고 있다. 바로 이러한 관점에서 우리의 제주도 역시 지형적으로 매우 독특한 곳이라는 사실에 주목할 필요가 있다. 제주도의 신화에는 유독 자연환경을 담아내는 독특한 신화들이 존재한다는 것이다.

제주의 바다는 신화의 세계를 이해하는 매우 중요한 요소가 될 것이다. 남성들은 배를 타고 나가면 불의의 사고를 당하기도 했을 것이다. 생활의 근간을 지켜야 하는 여인들은 바다로 물질을 나가야 했을 것이고 그러다 보니 여성 중심의 경제 구조를 보일 수밖에 없었을 것이다. 제주 신들의 80%는 여신들이라고 한다. 초공본풀이, 이공본풀이, 삼공본풀이, 칠성 본풀이 등에서 여성 신들이 많이 등장한다. 제주도 민간 신화에는 여성신들 만큼이나 많이 보이는 상상력은 바로 꽃이 많이 등장한다는 것이다. 이는 중국 남반부의 소수민족들의 신화에서 보이는 것과 비슷한 상상력이다.[7] 중국 소수 민족들의 신화의 주인은 대부분 여신들이다. 그녀들은 꽃을 관장하고 그 꽃은 바로 인간세계를 나타내며 여신들은 바로 태양의 상징이기도 하고 거미의 여신이 되기도 한다. 거미의 여신들은 바로 직물의 여신들이 되고 있다. 제주의 여신들은 직, 간접적으로 꽃과 관련된 인물이 매우 많다는 것이다. 제주도에 방문해본 적이 있다면 왜 제주도 신화에 꽃이 많이 등장하는지 알 수 있을 것이다.

연구자들은 한국 민간 신화 속 여성의 특성을 여러 각도로 연구해 오고 있다. 크게 세 가지 측면의 논의들을 주목해 볼 수 있을 것이다. 첫째로 한국 무속 신화의 여성 주체의식과 전복적 성격에 주목하는 논의들을 볼 수 있다. 장영란은 한국 신화 속의 여신의 창조기능과 생산성의 부재를 거론하면서 한국 여성 신화에서 어머니는 자신에게 주어진 시련과 고난을 극복하는 과정에서 자신의 삶을 주체적으로 확립해 가는 전복성을 지닌다고 보았다.[8] 그는 〈바리데기〉를 가부장제 사회의 효 이데올로기와 자기완성이라는 논의를 통해 한국 여성 영웅 서사에서 희생은 소극적인 방식이지만 주체의식과 자발성을 발견하는 계기이며 궁극적으로 자기완성에 이른다고 보고 있다.[9] 노정숙 또한 〈바리공주〉를 통해 서구 근대적 주체의 전복과 여성 주체 형성의 이론적 가능성을 탐색하고 있다.[10]

둘째로 한국 무속신화에 등장하는 이중성에 초점을 둔 논의들을 볼 수 있다. 오세정은 여성 신화의 주인공들의 가장 두드러진 특징은 이중성이라고 지적한다. 〈바리데기 신화〉와 〈제석본풀이〉를 통해 희생제의의 메커니즘이 위기에서 보상으로 신성화가 이루어진다고 보았다. 여주인공 바리데기와 당금애기는 문제해결의 장본인이지만 희생의 제의를 통해 신으로 좌정되고 그 소속 집단을 갱신시키고 풍요롭게 한다는 논의를 펴고 있다.[11] 염원희 역시 이러한 여신의 이중성에 주목하고 있는데, 자청비, 바리공주, 당금애기, 원강암이, 황우양씨 부인 등의 수난 극복과정과 신기능 획득에 주목하고 있다. 여성수난의 의미는 신의 지위를 받기 위한 절차임을 강조한다.[12]

셋째로 여성신과 문화와 문학의 상관성을 주목한 논문들을 볼 수 있다. 여성신의 기능이 문학과 문화의 영역에서 확장되는 연구들을 볼 수 있다. 조력자로서의 여성의 역할과 여성의 정체성 그리고 여성문화를 점검하고 있다.[13]

이 장에서는 제주 무속신화의 이야기에 등장하는 네 명의 여성주인공들을 양성성이라는 새로운 문화적 코드에 주목하여 그들이 가지는 문화적 원동력을 살피고자 한다. 양성성을 통해서 사랑, 효, 부부애 등이 어떻게 문화적으로 의미화 되는지 그 과정을 살펴볼 것이다. 그러한 의미작용 속에서 여성 주인공들이 어떻게 양성성을 실현하고 있는지 살펴볼 것이다. 첫째, 〈세경본풀이〉의 '자청비'의 사랑의 의미작용과 자청비의 양성성이 어떤 문화적 기호작용을 거치고 있는지 살펴볼 것이다. 인고와 기다림과 선택 받음이라는 지극히 수동적인 담론 속에서 여성의 사랑 담론이 거론되었던 것에 문제제기를 하는 것이다. 둘째, 〈삼공본풀이〉의 주인공 '가믄장아기'의 효심과 그녀의 삶의 태도를 살펴볼 것이다. 매정하게 보이는 그녀의 언행은 부모와 자식의 관계형성에 대한 의미를 재구성한 것이라 볼 수 있기 때문이다. 부모와 자식의 관계가 소유와 종속의 관계가 아니라 인간 대 인간의 상호 소통 관계이어야 한다는 이 신화 담론의 이야기를 통해 현재의 부모와 자식의 관계를 점검해 볼 수 있을 것이다. 셋째, 〈송당본풀이〉에 등장하는 '백주또 부부'의 관계를 통해 부부의 의미구조를 살펴볼 수 있다. 이는 현대 가족의 문제를 생각해 볼 수 있는 계기를 제공할 것이다. 〈세경본풀이〉의 주인공 '자청비', 〈삼공본풀이〉의 '가믄장아기', 〈송당본풀이〉의 '백주또'는 모두 양성성을 가진 현대적 여성상과 상통하는 인물이라고 볼 수 있다. 넷째, 〈삼승할망본풀이〉에 등장하는 '명진국 따님' 이야기를 통해 삼신할미의 의미구조와 양성성에 대해서 이야기 해 볼 수 있다. 이는 현대의 가족의 문제를 다시 생각해 볼 수 있는 계기를 제공할 것이다. 그들이 펼치는 양성성의 의미구조를 살펴보면서 궁극적으로 본고에서 추구하는 것은 한국 신화의 여성성이 일관적으로 넋두리나 질김이나 인내나 소극적 복종이라는 부정적 담론으로 일반화할 수 없다는 것을 입증하는 것이다. 또한 현대 여성의 양성성이 신화 속에 잠재되어 있던 내적 원리라는 것을 더불어 살펴볼 것이다.

네 명의 제주 무속신화의 주인공들의 양성성을 네 가지 측면에 초점을 맞추어 살펴 볼 것이다. 첫째, 여성과 남성의 관계에서 여성은 어떻게 주도권을 획득하는가. 둘째, 이 여성들은 유교적 윤리덕목을 어떻게 전복시키는가. 셋째, 이들 여성들에게 시련은 어떤 의미이며 극복 방법은 무엇인가. 넷째, 이들에게 삶에 대한 긍정의 힘은 어떻게 작용하고 있는가. 이들 네 요소가 양성성으로 어떻게 유기적으로 연결되는지 살펴볼 것이다. 그들이 펼치는 양성성의 의미구조를 살펴보면서 궁극적으로 본고가 추구하는 것은 한국 신화의 여성성이 일관적으로 넋두리나 질김이나 인내나 소극적 복종이라는 부정적 담론으로 일반화할 수 없다는 것을 보여주고자 한다. 또한 현대 여성의 양성성이 이입된 문화개념이 아니라 우리의 민간 신화 속

에 잠재되어 있던 내적 원리이며 원형적 구조라는 것을 입증하고자
한다.

1. 선택의 주체로서 양성성

제주 무속신화에 나오는 여성들은 하나같이 전복적이고 도발적이
다. 특히 〈세경본풀이〉의 자청비는 전복성과 도발성에 있어서 최고
라고 할 만하다. 어째서 이러한 여신이 등장하는 것일까. 우리는 신
화가 빠롤이고 의미작용의 한 양식이라고 했던 롤랑바르트[14]를 다
시 상기해 볼 필요가 있다. 신화 읽기가 미토스 안에서 로고스를 찾
는 것임을 상정할 때 〈세경본풀이〉의 '자청비'는 여러 측면에서 논의
가 가능하다. 여성의 몸으로 네 명의 남자와 어떤 역학관계를 보이는
지 살펴볼 필요가 있다. 자청비는 먼저 하늘나라 목도령을 사모한다.
그리고 사랑의 주도권을 자신이 가진다. 다음으로 부모 특히 아버지
와 대립하는 인물로 등장한다. 여자로서 죽은 사람을 살려내는 재주
를 가졌기 때문에 그녀는 아버지에게 쫓겨나고 만다. 또한 자기 집의
정수남이라는 하인이 자신을 범하려 하자 지혜를 발휘해서 그를 물
리친다. 마지막으로 시아버지의 시련에 기꺼이 도전함으로써 오곡을
얻어 곡모신이 된다. 제주 무속신화의 담론을 통해 신화 담론을 권력
과 관련된 언어의 앙상블로 볼 수도 있지만 신화담론 자체를 의미의
앙상블로 바라볼 수도 있다. 본고는 제주 무속신화의 담론을 통해
여성의 의미구조를 양성성의 측면에서 바라본다.
제주의 바다는 제주 무속신화의 세계를 이해하는 매우 중요한 요

소가 될 것이다. 남성들은 배를 타고 나가면 불의의 사고를 당하기도 했을 것이다. 생활의 근간을 지켜야 하는 여인들은 바다로 물질을 나가야 했을 것이고 그러다 보니 여성 중심의 경제 구조를 보일 수밖에 없었을 것이다. 제주 신들의 80%는 여신들이라고 한다. 〈초공본풀이〉, 〈이공본풀이〉, 〈삼공본풀이〉, 〈칠성 본풀이〉 등 여성 신들이 많이 등장한다. 이들 제주도 무속신화에는 여성신들 만큼이나 특징적으로 특이하게 많이 보이는 상상력은 바로 꽃이 많이 등장한다는 것이다. 특히, 〈이공본풀이〉와 〈세경본풀이〉에 등장하는 웃음 웃을 꽃, 싸움 싸울 꽃, 절망 꽃, 살오름 꽃, 오장육부 만들 꽃, 숨쉴 꽃, 환생 꽃, 피가 살아 오르는 꽃, 죽은 사람 살아내는 꽃 등 수많은 꽃들은 제주 무속신화의 세계를 사회 문화적이며 자연 환경적으로 이해하게 해주는 신화적 상상력들이다. 제주 무속신화에는 저승 세계에 꽃감관이 이승의 인간들을 관리하고 있다고 생각하였다.[15]

꽃과 관련된 신화 상상력은 중국 남반부의 소수민족들의 신화에서 보이는 것과 비슷한 상상력이다.[16] 중국 소수 민족들의 신화의 주인공들 역시 대부분 여신들이라는 점이 우리의 제주 무속신화의 상상력과 만나고 있다. 그녀들 역시 꽃을 관장하고 그 꽃은 바로 인간 세계를 나타내며 여신들은 바로 태양의 상징이기도 하고 거미의 여신이 되기도 한다. 중국 남반부의 소수민족들의 신화에서 거미의 여신들은 바로 직물의 여신들이 되고 있다. 제주의 여신들은 직, 간접적으로 꽃과 관련된 인물이 매우 많으며, 특히 자청비는 꽃 이외에도 곡모신이 되고 있다.

그런데 우리의 옛 여인상들은 자청비의 모습과는 반대로 사랑에 있어서 대부분 선택을 받는 수동적인 존재로 그려진다. 어쩌면 선택되는 것이 한국 여인들의 운명이었을지도 모른다. 여자의 운명론적 사유는 오랫동안 유교 사회를 거치면서 우리 사회에 더욱 고착화되는 이데올로기로 이념화되었다. 사실 조선 시대의 대표적인 러브스토리인 〈춘향전〉의 춘향은 이도령에게 선택되어 사랑을 받은 수동적인 인물이다. 선택받은 사랑에 대해서 그녀는 끝까지 정절을 지켜냄으로써 사랑을 성취한 여성인 것이다. 마치 우리의 이야기들은 무의식 중에 〈춘향전〉의 사랑을 유전자처럼 닮으려고 했던 경향이 있다. 이러한 사랑 담론은 비단 한국의 것만은 아니다. 전 세계에서 600개가 넘는 신데렐라 부류의 이야기들은 바로 이러한 수동적인 사랑구조를 보여주고 있다. 여성은 사랑을 하는 데 있어서도 누군가의 선택을 받아야 하는 수동적인 자세를 지닐 수밖에 없는 것이 가부장제 신화 구조에서 형성되는 스토리텔링의 구조였다. 그러나 우리 신화 〈세경본풀이〉의 주인공 자청비는 그와는 매우 다른 독특한 이야기 구조를 보여준다. 자신의 사랑을 스스로 찾아가는 자청비에게서 현대 여성의 양성성의 그림자를 읽게 된다.

〈세경본풀이〉의 자청비는 어떤 인물이었을까. 그녀는 아니무스적인 속성이 강한 남성적 여성이라고 할 수 있다. 반대로 남자 주인공 문도령은 아니마적 속성을 가진 여성적 인물이라고 볼 수 있다. 자신의 운명을 스스로 개척해가는 자청비는 궁극적으로 곡물신이 되는 여신이다. 그러나 곡물신이 되기까지 파란만장한 그녀의 삶의 스펙트럼은 현대를 살아가는 여성들의 모습과 겹치는 현대적 상상력을 담고 있다. 구체적으로 〈세경본풀이[17]〉를 분절화시켜 들여다보면서 어떻게 양성성이 실현되고 있으며 그러한 양성성이 어떤 문화적 작용과 함의를 가지는지 살펴보기로 하자.

① 자청비는 김진국 대감과 자지국 부인 사이에 귀하게 태어난 아

이였다.

② 그녀는 자신을 의미화 하는데도 매우 적극적이다. 심지어 그녀는 그녀의 몸종 손이 예쁜 이유가 항상 빨래를 해서라고 말하자 주천강 연못에 빨래를 하러 갈 만큼 적극적인 성격이다.

③ 우연히 하늘나라 문도령은 빨래하는 자청비를 보고 첫눈에 반해 땅세계로 내려오는데, 자청비 역시 그를 보자마자 그를 마음에 두고 남장을 하고 그와 함께 글공부 길에 오른다.

④ 그녀는 자청해서 그와 동거동락 하면서 자신이 여자임을 밝히지 않고 있는데, 어느 날 문도령의 아버지인 하늘나라 옥황의 소환소식이 전해진다.

⑤ 함께 서당에서 하산한 자청비는 돌아가는 길에 냇가에서 목욕을 하자고 문도령에게 제안하고 버들잎에 자신의 마음을 담은 편지를 쓴다. "눈치 없는 문도령아, 멍청한 문도령아, 연 삼년이나 한 이불속에 잠을 자도 남녀 구별 눈치 모른 문도령아"라고 흐르는 물에 띄운다.

⑥ 자청비와 문도령은 백년가약을 약속하고 문도령은 박씨 하나를 남기고 하늘나라로 떠난다. 그러나 박이 익어 가면 만나자던 문도령은 소식이 없고 자청비 집안의 하인인 정수남은 자청비를 범하려고 한다.

⑦ 자청비는 지혜를 발휘해서 정수남을 죽이는데 그녀의 부모들은 오히려 딸을 나무라고 집에서 쫓아버린다.

⑧ 그녀는 서천꽃밭을 지키는 꽃감관의 황세곤간의 막내사위가 되어 살오는 꽃, 피가 살아 오르는 꽃, 죽은 사람 살아내는 꽃들을 얻어 정수남을 살려서 부모에게 보내주지만 죽은 사람을 살려내는 것이 불길하다고 그녀의 부모에게 결국 다시 쫓겨난다.

⑨ 우여곡절 끝에 문도령을 만나지만, 이미 문도령은 혼인이 정해져 있었다. 곧 결혼을 앞둔 문도령은 부모님께 자청비에 대해서 고하지만 옥황상제는 자신의 며느리 자리를 쉽게 허락하지 않는다.

⑩ 물길 위의 작두날을 가르고 걸어올 수 있어야만 며느리가 되는데 자청비는 드디어 이를 완수한다. 하늘 옥황에 큰 난리가 났는데 자청비는 서천꽃 밭에서 가져온 꽃으로 난을 수습하게 되고 땅 한 조각 물 한 조각 내주겠다는 시아버지의 제안을 거절하고 오곡의 씨앗을 얻는다.

⑪ 그녀는 문도령과 7월 보름 백중에 인간세계로 내려온다. 이것이 문도령과 자청비가 세경의 신이 된 이유이다.

위의 이야기처럼 자청비는 사랑에 적극적인 여신이면서 농경의 여신이기도 하다. 자청비가 보여준 사랑의 의미구조와 그녀의 선택에 양성성이 어떻게 드러나고 있는지 살펴보자. 먼저 문도령의 사랑을 얻기 위해 남장을 선택한 과감함을 양성성의 첫 번째 특성으로 볼 수 있다. 자청비는 남녀관계를 주도적으로 끌고 가는 남성적 여성인 아니무스적인 인물이다. 아름다운 손을 가지기 위해 "주천강 연못에 빨래를 하러 갈 만큼 적극적인 성격"이다. 그녀는 자신의 아름다움을 적극적으로 개발하고자 하는 여성성을 가지지만 자신의 사랑을 위해 과감히 변장까지 하는 아니무스적인 속성을 가진 여성이다. 자청비는 문도령을 "마음에 두고 남장을 하고 그와 함께 글공부 길에 오르는" 인물이다.

둘째, 하인 정수남이 그녀를 범하고자 하자 그를 진정시켜서 이성적으로 대처하면서 위기를 물리칠 수 있었던 것을 들 수 있다. ⑦의 화소처럼 자청비는 지혜를 발휘해서 정수남을 죽이는데 그녀의 부모들은 오히려 딸이 집안의 재산인 하인을 죽였다고 딸을 나무라고 그녀를 집에서 쫓아버린다. 그런데 자청비가 쫓겨난 후에 그녀는 다시 남장을 선택한다. 자신이 사랑하는 남자와 함께 하기 위해 남장을 선택했던 것처럼 그녀는 자신의 위기를 극복하기 위해 ⑧의 화소처럼 다시 남장으로 "서천꽃밭을 지키는 꽃감관의 황세곤간의 막내사위가 되어 살오는 꽃, 피가 살아 오르는 꽃, 죽은 사람 살아내는 꽃들을 얻어 정수남을 살려서" 자신의 부모에게 빚을 갚으려 한다. 자신을 지키기 위해 자청비는 자발적으로 남장을 선택한다.

세 번째, 문도령과 하산하면서 먼저 사랑 고백을 한 점과 돌아오지 않는 문도령을 스스로 찾아가는 적극성을 가진다. 그녀는 시련의 통과제의를 적극적으로 받아들인다. 고전소설 속의 여주인공들이 현숙한 모습으로 기다리는 망부석의 이미지라면 그녀는 스스로 사랑을 찾아가는 망부운과 같은 존재이다. 사랑과 운명에 맞선 〈세경본풀이〉 주인공 자청비는 남녀 간의 사랑에 있어서 여성이 남성보다 더 적극적이고 능력도 더 우수한 신화 속 알파걸이다. 또한 여성 원리의 생산력과 번식력으로 읽혀지는 〈세경본풀이〉는 오곡을 가지고 하강한 자청비의 농경기원신화로 읽혀지고 있다.[18] 자청비는 망부석처럼 한 자리에서 자기의 사랑을 기다리며 인내하는 유형이 아니라 마치 망부운처럼 자신의 의지에 의해 사랑을 쟁취한 이야기이다. 여기서 망부운이란 중국의 신화학자 위 앤커에 의하면 운우지정 즉 아침에는 구름으로 저녁에는 비로 무산을 돌아다니는 무산무녀의 신화가 다른 지역으로 전해진 이야기이다.[19] 무산무녀의 주인공은 염제신의 요절한 셋째 딸 요희를 가리키는데 그녀는 요초로 다시 태어나 사람들이 그것을 먹으면 사랑을 받는다고 한다. 한 여인의 신화에 무산무녀와 같은 망부운 상상력과 요초와 같은 망부석의 기다림을 이야기하는 신화 상상력이 공존하고 있는 것이다. 이처럼 망부운 전설의 주인공 여성들은 수동적으로 사랑을 기다리는 것이 아니라 자신의 사랑을 적극적으로 지켜내고 찾아가는 능동적인 현재형 인물들이라고 할 수 있다.

넷째 문도령의 부모님의 허락을 받기 위해 스스로 험난한 통과의례를 수행했던 점을 들 수 있다. ⑨의 화소처럼 "물길 위의 작두날을 가르고 걸어올 수 있어야만 며느리가 되는데 자청비는 드디어 이를 완수한다."는 것은 자청비의 영웅성을 보여주는 것이다. 그리고 그녀는 하늘 나라의 난을 평정하고 시아버지에게 보답으로 받는 것이 권력의 끝자락인 "땅 한 조각이나 물 한 조각"이 아니라 "곡물"이라는 점은 그녀를 문화적 양성성의 욕망을 가진 인물로 읽게 한다. 여성의 신분으로 남장까지 해서 그녀가 얻어낸 것은 비단 사랑에 머무르지 않는다는 점이다. 그녀는 한 인간을 사랑하는데 성공한 것이 아니라 인류를 위해 곡식을 얻어낸 문화영웅이다.

우리 시대에 자청비는 도발적이고 주체적으로 인식되는 사랑의 아이콘이다. 그녀에게 사랑의 의미작용은 매우 전복적인 상상력이다. 사랑은 선택받는 행위가 아니라 스스로 선택하는 자발성을 가진 의미체계로 변화시키고 있기 때문이다. 사랑을 위해 남장을 하고 사랑을 위해 죽음을 불사하는 용기를 보이고 사랑을 통해 세상을 보듬는 곡물신이 된다는 것은 양성성의 상상력을 보여주는 것이다. 능동적이고 자발적인 사랑의 주체가 남성이라는 기존의 이야기 담론 체계에 사랑의 역학관계를 바꾸는 인물이다. 여성이 온전히 자신의 특성을 지켜가면서 자신의 자리를 찾아가는 일은 지극히 어려운 일이었다. 하지만 자청비는 옛 이야기 속에서 매우 주체적이면서 자주적인 여성상이다. 그렇다고 아름다움이나 여성적인 것을 포기하면서까지 찾아가는 것은 결코 아니다. 그녀는 아름다움을 위해 빨래를 자청하는 매우 적극적인 여성인 것이다. 자청비는 개방적이고 자주적인 제주 여신들의 원형이라고 평가되곤 한다.

자청비는 현대를 살아가는 여성들에게 정신적인 신화적 멘토를 제공해줄 수 있는 적극성을 가진 인물이다. 자신의 생각을 합리적으로 풀어가는 여성으로서 갈등과 포기가 아니라 대화와 극복이라는 긍정의 힘을 가지는 여성이다. 자청비는 남녀 간의 관계나 부모와의 관계에서 결코 자신을 잃어버리는 유형이 아니다. 그녀는 누군가에 의해서 살아가는 수동적인 인물이 아니라 스스로를 지켜내는 힘을 가진다. 또한 현재의 자신을 더욱 발전시켜서 보다 더 큰 자아로 나아갈 수 있는 전형적인 알파걸[20]적인 속성을 보인다. 알파걸은 태생부터 차별이나 부당함을 인정하지 못하는 이 시대의 주체적이고 능동적인 여성들을 일컫는 신조어이다. 자청비는 신화 속의 알파걸이라 칭할 수 있다. 그녀는 어렵게 도달한 마지막 시험의 자리에서 자신의 영달이 아니라 세상을 보듬을 수 있는 오곡을 원하였다. 자신을 더 큰 자아의 세계로 던질 수 있는 여성이다.

2. 효도의 의미 재정립과 양성성

우리의 제주 무속신화에는 자기 자존감을 가장 중요하게 여기는 인물이 등장하는데, 바로 〈삼공본풀이〉의 가믄장아기이다. 제주 무속신화 〈삼공본풀이〉의 주인공 가믄장아기는 고전소설 〈심청전〉과 『삼국유사』의 〈효녀지은설화〉를 떠올리게 하며 어느 부분에서는 『삼국유사』의 〈무왕〉편에 등장하는 〈서동요〉이야기를 떠올리게 한다. 최근 심청의 인신공희 상상력은 현대소설에도 이어지는 상상력으로 활용되고 있는데, 대표적인 작품이 황석영의 〈심청〉이라는 작품을 들 수 있다. 19세기 중국 배에 팔려간 심청은 용왕에 간 것이 아니라 동아시아의 매춘의 경로를 보여주고 있다. 심청의 상상력은 우리 문화권에서 문화적으로 다양한 스펙트럼 속에서 조명되기도 하고 재생산되는 이야기이다.

그런데 제주 무속신화의 〈삼공본풀이〉의 막내딸 가믄장아기의 이야기는 고전소설에 등장하는 심청이와는 근본적으로 변별점을 가진다. 일단 가믄장아기는 부모로부터 매우 독립적이다. 김정숙은 가믄장아기의 가장 중요한 동기가 일과 신념이라고 말한다.[21] 일과 신념에 의해서 자기 자신을 삶을 개척하는 인물은 아니무스적인 속성을 가진 남성적 여성인 것이다. 자청비가 사랑하는 문도령에게 한눈에 반해서 남장을 선택한 다소 디오니소스적인 감성적 인물이라면 가믄장아기는 집에서 쫓겨나 의탁하는 집의 막내아들을 선택한다. 그녀가 남편을 선택한 기준은 철저히 이성적인 판단에 의한 것이다. 그녀는 부모에게 쫓겨나는 극한 상황에서도 감성적인 슬픔에 포기하지 않고 자신을 추스르는 이성적인 아폴론적인 인물이다. 그녀의 남편 선택 기준은 벗처럼 지낼 수 있는 마음씨 좋은 사람이다. 그녀는 남편을 종용해서 부를 일궈낸다. 그리고 자신을 쫓아버린 부모님들을 위해 두 언니처럼 말로 치장하는 효도를 하기보다는 부모를 위해 먹을 것을 장만하고 눈을 뜨게 해주는 실천적이고 이성적인 효도를 실행한다. 〈삼공본풀이〉의 화소를 분절화해보면 다음과 같다.

① 윗 마을 남자 거지와 여자 거지가 결혼해서 아이를 낳았는데,

첫째는 은장아기이고, 둘째는 놋장아기이고, 셋째는 가믄장아기 즉 나무바가지 아기이다.

② 그런데 이 거지가 셋째 딸을 나면서 집안에 운이 넘치기 시작해 부자로 살게 된다.

③ 부모는 딸들에게 '누구 덕에 입고 행동하느냐?'라고 물었는데, 위의 딸들이 부모의 덕을 칭송하는 것과 다르게 막내 가믄장아기는 '내 배꼽 아래 선그믓 덕으로 먹고 행동한다.'고 당돌하게 말한다.

④ 이에 화가 난 부모는 딸을 내쫓게 되어 가믄장아기는 어느 초가집 마를 캐는 아들 셋을 둔 집으로 간다.

⑤ 거기에서 가믄장아기는 가장 심성이 좋은 셋째 아들과 결혼해서 마를 캐는 곳으로 가서 어마어마한 금을 얻어 부자가 된다.

⑥ 가믄장아기는 자신을 내쫓고 나서 거지가 되고 장님이 된 부모를 위해 거지 잔치를 열어 모시고 그들을 대접해서 마침내 눈을 뜨게 한다.

여러 가지 이야기가 매우 재미있게 얽히고 설킨 신화가 바로 〈삼공본풀이〉이다. 여기에서 우리는 심청전의 모티프, 선화공주와 백제무왕이 된 〈서동요〉의 서동 이야기 모티프, 효녀 이야기, 반쪽이 설화 모티프 등이 얽혀있는 것을 볼 수 있다. 〈삼공본풀이〉처럼 우리 옛 이야기들에 등장하는 셋째 딸과 셋째 아들의 의미는 아주 특별하다. 매우 재주가 있거나 아니면 무척 바보스럽다. 가믄장아기는 재주 있는 셋째 딸이고 가믄장아기의 남편이 되는 셋째 아들은 반쪽이처럼 바보같고 충직하다. 이들의 만남은 남성적인 여성과 여성적이고 의존적인 남성의 조화라는 문화적 의미를 함축한다. 주체적이고 이성적인 가믄장아기에 비해 막내아들의 유일한 장점은 두 형들에 비해서 착한 마음을 가지고 있었다는 것이고 다행히 그것을 알아본 가믄장 아기는 그를 낭군으로 맞이한다. 그런데 신기하게도 이 이야기는 신라의 선화공주 이야기와 백제의 무왕인 맛동의 이야기를 떠올리게 한다. 서동의 직업과 막내아들의 직업이 일치하고 있음을 보게 된다. 이들은 둘 다 부인 덕에 금을 발견한 인물들이다.

진평왕의 선화공주 역시 셋째 딸이며 공교롭게 부모에게 쫓겨나고 만다. 물론 가믄장이는 자신의 복 때문에 잘산다고 해서 쫓겨난 자발적 퇴출의 장본인이라면 선화공주는 타율적인 퇴출이다. 서동이라는 인물의 유언비어 때문에 강제로 궁에서 쫓겨난 인물이다. 하지만 이들이 남편과 더불어 부를 얻는 방법은 동일하다. 스스로 살 길을 모색하는 과정에서 금을 발견하게 된다는 것이다. 〈서동요〉에서는 셋째 딸 선화공주의 불미스런 행실이 세상에 노래로 회자되는 것을 괘씸히 여겨 왕은 그녀를 왕궁에서 쫓아버린다. 결국 소문을 퍼트린 장본인 서동은 선화공주를 백제로 데려와 결혼하고 자신이 마를 캐던 곳으로 그녀를 인도한다. 그곳에는 금덩이가 쌓여 있으므로 그들은 결국 부자가 되고 아버지 진평왕에게도 인정을 받는 딸과 사위가 되었다고 전해진다.

선화공주와 서동이 발견한 금은 다소 횡재의 성격을 가진다. 그러나 가믄장아기와 막내아들이 발견한 금은 의미가 좀 다르다. 성실하고 심성이 고운 막내아들을 선택한 가믄장아기의 의지와 노력이 가미된 결과이기 때문이다. 가믄장아기가 금을 얻는 과정에 분명히 의지가 반영되었다고 보이는 지점이다. 그리고 선화공주와 서동이 금을 왕에게 전달한 것은 자신들의 입지를 확보하기 위한 것이었다고 볼 수 있다. 금을 신라에 전달한 다음 서동은 진평왕의 인정을 받아 무왕이 되었다고 전한다. 물론 이것은 설화적 진실이다. 그러나 가믄장아기와 막내아들의 금은 보다 실천적인 부분에 쓰인다. 가믄장 아기는 거지가 되고 눈이 먼 자신의 부모들을 위해 거지 잔치를 열고 눈을 뜨게 한다.

가믄장아기는 가난과 여성이라는 장애를 극복한 이야기 속의 양성성의 욕망을 가진 인물로서 지혜와 이성을 바탕으로 상황을 대처해 나가는 인물이다. 적극적인 현대 시대의 도전적 알파걸의 모태이다. 가믄장아기는 자신의 뜻을 굽히지 않고 자신의 신념에 따라 길을 위해 과감히 집을 나설 수 있는 강단을 가진다. 그렇다면 가믄장아기가 부모에게 부모의 덕이 아니라 자신의 선그뭇 덕으로 먹고 입고 행동한다고 말한 이유는 무엇일까. 여기에는 부모와 자식의 관계 형성에 대한 신화적 의미가 들어있다. 결국 부모와 자식은 서로에게 종속된 관계가 아니라 서로에게 독립적인 관계여야 한다는 신화적 담론체계를 형상화한 것이다. 신화의 미토스는 현실을 이해하게 하는 로고스를 담고 있게 마련이다.

가믄장아기의 가출은 인간으로서 스스로의 자존을 인식한 여성임을 보여주기 위한 행위였다. 우리는 도전적인 양성성을 갖춘 현대 여성의 원형적 이미지를 〈삼공본풀이〉의 가믄장아기에게서 찾을 수 있다. 그러나 가믄장아기는 우리 신화에 등장하는 막내딸 콤플렉스도 잘 드러내주는 복합적인 인물 유형이다. 막내딸 콤플렉스란 부모를 위하거나 집안을 위해 자신을 희생하는 인물 유형으로 〈바리공주〉에게서 비롯된 용어이다. 가믄장아기 역시 마지막 딸로써 장님이 되어버린 거지 부모를 거두는 구원의 인물인 것이다. 희생의 이야기로 치자면 〈심청전〉을 들 수 있지만 근본적으로 가믄장아기와 심청이는 거리가 있는 인물이다. 심청이는 공양미 삼백 섬 때문에 어쩔 수 없이 팔려간 인물이지만 가믄장아기는 스스로 자신의 운명을 선택한 여성이다.

　여성은 전통적으로 자신에게 주어진 사회적 역할을 부모에게, 남편에게, 자식에게 종속시키는 경향이 있었다. 가믄장아기는 부모에게 종속된 자신의 존재를 과감히 분리시킬 수 있는 양성성을 가진 인물이다. 태생부터 자존을 위해 고민하는 열등감이 없는 도전적인 여성이 미국의 학자 댄 킨들런이 정의한 알파걸이라면 태생부터 부모로부터 독립심을 가진 여성이 바로 가믄장아기이다. 가믄장아기의 남편 고르는 태도 역시 진취적이고 현명하다. 그녀가 남편을 고르는데 있어서 부모의 의견이나 다른 사람의 조언은 의미가 없다. 그녀는 스스로 자신의 이성적 판단에 의해 남편을 선택한다. 그녀는 세 남자의 마를 먹는 방법을 보면서 인간됨을 판단한다. 위의 두 형은 살 많은 잔등을 자신들이 먹는 반면 셋째 아들은 그 부분을 부모님에게 준다. 또한 쌀로 한 밥을 세 아들에게 내놓자 위의 두 형은 먹어보지 않은 것이라고 사양하고 셋째만 즐겁게 받아먹는다. 따라서 가믄장아기는 셋째 아들을 자신의 남편으로 받아들인다. 즉 인간의 도를 알면서 삶에 대한 호기심과 도전을 가진 남성을 스스로의 판단으로 선택한 것이다. 기존 이야기들에서 배필이 정해진 것이 대부분이라면 가믄장아기가 스스로 자신의 짝을 선택하는 부분은 현대 시대를 살고 있는 여성들의 양성성의 욕망과 통한다.

　부모가 만들어준 안정된 집안에서 자라고 또 집안을 벗어나지 못하던 이야기 속의 여인들과는 다르게 가믄장아기의 외출은 무모하고 위험할 정도로 과감하기까지 하다. 남자 같은 여자라거나 소년의 모습을 띤 소녀라는 미야자키 하야오의 애니메이션 〈센과 치히로의 행방불명〉이나 〈하울의 움직이는 성〉의 여주인공 '치히로'와 '소피'를 보는 것처럼 현대적이고 적극적인 인물이 가믄장아기이다. 가믄장아기는 스스로 삶을 개척한다는 긍정적인 의미를 던져주는 이야기 속의 주인공이다. 버려졌지만 좌절하지 않고 자신의 길을 개척하는 당찬 여성이다. 자신의 일을 통해 수많은 난관을 극복하는 여성들을 이 가믄장아기의 모습에서 찾아볼 수 있을 것이다. 그렇다고 가믄장아기가 부모를 거부하는 배은망덕한 인물은 결코 아니다. 부모에게서 떨어져 나와 스스로를 진정한 성인으로 발전시켜 나가면서 동등한 인격체로 성장하는 것이다. 우리는 신화 속 이야기들에서 자신의 진로를 스스로 결정해서 사회로 나아가는 이 시대의 가믄장아기들을 상상해 볼 수 있을 것이다. 현대 사회는 누군가의 생각이 아니라 스스로 현명하게 자신의 배우자를 찾아가는 신화 속 가믄장아기들이 많아지고 있다. 우리 신화의 오래된 이야기에 이렇게 급진적이고 미래 지향적인 양성성의 여성이 있다는 사실이 참으로 새롭게 다가온다. 가믄장아기를 효와 관련되거나 희생제의 측면에서 논의하는 일방적인 방식에서 벗어나 인간의 성장과정과 독립이라는 측면에서 받아들일 필요가 있다.

3. 전도된 의미작용과 양성성

『삼국유사』에도 자청비와 가믄장아기처럼 양성성의 여성 신 모습이 보이는 부분이 간혹 있는데, 그 중 가장 기억할 만한 이야기는 〈낙산의 두 성인 관음과 정취 그리고 조신〉이라고 하는 이야기에 마치 부록처럼 딸린 조신설화 부분의 이야기이다.

'일만 팔천 신들의 고향'이 바로 제주도라고 부른다. 그러한 신들

중에서 80퍼센트 이상이 여성신이라는 것은 제주의 사회문화적이고 지리적인 것과 밀접한 연관성을 가진다. 우리는 〈송당본풀이〉와 〈궤네깃당본풀이〉에서 돼지고기와 여성 신화와의 관계를 살펴볼 수 있다. 기본적으로 제주도 민간 신화는 삼성혈에서 남자 셋이 태어났고 여자들은 배를 타고 유입된 구조에서 시작한다. 어찌 보면 토착신인 남성신과 유입된 이방신인 여성신의 끈질긴 갈등이 신화에 뿌리를 차지한다고 볼 수 있다. 따라서 우리나라 다른 지역에 전하는 이야기와는 다르게 여성과 남성의 갈등이 첨예하게 표층화되고 있으며 특히 여성신들의 성격이 매우 강하게 등장하고 있는 것을 볼 수 있다.

제주 무속신화에서 여신은 주로 농경과 관련이 있다. 그녀들이 성으로 입성할 때 반드시 동반되는 것이 바로 오곡의 곡식과 소와 말이다. 이것들은 농경문화의 산물로써 수렵문화를 이루는 토착 남신들과의 갈등을 예고할 수 밖에 없다. 삼성혈에서 솟아난 남신과 바다 건너 곡식을 가지고 온 여신들은 험난한 부부생활을 시작한다. 이들 부부는 식생활 문화에서부터 모든 소소한 문화가 충돌할 수 밖에 없다. 먹지 말아야 하는 고기를 먹어서 갈등을 보이는 신들이 유독 제주 무속신화에 많은 것은 지리적 특성과 문화적 특성을 보여주는 지표들이다.

제주 무속신화의 부부들은 유교 사회에서 보여주는 전형적인 과정과는 매우 다르다. 즉 부부의 기호학적 의미가 매우 자의적이라는 점을 들 수 있다. 특히 〈송당본풀이〉에 등장하는 부부의 관계는 남성과 여성의 권력 투쟁으로 볼 수 있고 토착신과 유입신의 갈등으로 볼 수도 있다. 솟아난 남신과 외지에서 들어 온 여자들이 순탄하게 살아갈 수는 없었을 것이라고 김정숙은 이야기 한다.[22] 일면 공감이 가는 말이다. 밭을 갈아야 하는 소를 잡아먹어버린다거나 거름을 공급하는 돼지를 잡아먹어버리는 것은 부부 신들의 갈등의 원천이었다. 이는 생태적인 삶을 이해하면 자연스럽게 이해가 될 것이다.

제주의 부부 신들이 "땅 가르고 물 갈라서" 분산하는 극단적인 방법을 취한다는 것 역시 기존 다른 지역의 신화에서 찾아 볼 수 없는 요소이다. 제주의 신화에는 남성 신에게 절대적으로 복종하는 여성 신이 존재하지 않는다. 또한 남성의 절대적인 권위가 없다. 척박하고 불리한 자연환경에서 삶의 주역으로 활동해야 했던 제주의 여신들은 자신들의 당당한 목소리를 낼 수 밖에 없었을 것이다. 드라마 〈김만덕〉에서 우리는 제주 여성들의 부지런함과 무뚝뚝함 그리고 경제력을 함께 지켜볼 수 있다. 제주의 척박한 땅에서 거상이 된다는 김만덕은 어쩌면 제주의 신화들 속에서 볼 수 있는 주체적이고 자주적인 여신들의 현현이라고 볼 수 있다. 제주 여성들이 연구자들의 관심을 끄는 이유는 남성의 질서에 전복과 위반을 가져오는 단순한 이유 때문이 아니라 한 인간 안에서 남성과 여성이 공존하는 조화로운 존재인 양성성의 현대적 인간형을 보여주기 때문이다.

한라산에서 솟아나 사냥을 하면서 살아가는 남성 신들에게 어느 날 오곡과 송아지를 가지고 외지에서 이 섬에 찾아든 여성 신들의 결합이 〈송당본풀이〉의 내용이다. 즉 수렵문화와 농경문화의 충돌이 바로 남성신과 여성신의 갈등과 결합이라고 볼 수 있을 것이다. 수렵을 하던 습관을 가진 남성신은 여성신이 중요하게 여기는 농경의 도구인 짐승을 잡아먹어 버린다. 〈송당 본풀이〉를 간단하게 화소별로 재구성해서 살펴보자.

① 남성신 소천국은 오곡과 소를 가지고 외지에서 입도한 백주또

와 결혼한다. 이들에게는 아들과 딸이 수십 명이 생기고 손자는 수백
에 달한다.

② 그러나 수렵을 하던 소천국은 늘 노는 것이 일상이 된 인물이
다. 그에게 일상은 사냥이었고 사냥은 필요한 때만 나가서 하면 되는
일이기 때문이다.

③ 그런데 육지에서 들어온 백주또의 삶의 방식은 상당히 다르다.
그녀에게 삶이란 사냥처럼 비정규적인 노동이 아니라 늘 정규적인 노
동을 요구하는 농사와 같은 것이다.

④ 백주또는 사냥에 길들여져 놀면서 지내는 남편에게 도시락을
싸주면서 소를 가지고 밭을 일구도록 종용해 들로 내보낸다. 그러나
지나가던 중에게 자신의 도시락을 줘버린 소천국은 배가 고픈 것을
참지 못한다. 급기야 밭을 갈기 위해 가져간 소를 잡아먹어 버리고
거기에서 그치지 않고 한 발 더 나아가 옆 밭의 소까지 잡아먹어 버
린다.

⑤ 자식을 위해 정기적으로 일정한 먹을 것을 마련하고자 했던 백
주또는 밑천마저 잃어버린 셈이다. 남편이 잡아먹은 소는 수렵의 대
상이 아니라 농경문화의 재산이었기 때문이다.

⑥ 화가 난 백주또는 과감하게 남편에게 "땅 가르고 물 갈라 살림
을 분산합시다"라고 냉철한 해결법을 제안한다.

⑦ 부인과 헤어진 소천국은 다시 수렵 생활을 하면서 유유자적하
게 살아간다. 그러나 이미 헤어질 때 백주또는 막내아들을 잉태하고
있었고 그 아들 궤네깃또가 태어나 3살이 되자 아버지를 인식시켜주
기 위해 소천국을 찾는다.

⑧ 이때 아들이 장난으로 아버지 소천국의 수염을 잡아당기자 아
버지는 화가 나서 아들을 무쇠석감에 담아 동해바다에 던져버린다.

⑨ 수년을 떠다니던 무쇠석감과 아들 궤네깃또는 동해용궁에 도착하고 용왕의 막내딸과 결혼한다. 그 막내 사위 궤네깃또는 닥치는 대로 소와 닭을 먹어치워 용왕도 참지 못하고 막내딸과 사위를 다시 무쇠석함에 넣어 강남천자로 흘러가게 한다.

⑩ 강남천자에 도착한 부부는 큰 난을 평정하였지만 강남천자에 머무르지 않고 제주에 다시 들어왔다.

제주에는 "궤네깃또"를 맞이하고 기념하기 위해 돼지를 통째로 제사상에 올리는 풍습이 생겼다고 한다. 이는 농경문화의 대변인인 백주또와 수렵문화의 대변인인 소천국의 대립과 갈등을 그린 이야기이다. 당시 농경문화의 자식인 백주또의 자식을 동해에 돌려보냈으나 이 자식은 다시 제주로 돌아온다. 이는 어쩌면 농경문화와 수렵문화의 화해가 어느 정도 이루어진 것이라 하겠다. 이때부터 제주에는 돌아온 궤네깃또를 위해 돼지를 통째로 제사상에 올리는 풍습이 생겼다고 한다.

그렇다면 왜 우리는 여성성의 새로운 이미지로 백주또의 상징성에 집중해야 하는가. 백주또의 삶의 자세가 무척 진보적인 양성성의 측면 때문이다. 자신의 운명을 개척하면서 사랑을 얻고 곡모신이 된 자청비와 부모로부터 버림을 받지만 자신의 삶을 개척하고 부모를 다시 살린 가믄장아기처럼 백주또는 남성적인 속성을 가진 여성 즉 양성성의 전형을 보여주는 인물이다. 대부분의 신화 속 이야기에서는 자신의 의견이 합리적으로 전달되지 않는 상황에서 가부장제의 여성들은 주로 인고와 견딤을 미덕으로 알고 넋두리와 질김의 인생을 살아야 했다. 그런데, 남편의 말도 안 되는 불합리한 상황에 백주또는 절대로 호락호락하지 않다는 것이다. 또한 이미 헤어진 남편이지만 자식의 입장을 헤아려 부모를 만나게 하려는 의도 역시 무척 현대적인 발상이다. 아들을 데리고 이미 헤어진 남편을 찾으러 가는 것이다.

우리는 백주또의 이야기를 보면서 부부관계의 독립성을 보게 되며 자립적인 어머니 상을 보게 된다. 부부관계에 있어서 합리적인 대화와 소통이 무엇보다도 중요함을 소천국과 백주또는 보여준다. 백주또는 기존 신화와 옛이야기에서 활용하는 부부관계를 재점검하게 해주는 신화적 의미작용을 보여준다. 신화의 이야기는 모든 담론의 조직 원리를 가장 전형적으로 드러내준다. 김열규는 "신부의 의미론"이라는 이야기를 하면서 신부 측과 신랑 사이의 교환에는 신부 측에서 신랑에게 안겨주는 고통이나 난관이 포함된다고 말한다. 신부 측에서는 신랑에게 안겨주고 신랑은 그것을 받아넘겨야 한다고 말한다.[23] 이러한 신부의 의미론이 백주또에게는 해당되지 않는다는 것이다. 백주또의 부부관계와 부모와 자식관계를 살펴볼 때 무척 독립적인 양성성이 보인다. 모성인 백주또에게 부성의 요소가 들어있고 여성이면서 남성의 모습을 보인다. 백주또는 양성성의 또 다른 인물이다.

의존적인 오늘날의 부모와 지식의 관계를 두고 볼 때 백주또와 소천국의 부모와 자식관계는 현대 문화를 다시 생각해 보게 한다. 소천국은 자식의 무례함을 참지 못하고 자식을 동해바다에 버리고 만다. 매우 살벌한 부정이라고 느껴진다. 그러나 이것은 부모와 자식의 상징적 관계를 보여주는 것이다. 조금만 더 넓게 생각해본다면 부모와 자식이 격을 갖추어야 한다는 의미로 재해석 될 수 있을 것이다. 부모와 자식의 삶이 독립적으로 존재할 수 있어야 함을 〈세경본풀이〉의 자청비와 그녀의 부모들을 통해서 볼 수 있으며, 〈삼공본풀이〉의 가믄장아기와 그녀의 부모들의 관계를 통해 볼 수 있었다. 마찬가지로 〈송당본풀이〉의 소천국과 백주또와 궤네깃또에게서 부모와 자식의 독립적인 관계의 문화적 기의를 읽게 된다.

백주또의 "땅 가르고 물 갈라 살림을 분산합시다"라고 하는 냉철한 해결법과 이성적인 판단은 옛 이야기와 신화의 이야기에서는 찾아보기 힘든 매우 독특한 구조를 보인다. 미래를 중시하는 삶의 태도를 견지하는 양성성의 욕망을 가진 인물로 볼 수도 있을 것이다. 삶의 테두리를 정리하고 미래를 준비하는 여성들은 백주또의 현대적 현신들이다. 백주또는 자청비와 가믄장아기처럼 새로운 양성성의 인물들로서 기존의 가부장적 질서를 넘어서는 양성성의 모성을 가진 인물이다. 우리 신화의 여성 신들은 현대의 문화담론에서 이야기하는 알파걸적 속성과 양성성의 특성을 아주 오래전부터 원형적으로 그려 보이고 있다. 자청비, 가믄장아기, 백주또는 현대의 양성적 페미니즘의 원형적 상상력이 될 수 있을 것이다.

4. 할머니의 의미 작용과 양성성

제주도의 문화적 특성을 보여주는 드라마 두 편이 방영되었다. 역사적 여성 영웅을 그린 〈김만덕〉과 동성애와 제주도의 가족관계를 보여주는 〈인생은 아름다워〉가 그것이다. 〈김만덕〉은 조선 정조 시절에 살았던 여성으로 제주도뿐만 아니라 전국적으로 알려졌던 인물이었다. 자신이 모은 평생의 재산을 흉년이 들어서 죽어가는 제주도 사람들을 위해 썼다. 그리고 당시 여자로서는 상상할 수 없는 금강산 유람을 실행한 여인이었다. 따라서 그녀는 서울 장안에서 큰 화제를

불러일으켰으며 사대부를 비롯한 많은 사람들이 직접 만나보고 싶어
했던 인기 있는 조선의 유명 인사였다. 형조판서를 지낸 이가환은 시
를 지어 헌정하였고 영의정 채제공은 〈만덕전〉이라는 전기문까지 써
서 바쳤을 정도였다. 그녀는 유통업으로 벌어들인 전 재산을 기부해
도탄에 빠진 제주도민들을 살려낸 여성 영웅이다. 그녀의 이력은 당
시 시대에는 매우 독특한 것이었다.

제주 만덕관의 김만덕

만덕은 가난한 집에 태어나
12살에 부모님이 모두 사망하
여 기생의 몸종으로 의탁하였
다. 그리고 이후 기생의 수양딸
이 되어 가무를 익혀 제주도에
서 한때 가장 유명한 기생으로
이름을 떨쳤다. 출신도 미천한
기생이었던 독신녀이지만 그녀
는 객주를 운영하면서 제주도
물품과 육지 물품을 교역하는
유통업을 통해 막대한 부를 이
루었다. 그리고 평생을 통해 모
은 돈을 계속되는 기근에 시달리는 제주도민을 살려내는데 아낌없
이 내놓았다. 그녀가 후대에 칭송받고 있는 요인이다.

김만덕은 자신이 쌓은 부를 사회에 환원함으로써 정조 임금의 칭
송을 한 몸에 받았고 비록 명예직이었지만 '의녀반수'라는 벼슬에 올
랐다. 이는 당시 여성에게는 상상도 할 수 없는 일이었다. 정조가 그
의 업적을 치하하기 위해 소원을 물었을 때 만덕은 주저 없이 금강
산 구경이라고 대답하였다. 당시 여성은 육지에 갈 수 없다는 법이

있었다. 그러나 김만덕은 사회적 금기에 도전하면서 여성에게는 제한된 이동의 자유를 요구하였다. 금강산 구경은 당시 성공한 남성의 특권이었다. 김만덕은 여성으로서 놀라운 일을 행하였고 새로운 것을 개척해나가는 용기 있는 여성이었다. 김만덕은 자신의 욕망을 억제하면서 삼종지도를 유일한 덕으로 삼았던 조선의 여인들에 비해서 자신의 꿈에 충실하고 세상에 개방적이었던 양성성의 소유자라고 할 수 있다.

처녀의 몸으로 스스로 민중을 위해 마음과 재산을 아끼지 않는 김만덕 이야기에서 제주도 삼승할망 신화의 주인공인 명진국 따님애기를 떠올리게 된다. 삼신할미하면 제주도에는 명진국 따님애기를 지칭하는 말이고 내륙지방에는 당금애기를 두고 하는 말이다. 둘 다 공통점은 처녀가 아기의 탄생과 관련 있다는 것이다. 명진국 따님애기의 경우에는 직접 자식을 낳지는 않는 순수한 처녀 삼신할미이고 당금애기는 상징적인 결혼이지만 젓가락 결혼과 같은 절차를 통해 쌀 세 톨로 임신을 해서 세 명의 아들을 낳는다. 그리고 그 아들들을 훌륭하게 키우고 비로소 삼신할미가 되는 것이다. 그렇다면 명진국 따님애기의 삼신할미는 어떤 사연이 있으며 김만덕과는 어떤 점에서 비슷한 상상력을 가지고 있는지 그 상상력을 들여다보자.

제주도 삼신할미의 모습은 할머니가 아니라 아리따운 처녀라는 데 특별함이 있다. 성처녀 어머니와 같은 신화의 원리가 보이는 구석이기도 하다. 이야기는 대강 이러하다. 동해용군 아버지와 서해용궁 어머니는 어렵게 딸을 가졌다. 그 딸이 동해 용궁 따님인데 무척 버릇이 나빴다. 조금 더 커도 버릇없기는 마찬가지여서 아버지는 부인에게 딸을 죽이자고 한다. 어머니는 차라리 무쇠상장에 가두어 인간세

계에 보내자고 하였고 그래서 동해 용궁 따님은 인간 세계로 보내진
다. 어머니를 떠나기 전 하소연하는 딸에게 어머니는 인간세계에 가
서 아기를 마련해주는 생불왕이 되어 먹고 살라고 조언한다. 그리고
아이를 만드는 과정과 돌보는 과정을 알려주지만 아버지의 호통 때
문에 아이를 어떻게 출산시키는 지는 알려주지 못했다. 인간 세계의
여자에게 아이를 갖게 해주었지만 막상 어떻게 아이를 출산시키는지
는 알지 못했고 아이의 아빠는 옥황상제에게 제사를 지내며 아이의
탄생에 대해서 기원을 드린다. 옥황상제는 신하들로부터 인간세계의
명진국의 한 따님이 적합한 인물이라고 이야기 듣고 그녀를 아이를
낳게 하는 생불왕에 올린다. 그러나 명진국 따님은 옥황상제에게 당
당히 자신의 뜻을 이야기하면서 불만을 이야기한다.

우여곡절 끝에 명진국 따님애기는 생불왕이 되어 인간의 여성이
애기를 낳을 수 있게 되는데 동해 용왕따님은 명진국 따님 애기가
아이를 낳게 하자 자신의 일을 넘보았다고 싸움을 건다. 옥황상제는
이 둘을 불러 물 가르기와 꽃 기르기를 시킨다. 그때 명진국 따님은
지혜로움을 통해 내기에 승리하여 애기를 출산시키는 삼신할미가 된
다. 그리고 동해 용궁따님을 설득시켜서 저승할미가 되게 한다. 신동
흔[24]은 이승할머니 명진국 따님애기의 짝으로서 저승할미 동해 용궁
따님 애기의 존재는 좋은 일에 궂은 일이 맞물려 움직이는 세상사에
대한 신화적 상상력이라고 설명하고 있다.

이 명진국 따님애기의 이야기에서 흥미롭게 느껴지는 부분은 명진
국 따님애기의 자질이다. 즉 처음에 생불왕으로 자신이 낙점되었을
때 옥황상제에게 자신의 처지와 입장을 분명하게 말할 수 있는 여성
이라는 점이다. 자신이 결혼도 하지 않았고 부모님도 아직 살아 계시
다는 이야기를 하면서 자신이 생불왕이 되는 것이 부당함을 피력하

고 있는데, 여성으로서 매우 주체적인 사고를 보인다. 또한 동해 용왕따님이 싸움을 걸었을 때 자신의 논리 정연한 언변으로 상대방을 설득시키는 점이 돋보인다. 저승할미에게도 자기와 똑같이 제사 음식을 나누어 먹겠다고 한 것이다. 이는 삼신할미의 모습이 내륙과는 매우 다른 양상이다.

〈인생은 아름다워〉를 보면 보통 다른 드라마와는 다른 가족 구도를 보인다는 점에서 흥미롭다. 할아버지와 할머니와 자식들이 같이 살기는 하지만 밥을 해먹는 것은 따로따로이다. 즉 같이 살지만 솥은 따로 거는 방식의 독립적인 삶의 형태를 보인다는 것이다. 내륙을 배경으로 하는 드라마는 할아버지와 할머니를 비롯해서 모두 모여 밥을 먹는데 제주도의 풍습을 보여주는 이 드라마는 시종일관 할아버지와 할머니는 따로 밥을 해 먹는다. 자식과 부모가 어느 정도 독립된 인격체임을 보여주는 문화적 특성이다. 드라마의 할머니 역시 매우 강인한 제주도 할머니의 모습이다. 바야흐로 할머니 담론이 점점 많아지고 있다. 애니메이션 〈빨간 모자의 진실〉에 등장하는 할머니는 원작 〈빨간 모자〉에서 나오는 희생적이고 인자한 할머니가 더이상 아니다. 애니메이션 속 할머니는 자신의 삶을 사랑하며 익스트림 스포츠를 즐기는 양성성의 할머니이다. 할머니의 양성성이 실현되고 있는 애니메이션이라고 하겠다. 고령화 사회에서 점점 할머니 담론은 문화의 한 부분을 장식하는 새로운 이야기가 될 것이다.

지금까지 제주 민간 신화인 〈세경본풀이〉〈삼공본풀이〉〈송당본풀이〉〈삼승할망본풀이〉에 등장하는 여성 주인공인 자청비, 가믄장아기, 백주또, 명진국 따님의 양성성과 문화의 현대적 의미를 점검해서 그 현대적 의미를 살펴보았다. 여성신들에 대한 담론이 지나치게 주변화되었다는 반성에서 이 논의는 시작되었다. 넋두리나 질김이나 인고 등의 희생과 관련된 언어로 여성의 문화를 정의했던 것이 그간 연구의 흐름이라면 여기에서는 우리의 신화 이야기 속에 여성의 창조적 주체성과 양성성이 오랜 시간 동안 내재되어 왔었다는 것을 입증하고자 한다. 현대의 알파걸과 양성성의 문화가 갑자기 어느 한 순간에 외국의 일방적인 영향을 받아서 우리문화에 갑자기 탄생한 이입 문화가 아니라 우리 안에 유전자처럼 오랫 동안 내재되어 있었던 고유의 상상력이었다는 것을 보여주고자 함이다. 위에서 이야기한 것처럼 제주 민간 신화에 등장하는 여성의 모습은 매우 현대적인 속성을 가진다. 이 말은 우리의 문화 속에서 현대 여성의 양성적이고 주체적인 속성이 잠재되어 있어 왔다는 증거가 되는 셈이다.

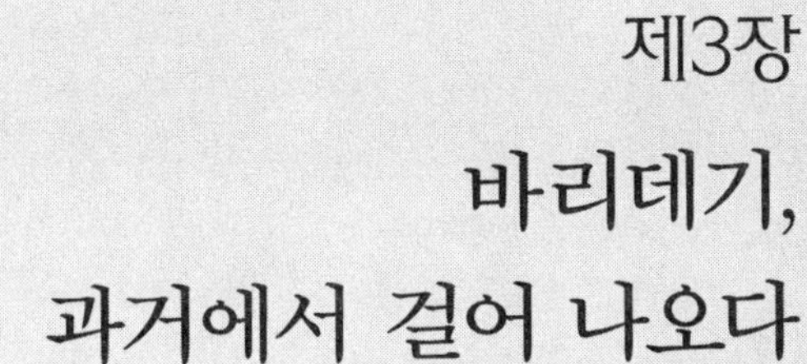

제3장

바리데기,
과거에서 걸어 나오다

제3장
바리데기, 과거에서 걸어 나오다

아테나
남자의 기술로는 농업과 항해술을
관장하고, 여자의 기술로는
제사(실을 만드는 것), 방직,
재봉 등을 관장하였다.

1. 과거와 현대의
소통하는 양성성

세계문화 속에서 한류는 비단 영화와 가요에서만 일어나는 현상이 아니다. 칸영화제와 베니스영화제 같은 국제 영화제에서 한국 영화의 약진은 최근에 세계의 주목을 받아 오고 있고, K-POP과 비보이와 난타 등 문화 콘텐츠 부분의 한류는 2000년대에 이르러 세계에서 부상하는 문화 상품이 되어 왔다. 이러한 가운데 소설 역시 한류의 흐름에서 예외는 아니다. 〈소설 한류, 유럽 독자 사로잡다¹〉와 〈한국문학 유럽서 뿌리 내린다²〉 등의 표제기사가 나올 정도로 문학계의 변화 또한 중요한 기류로 떠오르고 있다. 최근 2000년대 후반 한류소설은 프랑스를 전초기지로 삼고 세계로 전파되고 있다. 황석영의『손님』이 프랑스 해외 문학상 소설 부분 후보로 선정되었고, 2005년에는 그의 작품『오래된 정원』이 르몽드지가 선정한 올해 소설 7권 중 하나로 선정되는 쾌거를 낳기도 했다. 프랑스의 줄마 출판사를 중심으로 황석영의 문학이 세계로 전파되는가 하면 프랑스의 갈리마르 출판사에서는 소설가 김훈의『칼의 노래』를 계약해서 보급하고 프랑스 세이유 출판사는 오정희의『바람의 넋』과『새』를 출판하기도 하였다. 1980년대와 1990년대 이문열이 독보적으로 해외에 알려졌다면 2000년대 들어서는 많은 작가들이 세계 시장에서 인정을 받고 있다. 김영하의『검은꽃』과『나는 나를 파괴할 권리가 있다』등 역시 최근에 프랑스와 미국에 알려지고 있다. 이승우 역시 2000년대『생의 이면』으로 프랑스에서 '가장 주목받는 신간 외국소설 10권'에 선정됨과 동시에 '가을 신간 권장도서목록 30권'에 선정되기도 하였다. 이승우는 2012년『식물들의 사생활』이라는 장편소설로 또다시 프랑스 문학계의 주목을 받고 있다. 이러한 변화는 유능한 번역에 힘입은 바도 있지만 그만큼 우리문학이 세계화되었다는 의미로 받아들여질 수 있을 것이다.

한류의 변화가 가능한 이유는 현대 세계 문화의 경계가 그 어느 때보다 느슨하고 유동적이기 때문이다. 이동과 경계라는 용어가 친숙하게 느껴질 정도이다. 미디어와 인터넷의 발달이 문화 간 이동을 자유롭게 하고 경계를 더욱 흐리게 하고 있기 때문이다. 문화적 충돌이 일어날 때 우리는 부지불식간에 민족 고유의 독창적인 신화를 찾고자 하는 회귀본능을 느낀다. 문화가 충돌하는 과도기에서 문화적 공항상태를 극복하기 위해 민족 고유의 신화에 관심을 가지는 것은 어떤 문화적 의미를 가질 수 있는가. 고려시대 국사를 지낸 보각국사 일연은 몽고의 침입으로 민족이 와해되고 있을 때 현실의 이야기가 아니라 신기한 이야기를 모아 '유사'라 이름 짓고 국민이나 민족을 상상적으로 응집시키려고 했다. 마찬가지로 1900년대 초 일제침략기에 육당 최남선은 일연의 사유와 같은 방식으로 우리의 신화와 〈삼국유사〉에 관심을 집중시킨다. 특히 최남선은 단군을 세계의 보편적 신화원리로 끌어들이려는 지난한 노력을 펼친다.

최남선은 〈불함문화론〉을 통해 우리 신화의 특수성이 세계 보편신화의 기틀이 되고 있음을 강조했다. 물론 지금이 일연이나 최남선이 살았던 시대처럼 정치적으로 그에 상응하는 국가적 위기 상황은 아니다. 그러나 문화적인 상황에 비추어 볼 때 이동과 경계의 다성성을 보여주고 있는 상상력을 같은 범주에서 상정해 볼 수 있다. 이동과 경계의 세계 문화적 상상력을 보여주는 작가는 매우 많지만 가장 한국적인 전통서사의 이야기를 통해 세계화를 이야기하려고 한다는 점에서 황석영은 유의미하게 선택될 수 있다. 이러한 생각은 황석영이 최근 방송 인터뷰에서 밝힌 것처럼 "세계화라는 이야기 속에는 지역화라는 것이 들어 있는[3]" 원리라고 볼 수 있다. 21세기에 황석영은 동아시아의 서사 삼부작인 『손님』『심청』『바리데기』를 세상에 내놓으면서 전통서사의 이야기가 한민족의 이야기에 그치지 않고 세계 문화의 다양한 현실에서도 끊임없이 일어나고 있는 신화작용임을 보여주고자 하였다.

황석영은 우리의 전통서사를 현재 역사적인 사실과 접목시켜 새로운 오늘날의 세계적인 이야기를 만들어가는 가장 보편적인 신화전략을 구사한다. 현대인들은 장소의 이동에서 오는 공간의 디아스포라 뿐만 아니라 정신적인 공간의 디아스포라를 겪고 살아간다. 장 보드리야르가 진단했던 시뮬라시옹의 원리처럼 이미 가상세계가 실제세계를 대체한 지 오래다. 사람들은 가상공간의 이야기와 놀이를 더 이상 현실과 분리시키지 않는다. 황석영의 『바리데기』 서사는 어쩌면 지극히 퀼트 같은 모양을 하고 있다. 현대 이주의 문제, 탈북의 문제, 조선족의 삶, 민족 간 질시, 테러, 전쟁, 자본주의의 폐해, 그리고 전통 서사의 이야기 등이 한 천에 조각조각 수놓고 있는 듯하다. 이러한 복합적 요소들은 리얼리즘과 환상성을 교묘하게 결합시키는 효과를 거두면서 지역적인 것을 세계적인 문제로 환원하는 효과를 지닌다.

2007년에 발표된 『바리데기』는 다양한 평가를 받고 있다. 크게 세 가지로 진행되는 평가들을 살펴보면 대략 다음과 정리할 수 있을 것 같다. 첫째, 전통서사의 창조적 수용이라는 긍정적인 평가와 리얼리즘의 퇴색이라는 부정적인 평가가 동시에 있어왔다. 긍정적으로는 전통과의 연관성에 초점을 맞춘 평가들은 전통 서사의 현대적 수용이 보여줄 수 있는 쾌거라고 말한다.[4] 양진오는 황석영이 보여주는 논리가 일국의 논리를 극복하는 경계확산의 노력과 동시에 세계독자들의 관심을 집중시키는 전구지적인 현안임을 지적하였다. 그러나 서사의 본질적인 리얼리즘과 환상성에 관한 근본적인 장르의 문제를 논의한 관점[5]들 역시 긍정의 반대편에서 다소 비판적인 목소리를 내고 있다. 소설 장르의 고유성과 황석영의 서사 기법을 비교하면서 비판적으로 다루고 있다. 권성우는 황석영의 리얼리즘 의식을 문제 삼으면서 작품이 궁극적으로 찾고자했던 리얼리즘적인 진실인 '이주'와 '조화'는 후반부에 와서야 미약하게 보여주었다는 혹평을 보인다.

둘째, 황석영의 작품 속 여성들에 대한 관심이다.[6] 황석영의 여성 주인공이 근대화의 타자로써 존재하는 양상에 주목하였다. 근대화의 주체인 남성에 의해 객관화되면서 근대화의 모진 풍파를 모두 견뎌야 하는 여성을 통해 남성의 시선과 남성의 서사가 가지는 근대화의 모순을 지적하였다. 자발적이거나 비자발적인 여성 주인공들의 시련과 고난은 지역과 경계를 넘나들면서 현대적 삶의 심층을 적나라하게 탐색해 나간다는 것이다. 주로 여성의 몸을 탐하는 남성의 시선에 의해서 여성이 재현된다는 비판을 받고 있다.

셋째, 현대의 다문화 사회의 디아스포라 현상에 주목한 논의들이다. 이는 시대적 흐름에 전통 서사의 서사를 접목시켰다는 다소 긍정적인 논의들이다.[7] 이동과 경계의 문화에서 느끼는 이산체험과 디아스포라의 정신적 아노미 상태를 전통 무가서사인 바리의 여정과 동일시한 작품들이다. 디아스포라의 사회에서 이산의 아픔을 치유해가는 바리의 이야기는 현대 사회의 새로운 조화와 협력의 비전이라고 평가한다. 심지어 황석영의 문학에 등장하는 디아스포라는 필연적인 결과라기보다는 자발적인 것이라고 이야기된다.

분단 시대에 우리가 경험하지 못한 탈북자의 삶을 조망하려고 하는 것은 문학적 실험 정신이자 진취적 글쓰기의 전범으로 보인다. 또한 탈북자가 이동하는 문화적 경계가 비단 한정된 사회가 아니라 중국과 영국 등 세계적인 공간이동을 보여준다는 것 역시 글로벌 한 시선을 보여주었다는 점에서 고무적이다. 민족을 넘어 세계 시민을 대상으로 한국적인 이야기를 펼치면서 동시에 세계 보편적인 공감을 끌어오려고 한다. 본고는 위의 기존 논의들에서 살펴보았던 관점에서 조금 벗어나 황석영 문학의 세계화를 가능하게 한 요인을 세계적 문화 흐름이자 동시에 우리의 전통문화에 내재된 양성성에 중심을 두고 논의를 펼치고자 한다. 댄 킨들런 하버드대 박사는 그의 저서 『알파걸8)』에서 21세기 문화의 새로운 변화를 읽었다. 즉 페미니스트와는 다른 알파걸의 탄생 배경에 주목하였다. 알파걸은 태어나면서부터 문화의 약자가 아니라 동등한 출발을 가졌다. 주인공 바리가 살아가는 시대는 21세기 알파걸의 시대이다. 이 시대에 전통서사의 구현체인 바리는 현대 시대에 어떠한 양성성을 통해 한반도를 넘어 세상으로 나아가는지 살펴볼 필요가 있을 것이다.

이 장에서는 세 가지에 관심을 두기로 한다. 첫째, 전통서사 무가인 〈바리데기〉에서 보여준 대리아들의 과도한 욕망과 그로 인해 생기는 여성의 부채의식을 세계보편적인 속성으로 주목할 것이다. 원치 않는 여자로 태어난 많은 여성들은 아들의 부채의식의 잔상을 머금으면서 타율적인 양성성을 가져야 했다. 둘째, 우리 신화는 전통적으로 이주한 여신들과 터주신인 남성들과의 끊임없는 대결의 장이었다. 이주한 여신들은 새로운 곳에서 자리를 굳히기 위해 부단한 노력을 들이고 온갖 시련을 겪는다. 우리는 이러한 과정에서 그녀들이 남성성을 간직한 양성성을 가져야 하는 필연적이고 세계 보편적인 이유를 가진다. 셋째, 전통성을 가진 바리는 세계 보편성을 가지며 과도의 공간에서 늘 소통의 매개자로 진화한다. 그러한 과정에서 그들의 성은 문화적 양성화 과정을 거친다.

앞에서 주지했던 것처럼 양성성이란 완전한 인간형을 지향하는 100여 년 전 버지니아 울프의 개념이다. 그녀의 유명한 책 『자기만의 방』의 6장에는 여성과 남성이 융합되는 상상력이 등장한다. 그녀의 또 다른 소설 『올란도』에서 가장 완벽한 인간의 모습을 양성성으로 묘사한 사유에는 한 인간 안에 여성적인 것과 남성적인 것이 조화롭게 공존한다는 것이 들어있다.9) 버지니아에 의하면 양성성의 마음이란 타인의 마음에 열려있고 아무런 방해도 받지 않고 감정을 전달할 수 있으며 창조적이며 분열되지 않는 정신을 말한다. 그리스의 소포클레스가 쓴 비극 작품 중 하나인 『안티고네』에서 주인공 안티고네 역시 여성이지만 남성의 이성과 용기를 가진 양성적 인물이다. 이에 대해 주디스 버틀러[10]는 안티고네의 저항에 대해 크레온이 강력하게 반발한 것은 그들의 대립이 남성과 여성의 권력다툼이라고 보고 있기 때문이다. 더 나아가 게르드 브란트베르그는 『이갈리아의 딸들』에서 남성과 여성의 역할이 뒤바뀐 세계를 보여주기까지 한다. 태생적인 조건보다 후천적인 환경과 사회적 관습에 따라 역할이 만들어지는 것이라고 주장한다.[11]

양성성에 대해서 좀 더 깊이 들어가면 신화학과 종교학에서 양성성의 개념을 중요하게 바라본 미르치아 엘리아데[12]를 접하게 된다. 그는 양성성의 개념을 더욱 전문화시켜서 신체적 양성성과 심리적인 것으로 나눈다. 플라톤의 『향연』에서 제시한 완전한 인간형이 양성적임에 주목하였다. 본고가 주장하는 양성성은 단순히 생리적인 측면의 양성성이 아니라 자기의 의지와 주장 및 인생관 등 모든 면에서 남성과 여성이 공유된 성향을 가진 이상적 인간형을 말한다. 이는 타인에 의해 방해받지 않은 주체적인 관용성과 의지력을 가진 인간의 속성을 가진다. 본고가 황석영의 세계문학으로서의 위상을 살펴보면서 『바리데기』에 주목한 것은 바로 바리가 양성적인 속성을 가진 우리 전통 고유의 인물이자 세계화된 양성성의 인물이기 때문이다. 따라서 『손님』과 『오래된 정원』에 이어 『바리데기』는 우리의 전통서사무가의 원형적 인물을 현대로 끄집어냈지만 단순히 한국인으로서가 아니라 세계인으로서 양성성을 가지고 있음을 살펴볼 수 있을 것이다.

2. 대리아들의 욕망과 부채의식의 잔상으로써 양성성

황석영은 작가의 말을 통해 『바리데기』 작품은 오늘날의 새로운 현상인 이동을 주제로 삼고 있으며 다시 되풀이되는 전쟁과 갈등의 새 세기에 문화와 종교와 민족과 빈부의 이데올로기를 넘어선 다원성의 가능성을 엿보기 위해 쓴 것이라고 밝히고 있다.[13] 그런데 21세기에 왜 하필이면 바리데기인가. 황석영의 말을 빌리면 무당들이 가장 많이 모시는 신이 바리이고 그 이유는 바리가 겪은 고통과 수난이 '고통 받은 고통의 치유자'이면서 '수난 받은 수난의 해결자'이기 때문이라고 한다. 한국사회에서 바리데기와 같은 출생의 경험치를 가진 경우는 불과 얼마 되지 않았던 현대사의 흔한 잔상들이다. 딸보다는 아들을 바라는 전통사회의 욕망은 19세기 제국주의 시대와 20세기 자유주의 시대를 거쳐 계속되어 왔으며 그 잔상은 21세기 신자유주의 시대에서도 그림자를 드리우고 있다. 19세기 말과 20세기 초의 버지니아 울프는 남성의 대리자로서 여성의 역할에 직접적인 문제제기를 한다. 그녀는 그러한 사회적 모순을 해결하기 위해 '양성성'이라는 용어를 정의하였다. 이러한 양성성의 상상력은 우리의 전통서사 무가와 민간신화에 자주 등장하는 요소이다. 특히 민간신화 〈세경본풀이〉의 경우에는 여성 주인공 자청비가 남장을 하고 자신이 원하는 것을 얻기 위해 남자의 역할을 기꺼이 감당한다.

황석영 소설 『바리데기』 속 여성이 어떻게 그려져 있는가에 대한 질문을 던짐으로써 양성성 연구의 새로운 방향의 필요성을 강조하고자 한다. 즉 전통적 양성성이 어떻게 세계적인 보편성을 얻는지 인물의 내적 원리를 추적해 볼 것이다. 우리의 문화에서 여성은 즐거운 결말의 이야기를 유도하기보다는 슬픔을 달래주는 일종의 위령제이거나 제의적 상상력을 함축하고 있는 경우가 허다하다. 특히 전설이나 민담이나 신화의 여성 주인공은 억울하게 죽었거나 억울하지는 않지만 스스로 제물이 되기로 결심을 한 처녀들의 위령이 많았고, 남편과 헤어져 망부석이 되었거나 가족의 안녕을 위해 희생한 모성 또한 많았다. 그럼에도 불구하고 사랑에 성공한 여성들도 무척 많다. 그러나 그들은 하나같이 모진 시련을 감내해야만 사랑을 이룰 수 있는 고통과 수난의 시련담을 가지고 있어야 했다. 또한 정절의 시험대에 늘 던져지거나 모든 욕망을 거세한 여성이 되기를 강요받고 있다. 설령 정상적인 사랑을 이룬 경우라도 그녀들은 영웅의 탄생을 위해 자신의 고귀한 신분을 버려야만 했었던 것이 신화와 민담의 서사 속 여성들의 풍경이었다. 그렇다면 현상만을 볼 것이 아니라 이러한 여성 상상력의 근간을 보다 심층적인 원형 상상력을 통해서 바라보아야 할 필요성이 제기된다.

문화 속 여성의 상상력은 우리 민간 신화의 여성 상상력의 심층적인 이해를 필요로 하는 것임을 주목할 것이다. 우리 문화 속 여성 주인공들은 그 자체로써 일종의 설화를 가지고 등장한다. 이 설화의 근간적 상상력은 우리의 민간신화와 전통적으로 함께 읽히는 부분이다. 따라서 〈삼공본풀이〉 〈원천강 본풀이〉 〈바리데기〉 〈궁상이 굿〉 〈성주풀이〉 〈천지왕 본풀이〉 〈칠성본풀이〉 〈세경본풀이〉 〈관청아기 본풀이〉 〈삼승할망본풀이〉 〈제석본풀이〉 등 민간신화의 상상력을 현대적인 여성주의 시각에 입각해 다시 읽어볼 필요가 있을 것이다. 이러한 읽기가 먼저 선행되어야 우리 문화에 재현되거나 현현되는 여성 신화적 상상력을 살피는데 보다 가깝게 갈 수 있을 것이며 〈바리데기〉가 왜 전통성을 넘어서 세계화의 주역이 될 수 있는지 알 수 있을 것이다.

소설 『바리데기』는 전통서사 무가인 〈바리데기〉의 원형적 상상력을 그대로 따르고 있다. 오구대왕과 길대부인의 일곱 번째 딸로 태어난 바리는 남자 아이이길 간절히 소망했던 원치 않은 딸이다. 그녀는 현실 공간에서 딸로 태어났지만 원망공간에서는 대리아들로 태어난 인물이다. 그녀는 버려져서 비리공덕 할아버지와 할머니에게서 키워진다. 그녀는 아들을 간절히 원했던 부부에게 거짓 태몽을 꾸게 한 과욕의 인물이다. 아들 태몽을 꾼 오구대왕과 길대부인은 아들을 위한 옷가지를 마련한다. 여자로서의 기대지평은 전혀 존재하지 않는 무의 현실 공간에서 그녀는 남자의 대리자로서 태어난다. 따라서 그들의 현실 속 실망은 더더욱 클 수 밖에 없는 것이다.

바리는 오로지 아들이 아니기 때문에 부모에게 버림받는다. 바다에 버려진 바리는 태어난 순간부터 영웅의 여정을 살아야 하는 비범함을 강요받는다. 그녀를 키워준 비리공덕 할아버지와 할머니는 아버지 어머니를 대신하는 상징적인 인물들이다. 일곱 번째 딸에게 보이는 부모의 모습은 매우 늙고 초라할 뿐이다. 우리 문화의 막내딸 콤플렉스는 바로 태어난 순간부터 늙은 부모를 보면서 연민을 느껴야 하는 부채의식의 문화적 잔상일 것이다. 우리시대에 바리와 같은 존재들이 무수히 많다. 원치 않는 막내딸로 살아가는 수많은 여성들은 바리의 후손들이다. 그들은 남성사회의 시선에 의해 타자화되는 인물들이다. 오빠를 위해 공장에 가야하고 집안을 위해 학업을 포기해야 했던 산업화 시대의 많은 여성들과 남자 형제보다 공부를 잘하면 집안에 문제를 가져온다고 여겨지던 인물들이다. 그들에게는 가족을 지켜야 하고 집안을 일으키는 남성의 보조자이거나 후원자가 되어야 한다는 부채의식이 남아있다. 이러한 전통적인 〈바리데기〉의 대리아들의 욕망과 부채의식의 잔상이 소설 『바리데기』에도 여실히 드러나고 있다는 점이다. 일곱 번째 딸을 낳았을 때 집안의 풍경을 살펴보자.

　　흐웅, 난 몰라, 또 딸이래.
　　큰언니가 모두에게 주의를 주었다고.
　　이제부터 찍짹 소리 없이 아버지 돌아올 때까지 밖으로 나갈 생각 말라.
　　나를 받아낸 할머니는 그냥 핏덩이째로 옷가지에 둘둘 싸놓고는 어찌 할 바를 몰라 미역국 끓일 생각도 못하고 부엌 봉당에 멍하니 앉아 있었다. 엄마는 소리죽여 울고 앉았다가 나를 그대로 안고 집밖으로 나가 동네에서 멀리 떨어진 인적 없는 숲에까지 갔다. 엄마는 소나무 숲 마른 덤불 사이에 나를 던지고는 옷자락을 얼굴에 덮어버렸다고 했다. 숨이 막혀 죽든지 찬 새벽바람에 얼어 죽든지 하라고 그랬을 게다. 〈9쪽〉

바리의 엄마는 힘든 산고를 겪고 아이를 낳았지만 그 아이가 단순히 딸이기 때문에 가족은 모두 숨을 죽인다. 할머니는 미역국을 끓을 생각도 하지 않고 멍하니 앉아있고 어머니는 마치 불행의 씨앗을 난 것처럼 아이를 소나무 숲에 가져다 버리고 온다. 바리는 아들을 간절히 희망하는 현실 공간을 채우지 못하는 결핍된 존재로 세상에 등장하는 것이다. 태어나면서 부터 그녀는 온전한 여성으로 살아가기는 어렵다. 바리는 결여된 성의식을 가지며 동시에 부채의식과 대리아들의 잔상을 가지고 살아야 하는 운명을 가진다. 이때 바리가 가지는 양성성은 자발적 양성성이 아니라 강요된 양성성이다. 바리는 살아가더라도 버려진 상황에서 죽지 않아야 하는 영웅의 비범성을 가지고 있어야 하고 현실의 공간을 채울지라도 남자아이의 자리를 대리 충족시키면서 살아가야 하는 공간 채우기의 거짓된 입장이다. 바리는 끝없이 남근 회귀 원망을 자극 받으면서 영원히 결핍된 존재로 대리 아들의 자리를 채워주어야 하는 운명을 가진다. 만약 바리가 사회가 요구하는 남성적 특성을 가졌다면 그것 역시 타율적으로 주어진 성적 특성이라는 것이다.

바리는 대리아들의 욕망이 빚어낸 가상의 공간에서 살아가야 하는 부채의식을 지닌다. 또한 그러한 욕망의 잔상은 그녀를 온전한 여성이 아니라 타율적 양성성을 가진 존재로 살아가게 한다. 일종의 강요된 타율적 양성성이라고 할 수 있다. 우리의 전통적 이야기에 흔히 보이는 양성서의 구조이다. 그래서 이 양성성에는 일종의 남성주의 시각에 대한 저항의식이 보인다. 여성은 제국주의와 남성중심 사회에서 타자로 전락해버리기 쉽다. 바리는 "나에게 이상한 능력이 있다는 걸 나는 우리 가족들 아닌 다른 사람들에게 말하지 않았다. 내가 부모를 찾으려고 부령 근처까지 갔다가 여러 혼들을 만난 사실을 여기서는 보호자나 다름없는 미꾸리 아저씨에게조차 말한 적이 없었다. 나는 누구에게나 평범한 보통 여자아이로 보여지기를 진심으로 원했던 것이다."(107쪽)라고 말한다. 바리는 자신을 알아주는 할머니의 도움을 받으며 강아지 칠성이와 대화를 하면서 자신의 능력을 짐작할 뿐이다. 바리와 같은 인물 재현은 양성성을 가진 인물의 자기 치유의 과정이라고 할 수 있다.

어릴 적 바리는 자신처럼 버려진 강아지 칠성이를 구하고 벙어리 언니 숙이의 대변자가된다. 즉 약한 자의 편에서 그들의 목소리에 귀 기울여 삶을 어루만지는 능력을 보유하게 된다. 그녀는 무병을 앓고 나서 샤먼적인 기질을 가지게 되고 현실의 존재가 아니라 사이에 긴 문지방적 존재가 된다. 이는 대리아들의 욕망의 잔상이 만들어낸 초월적 능력이라고 할 수 있으며 동시에 무엇인가 특별한 능력을 가져야 한다는 부채의식의 잔상이라고 할 수 있다. 바리는 태어나면서부터 희망을 가져야 하는 운명을 가지고 있다. "희망을 버리면 살아 있어도 죽은 거나 다름 없지. 네가 바라는 생명수가 어떤 것인지 모르겠다만 사람은 스스로를 구원하기 위해서도 남을 위해 눈물을 흘려야 한다. 어떤 지독한 일을 겪을지라도 타인과 세상에 대한 희망을 버려서는 안 된다.(286쪽)"라는 부분에서 바리의 운명은 매우 강요된 전통적이면서 타율적인 양성성을 가진다. 첫 번째 양성성은 다소 전통적인 의미에서 논의될 수 있으며 일종의 강요된 양성성이다. 대리 아들의 부채의식과 결부된 양성성은 남성성과 여성성을 함께 가진 신이한 능력의 소유자로서 세상을 위한 구원의 표상될 것임을 암시한다.

3. 터잡기와 땅 굳히기의 도정으로써 양성성

소설 『바리데기』의 주인공 바리는 북한, 중국, 영국 등으로 떠도는 디아스포라적인 세계적 인물이다. 고인환은 바리의 여정이 병든 세상을 구원하기 위해 서천에서 생명수를 구해오는 바리 공주와 동궤에 놓은 여정이라고 평했다.[14] 그러나 바리의 삼국 여정을 일괄적으로 평하는 데는 다소 문제가 있다. 궁극적으로 바리가 터를 잡은 곳은 영국이기 때문이다. 그녀의 삶의 여정에는 늘 죽은 할머니와 칠성이가 이정표로 등장한다. 소설 『바리데기』에서 바리는 새로운 곳에서도 결코 좌절하지 않고 열심히 자신의 터를 굳히는 모습을 보여준다. 이는 서사무가 〈바리데기〉에서 아버지와 어머니에게 버림받았던 바리가 비리공덕 할아버지와 할머니에게서 잘 성장하고 자신의 아버지와 어머니를 찾아오는 여정과 비교된다. 자신의 부모를 찾아온 바리는 병든 아비를 위해 서천 길을 마다하지 않고 떠난다. 그녀는 길을 가다 만나는 사람들에게 모두 도움을 주고받는다. 그리고 저승의 약수를 지키는 동수자와는 결혼을 해서 아이를 셋이나 낳아주기에 이른다. 우리 민간 신화 속 여신들의 모습은 바리의 경우처럼 시련에 가득차지만 결코 굴하지 않는 초인적인 힘을 가진다. 남성들을 대신해서 집안을 지키고 가족을 돌보고 삶을 이겨낸다. 우리의 민간 신화와 무속신화에서 등장하는 여성성은 매우 양성적이라는 특성이 있다. 새로운 곳에 이주한 여성들은 하나같이 고통과 수난을 기꺼이 참아가며 땅을 일구고 물을 가른다. 그리고 마침내 그녀들은 땅의 주인이 되기에 이른다. 바리공주 역시 그러한 여성 신들의 맥락에서 논의될 수 있다. 우리 여신들의 터 잡기와 땅 굳히기는 그녀들의 양성적인 속성으로 인해 가능한 것이다. 고통에 굴하지 않고 운명을 개척하는 여성들은 21세기를 살아가는 소설 『바리데기』의 주인공 바리의 또 다른 모습인 것이다. 전통서사무가의 주인공 바리가 무속신화의 인물 중 어떤 인물들의 양성성과 연관되는지 살피고 그녀의 터 잡기와 땅 굳히기의 도정을 살펴보자.

전통서사무가 〈바리데기〉와 연결될 수 있는 양성성의 주인공을 생각해볼 때 대표적으로 〈세경본풀이〉와 〈송당본풀이〉의 여성 주인공들을 떠올려 볼 수 있다. 이들은 양성성의 속성으로 이주한 여신들의 터 잡기와 땅 굳히기의 사례를 가장 잘 보여주고 있다. 우리 신화 속 여신들은 하나같이 이주한 신들이기 때문에 터주신인 남성 신과의 갈등을 자주 빚는다. 특히 〈세경본풀이〉의 자청비와 〈송당본풀이〉의 백주또는 양성성을 지닌다는 점에서 바리의 속성과 비교될 만하다. 〈세경본풀이〉의 자청비는 사랑하는 남자를 위해 스스로 자청해서 남장을 하는 여인이다. 바리가 생명수를 얻기 위해 서천으로 갈 때 남장을 하는 것과 비교된다. 신화 읽기가 미토스 안에서 로고스를 찾는 것임을 상정할 때 〈세경본풀이〉의 '자청비'는 여러 측면에서 논의가 가능하다. 여성의 몸으로 네 명의 남자와 어떤 역학관계를 보이는지 살펴볼 필요가 있다. 자청비는 먼저 하늘나라 목도령을 사모한다. 그리고 곧바로 남장을 감행할 정도로 강단 있는 여성이다. 따라서 사랑의 주도권을 자신이 가진다. 다음으로 부모 특히 아버지와 대립하는 인물로 등장한다. 여자로서 죽은 사람을 살려내는 재주를 가졌기 때문에 그녀는 아버지에게 쫓겨나고 만다. 또한 자기 집의 정수남이라는 하인이 자신을 범하려 하자 지혜를 발휘해서 그를 물리친다. 마지막으로 시아버지의 시련에 기꺼이 도전함으로써 오곡을 얻어 곡모신이 된다. 제주 무속신화의 담론을 통해 신화 담론을 권력과 관련된 언어의 앙상블로 볼 수도 있지만 신화담론 자체를 의미의 앙상블로 바라볼 수도 있다. 〈세경본풀이〉의 자청비는 양성성을 통해서 남자들의 세계와 맞서기도 하고 남자들을 자신의 편으로 돌리기도 하면서 곡모신의 자리를 찾는 양성적인 인물이다.

〈송당본풀이〉의 백주또 역시 양성성의 인물로 꼽을 수 있으며 바리와 비교해볼 수 있는 인물이다. 이주한 여신들과 터주신인 남성신들의 결합이 제주도 무속신화의 혼인설화였다. 〈송당본풀이〉의 구도는 제주도 창조신화의 흔적이 남아있다. 제주 무속신화에서 여신은 주로 농경과 관련이 있다. 그녀들이 성으로 입성할 때 반드시 동반되는 것이 바로 오곡의 곡식과 소와 말이다. 이것들은 농경문화의 산물로써 수렵문화를 이루는 토착 남신들과의 갈등을 예고할 수밖에 없다. 삼성혈에서 솟아난 남신과 바다 건너 곡식을 가지고 온 여신들은 험난한 부부생활을 시작한다. 이들 부부는 식생활 문화에서부터 모든 소소한 문화가 충돌할 수밖에 없다. 먹지 말아야 하는 고기를 먹어서 갈등을 보이는 신들이 유독 제주 무속신화에 많은 것은 지리적 특성과 문화적 특성을 보여주는 지표들이다.

제주 무속신화의 부부들은 유교 사회에서 보여주는 전형적인 가정과는 매우 다르다. 즉 부부의 역학적 관계가 매우 자의적이라는 점을 들 수 있다. 특히 〈송당본풀이〉에 등장하는 부부의 관계는 남성과 여성의 권력 투쟁으로 볼 수 있고 토착신과 유입신의 갈등으로 볼 수도 있다. 솟아난 남신과 외지에서 들어온 여자들이 순탄하게 살아갈 수는 없었을 것이라고 김정숙은 이야기 한다. 밭을 갈아야 하는 소를 잡아먹어버린다거나 거름을 공급하는 돼지를 잡아먹어버리는 것은 부부 신들의 갈등의 원천이었다. 이는 생태적인 삶을 이해하면 자연스럽게 이해가 될 것이다.

〈송당본풀이〉에서 부부 신들이 "땅 가르고 물 갈라서" 분산하는 극단적인 방법을 취한다는 것 역시 기존 다른 지역의 신화에서 찾아볼 수 없는 요소이다. 제주의 신화에는 남성 신에게 절대적으로 복종하는 여성 신이 존재하지 않는다. 또한 남성의 절대적인 권위가 없다. 척박하고 불리한 자연환경에서 삶의 주역으로 활동해야 했던 제주의 여신들은 자신들의 당당한 목소리를 낼 수밖에 없었을 것이다. 제주 여성 신들이 연구자들의 관심을 끄는 이유는 남성의 질서에 전복과 위반을 가져오는 단순한 이유 때문이 아니라 한 인간 안에서 남성과 여성이 공존하는 조화로운 존재인 양성성의 현대적 인간형을 보여주기 때문이다.

한라산에서 솟아나 사냥을 하면서 살아가는 남성 신들에게 어느 날 오곡과 송아지를 가지고 외지에서 이 섬에 찾아든 여성 신들의 결합이 〈송당본풀이〉의 내용이다. 즉 수렵문화와 농경문화의 충돌이 바로 남성 신과 여성 신의 갈등과 결합이라고 볼 수 있을 것이다. 수렵을 하던 습관을 가진 남성 신은 여성신이 중요하게 여기는 농경의 도구인 짐승을 잡아먹어 버린다. 여성신은 남성 신에게 과감히 헤어지자고 제안하고 자식들을 손수 거둔다.[15] 이주한 여신들은 남성 신들과 대결하기도 하고 설득하기도 하며 자신의 입지를 굳혀간다.

소설 『바리데기』의 바리 역시 자청비와 백주또처럼 이주한 여신이 현대에 현현된 모습이다. 그녀는 북한에서 가족과 흩어져서 중국으로 오지만 결국 가족들과 영원히 헤어지고 만다. 바리는 어릴 적 강아지 칠성이와 벙어리 숙이 언니의 대변자였던 것처럼 약한자들의 목소리에 귀 기울이게 된다. 마사지를 배운 바리는 사람의 몸을 만지면 그 사람의 이야기를 알게 되는 신통력을 가진다. 서사무가 〈바리데기〉에서 오구대왕은 바리를 버리면서 시름시름 앓아간다. 그의 유일한 치유방법은 바리가 가져오는 저승의 약수이다. 바리는 자신을 버린 아버지를 위해 서천 길을 마다하지 않고 떠나고 그곳에서 동수자의 아내가 된다. 세 아들을 낳고 키우지만 동수자는 아들들과 바리를 남겨두고 떠나버린다. 바리는 죽은 아버지를 살려내고 자신에게 남겨진 아들들 셋을 모두 거둔다. 현실이라는 모진 공간에 결코 굴하지 않고 땅 굳히기에 성공하는 셈이다.

소설 『바리데기』 속 바리 역시 세계 어느 곳에 있든 단순한 탈북자로서의 삶에 안주하는 것이 아니라 자신을 갈고 닦아서 더 나은 삶으로 나아가려 노력하는 모습을 보인다. 바리의 태도는 그를 단순한 여성 이주노동자에서 삶의 주체로 거듭나게 한다는 평가를 받는다.[16] 바리는 자신의 삶에 대해 항상 긍정하고 적극성을 가진다. 그녀는 안마 기술을 터득하고 사람들의 아픈 곳을 알아보는 능력이 생긴다.

나는 낙원에서 일한 지 팔개월쯤 되어 안마사가 되었다. 내가 중국 호구가 없으니 정식으로 허가를 받았다는 말은 아니고 다만 기술능력으로 손님을 받을 수 있게 되었다는 뜻이다. 그래서 다른 안마사 언니들처럼 입장료의 몇 퍼센트를 받을 수는 없었지만 손님이 주는 팁은 가질 수가 있었다. 그것만으로도 잔심부름이나 하고 취사나 도와주던 전보다는 형편이 훨씬 나아졌다.

<u>어려서부터 그랬지만 나는 참 이상한 아이다. 손님의 발을 안마해주기 시작한 초창기부터 나는 상대의 얼굴을 한번 살피고 발을 보면 그의 몸 어디가 안 좋은지를 금방 알아보았다.</u> (109쪽)

바리의 터 잡기와 삶의 양성적인 태도는 자신이 처한 환경을 긍정하고 적극적으로 대처하는데서부터 온다. 바리는 중국에서 영국으로 밀항에 성공한다. 영국에서 그녀는 알리라는 남자를 만나 결혼을 하고 비교적 평온한 삶을 살아간다. 그러나 영국에 함께 밀항해서 온 상 언니는 터 잡기에 실패한 모습을 보인다. 9.11테러로 인해 이슬람에 대한 시선이 곱지 않은 시절에 그녀의 남편 알리는 동생을 찾기 위해 길을 떠나고 그녀는 혼자서 알리의 아이를 낳아 키운다. 그러나 상 언니의 방문으로 빚어진 어린 아이의 죽음을 겪어야 하는 불행을 겪는다. 현실 속 바리는 아이를 구할 수 있는 서천의 물을 구해오지는 못한다.

할아버지, 세상을 구해낼 생명의 물이 있다면 얼마나 좋을까요? 그걸 얻을 수만 있다면......

그는 대답없이 나를 부드러운 시선으로 바라보며 기다렸다.

며칠 동안 긴긴 꿈을 꾸었어요. 내가 생명수를 찾아헤매는 꿈을요.

압둘 할아버지는 내 손을 가만히 당겨쥐고는 쓰다듬으며 말했다.

희망을 버리면 살아 있어도 죽은 거나 다름없지. 내가 바라는 생명수가 어떤 것인지 모르겠다만, 사람은 스스로를 구원하기 위해서도 남을 위해 눈물을 흘려야 한다. 어떤 지독한 일을 겪을 지라도 타인과 세상에 대한 희망을 버려서는 안된다. (286쪽)

현실의 바리가 가질 수 있는 생명수는 희망뿐이다. 즉 생명수는 희망을 지칭하는 상징어이다. 이주한 현실의 여신이 가져야 하는 터 잡기의 생명수는 바로 희망이며 땅 굳히기 생명수 역시 희망뿐이다. 그러는 과정에서 바리는 여성성보다는 양성성을 요구받는다. 바리는 아이를 죽게 한 상 언니를 용서하고 아이의 넋을 풀어주고 나서야 무사히 돌아온 남편 알리를 만난다. 바리는 관용을 베풀고 세상을 품을 수 있는 양성성의 인물이다. 전통서사 무가인 〈바리데기〉가 국제화 사회의 보편적 정서와 소통되는 지점이다. 한 사람의 고통을 치유하는데서 나아가 세계의 고통을 어루만지는 확대된 의미가 바로 전통 서사 무가 〈바리데기〉의 사상이다. 황석영은 현대의 바리를 통해 전통 서사 무가 속의 〈바리데기〉를 살려내는 데 성공한 셈이다. 바리를 살려내는 가장 강력한 무기는 바로 강인한 인간성과 완전한 인간성을 보여주는 보편적 양성성에 기인한다.

4. 과도의 존재에서 소통의 창조자로 가는 양성성

전통서사 무가 〈바리데기〉는 버려진 딸이지만 결국 부모를 위해 서천을 갔다 오고 그 아비를 구하는 여성 영웅이다. 즉 그녀는 이승에서 버림받고 이승에서 저승으로 들어가서 저승세계의 질서를 이승에 옮긴 후 다시 저승으로 돌아간 과도의 존재이다. 그러나 죽은 아비를 구하고 죽은 자와 산자를 연결하는 소통의 신이 된다. 그녀는 후에 저승을 지키는 삼신할미가 된다. 즉 생명을 관장하는 여신으로서 새롭게 거듭나는 것이다. 소설 『바리데기』는 오늘날 새로운 현상인 이동을 주제로 삼고 있으며 되풀이되는 전쟁과 갈등의 세기에 문화와 종교와 민족의 빈부차이의 이데올로기를 넘어선 다원적 조화의 가능성을 엿보기 위해 시도된 작품이라는 평을 받는다.[17] 소설 『바리데기』에서 바리 역시 소통과 치유자로서 과도의 존재이다. 소설에서 바리 역시 신화의 소통과 치유자의 역할을 담당하는 신화전략을 그대로 구현하고 있는 셈이다. 즉 온갖 고난과 역경을 이겨내고 결국 자신과 세상을 구원한다는 서사무가의 서사적 상상력이 그대로 소설에 이어지면서 전통적이고 지역적인 이야기가 세계적인 보편성과 친연성을 가진다. 바리는 모성과 여성보다 양성성의 여신으로서 세계적 보편성을 획득하면서 보다 큰 의미를 지닌다. 그녀의 양성성이 세계적인 친연성을 가지는 이유는 자기가 디아스포라의 다문화 시대를 극복하는 소통의 매개자이기 때문이다. 바리는 전통적인 한국의 여성성에서 탄생했지만 결국 세계시민이 되는 것이다.

할마니, 옛말해주어. 바리공주가 빨래하고 밥해주고 나무해주고 왼갖 천한 일 다해주고 지옥까지 갔댔지. 지옥에 혼령들 구해주고 공주도 지옥에 떨어졌다간 서천에 왔지.

기래기래, 다 기억하구 있구나. 서천에 당도하니 장승이 지키구 이서. 장승하구 내기시행에 져서 살림해주구 아 낳아주구 석삼년을 일해주어야 약수를 구해주갔다구 허는 거이야. 바리하구 장승이가 첨에 어드러케 만났갔나. 푸르구 누른 질루 가지 말구 흰 질루만 가시오 허는 도움을 받으며 가는데, 저 앞에 키가 구척에 시커먼 장승 겉은 놈이 나타나. 아이구아이구, 어찌허면 좋을까, 저눔 앞이 잽히우문 걱정이루다 하다간, 그러나 저거 아무래두 얼려야지 슬렁슬렁 얼려야지.

할마니, 바리가 장승이에게 서천 가는 길을 물었지?

기래기래, 장승이가 대답 왈, 서천이 어디 있갔나 너가 나하구 살아야지. 우리 하나바지 색시가 없어서 야든하나에 장갤 갔는데, 내가 널 만났으니까디 나하구 살아야지. 슬렁슬렁 슬렁슬렁 얼려가지구 들어서서 가는데 장승이 둘렀다 멜라구 기래.

내가 바리공주가 되어 말한다. (184쪽)

위 인용문에서 보듯이 소설 『바리데기』 속 바리는 할머니와의 대화에서 자신을 전통서사 무가인 〈바리데기〉의 주인공 바리와 동일시한다. 즉 전통적인 바리와 세계적인 고통을 감내하는 현대의 세계시민 바리가 일치되는 지점이다. 할머니와 함께 흰둥이가 낳은 일곱 번째 강아지 칠성이의 안내 역시 바라의 안내자이다. 할머니와 칠성이는 바리의 조력자로 작용한다. 이주한 여성으로 살아가는 바리는 소외된 민족이 아니라 새롭게 구성되는 민족과 국민의 의미를 만들어주고 있는 문화소통자이다. 바리데기의 신화는 저승과 이승을 이어주는 소통의 원형신화로써 작가가 천명한 대로 그리스의 오르페우스 신화, 북유럽의 오딘 신화, 이집트의 오시리스 신화 등을 떠올리게 한다.[18] 이들 신화는 영혼을 구하기 위해 저승을 다녀온 이야기이다. 그러나 그들 신화에는 현실의 질서가 또한 들어가 있다. 살아있는 자와 죽은 자는 함께 공존할 수 없다는 현실원리가 또한 작용한다. 바리는 저승을 다녀온 이후로 현실의 공간에서 살지 않는다. 역시 오르페우스의 부인 에우뤼디케 역시 죽음의 세계에서 현실로 돌아오지 못하고 오시리스 역시 부인 이시스에 의해 부활하지만 결국 지하세계의 왕으로 남는다. 이는 죽음과 현실의 공간이 철저하게 나누어졌다는 현실원리이자 신화원리이다.

바리 원형신화는 고통을 치유하는 소통의 매개자이자 새로운 삶을 창조하는 희망의 창조자일 것이다. 생명수는 소생이자 희망이며 염원일 것이다. 그녀는 에밀리 부인의 과거를 보면서 그녀의 마음을 얻는다. 에밀리 부인은 자신의 남편이 타일랜드 여자와 낳은 아들 토니를 자신의 아들로 받아들이게 되고 토니 엄마를 위해 변호사를 고용하고 그녀를 손수 면회하기에 이른다. 그녀는 평화와 안정을 찾게 된다. 이는 바리가 가지는 소통의 힘을 보여주는 단적인 예이다. 물론 세계는 충돌과 전쟁과 미움으로 늘 번잡하고 혼란스럽지만 새로운 민족의 질서는 바리처럼 만들어질 수 있으리라는 희망을 주고 있다.

아니, 할일이 좀 남아 있지 않네? 너 가구 오는 길에 질문하는 사람덜 많이 만난다구.

웅, 옛말에 바리공주두 저승 가서 알아가주구 오갔다구 기랬대서.

오오, 기랬다. 글카구 생명수두 찾아내야지비.

할머니가 바다를 향하여 돌아서자 나무로 만든 조선배 한척이 나타난다. 배는 내 키의 다섯 배 열 배만큼 컸는데 황포 돛대가 두 개나 달렸고 위로 오를 수 있도록 구름다리가 내려와 있다. 할머니가 내 등을 밀어준다. (265쪽)

바리는 희망이라는 생명수를 현실세계에 퍼 올리는 긍정적인 역할을 담당하고 "옛말에 바리공주두 저승 가서 알아가주구 오갔다구 기랬"던 것처럼 소통의 매개 역할을 해야 한다. 이때 바리의 역할은 여성과 남성을 넘어서는 소통의 양성성을 부여받는다. 바리는 압둘 할아버지에게서 삶의 원리를 배우고 아이의 죽음을 인정하고 상 언니의 배신을 용서한다. 바리는 자신의 삶의 생명수가 세상에 대한 희망이라는 것을 받아들이고 자신의 숙명에 긍정한다. 즉 바리는 한국 전통 서사무가에서 탄생한 캐릭터이지만 세계문학에서 디아스포라의 현상을 느끼면서 세계시민으로 소통하는 법을 찾아가는 양성성의 인물이다. 황석영은 바리를 통해 북한 사회의 탈북과 경제 빈곤만을 다루려고 하지 않았다. 그는 자본주의의 무자비한 질서와 이동과 경계의 세계 문화 속에서 디아스포라 의식을 가진 세계시민들의 정신적 아픔을 어루만지고 있다. 황석영은 『미래의 문학』이라는 책에서 〈질문의 시작[19]〉이라는 글을 통해 아시아에서 역사적 경험의 공통성과 이질성은 별문제가 되지 않는다고 말한다. 그는 시선을 한국에서 동아시아로 다시 동아시아에서 세계로 확장하면서 보편적 문학관을 정립하고 있다.

질베르 뒤랑에 의하면 사회적 조직이나 제도는 쉽게 단원화되는데 반해 사회적 이드(Id)는 다원적이면서도 풍요롭고 다양한 가능성으로 존재한다고 한다.[20] 신화는 대표적인 사회적 이드이다. 바리의 신화는 좁게는 한국의 서사 욕망이지만 좀 더 크게는 동아시아의 신화 욕망이고 더 나아가서는 세계의 보편적 신화 욕망이라고 할 수 있다. 현대 다문화시대에 디아스포라는 보편적 정서가 되어버렸다. 바야흐로 우리사회는 다문화 사회임을 부인할 수 없다. 우리나라에도 바리와 같은 인물이 끊임없이 생길 것이다. 자신의 존재에서 더 나아가 민족의 경계를 넘나들면서 세계의 문화에서 긍정적인 역할을 하는 인물들이 바로 그러한 인물들의 원형일 것이다. 김성곤은 황석영의 문학세계가 한국을 초월해 아시아로 뻗어나가고 결국은 세계로 확대될 것이라고 주장하였다.[21] 본고는 황석영 문학의 세계화에 여성 인물의 양성성이 놓인다는 점을 강조하고자 한다. 우리는 현대 사회에서 남성과 여성의 경계가 아니라 완전한 인격체로서의 양성성을 가진 인간에 주목할 필요가 있을 것이다.

제4장
여성,
『삼국유사』 속에서 말을 걸다

제4장
여성, 『삼국유사』 속에서 말을 걸다

허황옥
자식들 중 일부를 김씨가 아닌
허씨의 성을 따르게 한
최초의 호주제 실현자이다.

일연이 『삼국유사』를 기록한 시기는 13세기였다. 그 시대의 정전화된 자료는 김부식의 『삼국사기』로 알려져 있었다. 일연의 『삼국유사』는 김부식의 논의에서 찾아볼 수 없는 여성에 대한 특이한 진술이 매우 돋보인다. 고운기의 말대로 『삼국유사』는 기록 당시부터 과히 전복적인 상상력을 발산하고 있었던 것이다. 왕과 정사 중심의 『삼국사기』의 논조를 벗어나서 일상적인 삶을 이야기하는 『삼국유사』는 기이함과 환상성을 가득 수반한다. 이것들이 사료의 정확성을 떨어뜨린다고 염려할 수 있겠지만 이는 오히려 후대에 풍부

위 | 인각사 박물관
아래 | 인각사 조망

한 해석을 가능하게 하는 측면이 있다. 『삼국유사』가 임진왜란으로 인해 일본으로 건너가서 400년의 유랑 세월을 한 것을 연오랑 세오녀의 운명에 빗댄 논의는 과히 수긍이 가는 지점이다.[1] 최남선에 의해 우리나라에 1900년 초반에 알려진 『삼국유사』는 그동안 마치 천존고에 보관된 만파식적 피리처럼 이제는 그 소리를 다양하게 내고 있다. 많은 연구 방향으로 진행되는 『삼국유사』의 논의들이 다양한 소리들이라고 할 수 있다.

최근 두드러지는 『삼국유사』에 대한 연구는 그 어느 때보다도 다양하게 전개되고 있다. 크게 세 가지의 흐름을 상정해볼 수 있을 것이다. 첫째, 일연의 사상을 텍스트 외적인 차원에서 보지 않고 텍스트 내적인 글쓰기 방식에 의해서 탐구하고자 하는 흐름이다. 여기에는 찬에 대한 연구와 글쓰기 방식에 대한 연구들이 진행되고 있다.[2] 둘째, 문화콘텐츠와 문학치료 등 현대적 감각으로 일연의 상상력을 읽으려는 움직임을 들 수 있다. 이는 이야기가 새로운 치료역할을 한다는 효용론에 입각한 것과 문화의 생산동력이 되는 활용성과 역동성에 강조점을 둔 것이다.[3] 셋째, 지금까지 도외시되어 왔던 여성성의 담론으로 『삼국유사』를 재조명하는 관점의 논의들을 한 갈래로 들 수 있다. 여성 인물의 형상화와 불교와 모성성의 관계 및 모성 형상화와 여성의 역할 등 다양한 방식으로 접근하는 연구들을 그 예로 들 수 있다.[4] 이러한 연구들은 변화하는 시대 담론을 통해 텍스트를 새롭게 읽는 고무적인 작업이라고 할 것이다.

여기에서 관심을 가지고 있는 것은 세 번째 논의의 심화 연구라고 할 수 있다. 우리는 『삼국유사』의 〈기이편〉에 등장하는 여성들을 양성성이라는 용어로 진단해 볼 수 있다. 케이트 밀레트는 여성에게 사랑이나 가정과 같은 것이 은밀하게 정치화되어 여성의 내부 식민지화를 가져온다고 말한다. 그녀는 사랑이나 성이 지배의 도구나 주도권 싸움이 될 수 있음을 피력하고 있으며 내부 식민지화는 타고난 우월성에 대한 이념으로 남성이 여성을 지배해 온 관습이라고 이야기한다.[5] 즉 여성의 문제라고 생각하는 것들이 사랑이나 어머니라는 이름을 수반함으로써 정당한 목소리를 내지 못한다는 것이다. 지금까지 우리의 문화담론은 이런 여성 내부 식민지화를 겪고 있었던 것이다.

그런데, 지금으로부터 700년 전 한 스님의 담론에 등장하는 여성들은 21세기에 논의하는 내부 식민지화나 성별 정치화의 용어를 비껴가는 듯하다. 버지니아가 주창했던 양성성의 인간이 일연의 책에서 오래 전에 이야기되고 있었던 것 같다. 100여 년 전 버지니아는 시인 콜리지(Samuel Taylor Coleridge)의 양성적 마음을 다음과 같이 인용한다. 양성성의 인간이란 타인의 마음에 항상 열려있고 공명하며 아무런 방해도 받지 않고 감정을 전달할 수 있으며 창조적이고 빛을 발하며 분열되지 않는 사람이라고 정의하였다.[6] 양성성에 대한 논의는 종교 학자이자 철학자이며 문학자인 미르치아 엘리아데(Mircea Eliade)에게도 주된 관심사였다. 엘리아데[7]는 신체적인 양성성과 심리적인 양성성을 나누어 설명한다. 남성의 아니무스와 여성의 아니마가 동시에 존재하는 양성성은 신체적인 양성성에 속한다고 볼 수 있다. 심리적 양성성이란 인간의 선과 악의 관계를 이야기한 논의이다. 본 논의에서는 주로 신체적 양성성의 개념 확장이라고 논할 수 있을 것이다.

우리는『삼국유사』의 〈기이편〉에 나타난 여성을 세 부류로 나누어 재미난 일면을 살펴보기로 한다. 첫 번째, 〈태공 춘추공〉에 등장하는 김유신의 여동생 문희와 〈선덕왕이 미리 안 세 가지 일〉의 선덕여왕을 다루고자 한다. 선덕여왕과 문희는 신성성과 환상성을 역사 담론으로 형상화한 양성적 여성으로 다루어 볼 수 있다. 두 번째, 〈가락국기〉의 허황옥의 양성적 양상을 조력자에서 벗어난 동반자의 개념으로 논의해보고자 한다. 주로 신화 속 여성은 성처녀 이데올로기에서 벗어나기 힘들었다. 영웅 탄생을 위해서 처녀 엄마가 등장 하는가 하면 영웅의 내조자로서 그림자처럼 그려지기 일쑤였다. 그런데 허황옥이라는 가야의 첫 왕비의 행보는 고구려의 주몽의 어머니인 유화나 백조 온조왕의 어머니 소서노처럼 영웅의 길을 밝혀주는 보조자가 아니라 가야의 첫 왕인 김수로와 동반자로서 왕국을 정비해 나가는 역할을 하고 있다. 세 번째, 알파걸과 팜므파탈의 도플갱어로서 양성적 여성을 논의하고자 한다. 이때 거론되는 여성은 〈도화녀와 비형랑〉의 도화녀와 〈수로부인〉의 수로부인에 대해서 현대 양성성의 담론인 알파걸과 팜므파탈로 논의를 전개하기로 한다. 이러한 인물 연구의 심화 해석은『삼국유사』의 여성 담론이 모성과 불교의 인물 형상화에 초점이 맞추어져 있던 고정된 사고를 현대적 상상력으로 확장하는 계기가 될 것이다. 『삼국유사』는 과거 화석화된 상상력이 아니라 현대 시대에 다양하게 소통하는 상상력의 원천임을 다시 한번 밝히고자 하는 의도이다.

1. 신성성과 환상성을 역사담론으로 형상화한 양성성

『삼국유사』의 담론에서 여성에 대한 논의는 비교적 최근 연구에서 관심을 보이고 있는 영역이다. 신화학자들은 『삼국유사』의 여성성을 신화의 성처녀 이데올로기와 여성의 희생에 많은 관심을 두는 듯하다. 그러나 『삼국유사』의 태생이 규범문화의 역사에 대한 비판적 의식에서 비롯되었다는 배경을 두고 볼 때 일연의 사유를 좀 더 적극적으로 들여다 볼 필요가 있다. 『삼국유사』 전 권에는 신이성과 환상성이 가득하다. 그중 단연 두드러지는 부분이 〈기이편〉이라고 하겠다. 탑상편이나 홍법편에 등장하는 인물들이 직·간접적으로 불교와의 관련성을 가지고 있다는 것을 유념할 때 〈기이편〉에 등장하는 다양한 여성 인물들의 신이성과 환상성에 의미를 부여해 볼 수 있다. 우리는 먼저 신이성과 환상성을 역사담론으로 이끌어 가는 두 여인을 만날 수 있다. 이들은 자신의 행위가 신이한 의미를 넘어서서 제도와 규범을 더욱 강화시키도록 유도하고 있다. 일연이 선덕여왕과 문무왕의 어머니이며 김춘추의 부인인 문희를 바라보는 시선과도 연관된다. 먼저 신이한 자신의 해석을 역사의 정당성으로 풀어가는 양성적 여성으로 선덕여왕을 바라볼 수 있다.

김부식은 『삼국사기』에서 "하늘의 이치로 말하면 양(陽)은 강하고 음(陰)은 부드러우며, 사람으로 말하면 남자는 존귀하고 여자는 비천하거늘 어찌 늙은 할미가 규방에서 나와 국가의 정사를 처리할 수 있겠는가? 그런데 신라가 여자를 도와 세워서 임금 자리에 있게 했으니 진실로 어지러운 세상의 일이었다. 곧 나라가 망하지 않은 것이 다행이었다. 서경(書經)에서 말하기를 "암탉이 새벽을 알린다." 라고 했으며, 역경(易經)에서 말하기를 "암퇘지가 껑충껑충 뛰는 데 믿음을 둔다."라고 했다. 그러한 것이 경계 삼을 만하지 않는가!⁸"라고 선덕여왕을 폄하하였다. 그런데 다음 인용 된 부분은 일연이 기술한 『삼국유사』에 나온 선덕여왕의 지혜에 대한 논의의 일부분이다.

셋째는, 왕이 병도 없을 때인데 모든 신하들에게 말하였다.

"내가 어느 해 어느 달 어느 날에 죽을 것이니. 나를 도리천(忉利天) 가운데 장사지내라."

신하들은 그곳이 어디인지 몰라 물었다.

"어디입니까?"

왕이 말하였다.

"낭산(狼山)의 남쪽이다."

그 달 그 날에 이르러 과연 왕이 죽었다. 신하들은 왕을 낭산 남쪽에다 장사지냈다. 그 후 10여 년이 지난 뒤 문무대왕(文武大王)이 왕의 무덤 아래에 사천왕사(四天王寺)를 지었다. 불경에 말하였다.

"사천왕천(四天王天) 위에 도리천이 있다."

이에 대왕이 신령스럽고 성스러웠음을 알게 되었다.

왕이 살아 있을 당시 신하들이 왕에게 말하였다.

"모란꽃과 개구리의 두 가지 일이 그러할 줄을 어떻게 아셨습니까?"

왕이 말하였다.

"꽃 그림에 나비가 없어 향기가 없는 것을 알았다. 이는 당나라 황제가 배필이 없는 나를 놀린 것이다. 개구리의 성난 모습은 군사의 형상이고, 옥문(玉門)이란 여인의 음부로서 여인은 음이 되며 그 색깔이 흰데, 흰색은 서쪽을 나타내기 때문에 군사가 서쪽에 있음을 알았다. 남근(男根)이 여근(女根)에 들어가면 반드시 죽게 된다. 따라서 쉽게 잡을 수 있음을 안 것이다."

신하들은 모두 여왕의 그 성스러운 지혜에 감탄하였다.

일연, 김원중 옮김(2002), 『삼국유사』, 을유문화사.
〈선덕왕이 미리 안 세 가지 일〉

위의 글을 통해서 볼 때 선덕여왕은 세 가지 지혜를 통해 묘사되고 있다는 것을 알 수 있다. 첫 번째는 모란꽃의 향기 없음을 알아낸 것이고 두 번째는 적들이 잠입한 것을 알아낸 것이며 세 번째는 자신이 죽는 날과 묻힐 곳을 예언했다는 점이다. 그런데 세 번째 자신이 죽는 것부터 짚고 넘어가야 할 것이다. 사실 엄밀히 말하면 선덕여왕의 세 번째 예언은 후손들에게 부탁하는 성격이 강하다. 즉 자신이 묻히는 곳 아래에 사천왕사를 지어서 자신이 묻힌 곳을 도리천으로 만들어 달라는 주문일 것이다. 이는 후대 왕에게도 선덕여왕에게도 모두 득이 되는 지점이다. 왜냐하면 선덕여왕의 입장에서 신이한 예언을 통해 여왕으로서의 자신의 지위를 후대에 빛낼 수 있는 방법이고 후대 왕은 선대왕의 후강을 통해 민심을 수습하는 기회로 삼을 수 있기 때문이다. 문무왕이 사천왕사를 건설한 것은 당시 당나라의 침입을 도력으로써 막고자하는 노력의 일환이었다. 그 어느 때보다도 선대왕의 후강을 통해 왕으로서의 자신의 신성성을 공인 받아야 하는 시점이었다. 〈문무왕〉편에 드러난 대화를 통해 당시 당나라와 긴박했던 나라 정황을 읽어 볼 수 있다.

명랑이 왕에게 아뢰되, "낭산 남쪽에 신유림(神遊林)이 있는 바 그곳에 사천왕사를 짓고 도량(道場)을 개설하면 될 것이외다. "라고 하였다.

이때에 정주(貞州)에서 사람이 달려와 급보하기를, "당나라 군사들이 수없이 우리나라 지경까지 와서 바다 위에 순회하고 있사외다"라고 하였다.

왕이 명랑을 불러 말하기를, "일이 벌써 절박하게 되었으니 어떻게 하였으면 좋겠는가?"하니 명랑이 왕에게 아뢰되, "채색 비단으로써 절을 임시로 만들면 됩니다"하여 왕이 채색 비단으로써 절집을 꾸리고 풀〔草〕로써 오방의 신상을 꾸려놓고 유가 명승(瑜伽明僧) 열두 명이 명랑법사를 우두머리로 삼아 문두루(文豆蔞)의 비밀 술법을 썼다. 이때에 당나라 군사와 신라군사가 아직 교전을 하지 않았는데 풍랑이 크게 일어나서 당나라 배가 모두 물에 침몰하였다. 뒤에 절을 고쳐지어 사천왕사라고 불렀는데 지금도 불단의 법석이 계속되고 있다.

일연, 김원중 옮김(2002), 『삼국유사』, 을유문화사.

〈문무왕〉

즉 사천왕사의 건립은 지극히 인위적인 것이었고 선덕여왕의 예언 역시 후대 왕인 문무왕의 해석에 의해 그 신성성이 더욱 부각된 인위적인 일이라는 점이다. 신성성과 환상성을 통해 신라 최초의 여왕이 역사에 강력한 왕권의 상징으로 자리매김하는 지점이다. 또한 선덕여왕의 모란꽃 해석과 옥문지 해석에서 보이는 양성성에 주목해 볼 수 있다. 이어령은 선덕여왕이 꽃을 관찰하는 부분에서는 관찰자와 같은 분석력을 발휘하고 적병을 찾아내는 데는 시인과 같은 직관력을 활용한 것이 비극이라고 비판하였다.[9] 그러나 우리는 이 지점에서 선덕여왕의 양성성이 드러나고 있음을 확인한다. 여성이 꽃을 보면 아름답

다는 고정관념에 사로잡혀야 한다는 생각을 선덕여왕은 뒤집고 과학
적이며 분석적인 방법으로 통해 그림을 평가하고 있는 것이다. 옥문지
의 경우에는 과학적인 분석력이 요구되어야 한다는 생각을 뒤집고 매
우 시적으로 직관을 잘 활용하고 있다. 이는 여성의 담론이 아름답거
나 여성스러움에 연루되는 고정적인 틀을 깨는 양성성의 예로 볼 수
있다. 적병을 찾아낸다는 것은 어쩌면 과학보다는 흉흉한 나라의 인
심을 직관적으로 알아차리는 것이 더 필요했을지도 모른다.

　다음으로 문희의 등장을 한번 보자. 김유신의 여동생이면서 무열
왕 김춘추의 부인이 되며 후에 문무왕의 어머니가 되는 문희는 신성
성과 환상성을 역사의 담론으로 끌어들이는 역사의 또 다른 주인공
이다. 문희는 삼국의 통일에 가장 큰 공을 세운 가야의 후손인 김유
신의 두 번째 여동생이다. 김유신은 신중하고 철저한 계산 하에서 김
춘추를 자신의 집으로 오게 한다. 일연은 김춘추가 오기 전에 김유
신 여동생들의 꿈 거래를 기록하고 있다. 김춘추가 오기 전에 이 집
에는 왕후가 되는 꿈이 거래를 통해 자리 이동한 것임을 보여주고자
하였다. 이는 문희가 왕후로 등극하는 것의 환상성과 신성성을 보여
주는 것이다. 언니가 꾼 범상치 않은 꿈을 산 이야기는 비단 동생 문
희와 언니 보희의 일화에만 등장하는 것은 아니다. 고려의 공예태후
역시 그러한 꿈을 언니에게 사고 나서 왕비로 천거 받는다. 장흥 출
신 공예태후 임씨(恭睿王后 任氏, 1109년~1183년)는 고려의 17대 왕
인 인종의 아내이자 의종, 명종, 신종의 어머니이다. 그러니까 시기적
으로 볼 때 고려후기에 살았던 일연(1206년~1289년) 보다 더 앞섰던
인물이다. 민간에는 꿈을 사서 왕비가 되는 설화가 이미 있었을 것이
다. 신화는 어떤 의미에서 보면 한 번 일어난 사건이지만 늘 일어나
고 있는 사건이기도 하다.[10] 아마도 일연은 거기에 김유신의 여동생

들 문희와 보희의 이야기를 겹쳐서 서술한 것은 아닐까 추측해본다.
다음은 문희와 보희의 이야기이다.

이전에 어느 날 문희의 언니 보희가 꿈에 서악(西岳)에 올라가 오줌
을 누었더니 경성에 가득 차는 꿈을 꾸었다. 아침에 동생에게 꿈 이야
기를 했더니 문희는 그 말을 듣고 말하였다.

"내가 이 꿈을 살게."

그러자 언니가 말하였다.

"무슨 물건을 주겠니?"

동생이 말하였다.

"비단치마를 주면 되겠어?"

언니는 말하였다.

"그래."

동생은 꿈을 받으려고 치마폭을 벌렸다. 언니가 말하였다.

"어젯밤 꿈을 너에게 주겠다."

동생은 그 값으로 비단 치마를 주었다.

열흘 뒤, 김유신은 정월 오기일(午忌日, 앞에서 기술한 거문고 갑을
쏜 일로보아, 이는 최치원의 설이다)에 춘추공과 함께 자기 집 앞에서
축국(蹴鞠, 신라 사람들은 축국을 농주희(弄珠戲)라고 하였다)을 하다
가 일부러 춘추공의 옷을 밟아서 옷고름을 찢고는 말하였다.

"우리집에 들어가 꿰맵시다."

춘추공은 이에 따랐다.

김유신이 아해(阿海)에게 꿰매도록 하자 아해가 말하였다.

"어찌 사소한 일 때문에 경솔히 귀공자를 가까이 하겠습니까?"

그리고 한사코 사양하였으므로(고본(古本)에는 병 때문에 나오지 못

하였다고 하였다) 아지(阿之)에게 시켰다. 춘추공은 김유신의 뜻을 알아차리고 아지를 가까이 하여, 이후부터 자주 왕래하였다.

그런데 어느 날, 김유신은 누이가 임신한 것을 알고는 크게 꾸짖었다. "네가 부모에게 알리지 않고 임신했으니, 어찌 된 일이냐?"

그리고는 그의 누이동생을 불태워 죽일 것이라고 온 나라에 소문을 퍼뜨렸다. 어느 날 선덕여왕이 남산으로 행차하기를 기다렸다가 뜰에 장작을 쌓아 놓고 불을 붙여 연기가 일어나게 하였다.

일연, 김원중 옮김(2002), 『삼국유사』, 을유문화사.

〈태종 춘추공〉

문희는 세 가지 점에 있어서 현대 문화 담론의 양성성을 실현하는 여성이다. 첫째, 꿈의 영험함을 살 정도로 지혜로웠다는 것이다. 즉 이야기의 힘을 믿고 있는 시대를 앞선 여성이라고 볼 수 있다. 문희는 두 번째로 언니가 거부한 낯선 남자의 옷을 꿰매는데 적극적이라는 것이다. 오빠 김유신의 의중을 알아차린 지혜로 보인다. 세 번째 결혼도 하기 전에 임신한 그녀는 자신을 장작더미 위에 올려 불태워 죽이려는 오빠의 뜻을 알아차린 용감한 여성이라고 할 수 있다. 결국 문희의 용기와 담력은 그녀를 왕후로 나아가게 한다. 그런데 문희의 왕후는 단순한 신라의 왕비가 아니라는 데 있다. 가야의 후손인 김유신은 선덕, 진덕, 무열, 문무 등 여러 왕을 모시면서 신라의 통일을 위해 애썼다. 그리고 마침내 그 통일의 기틀을 잡은 무열왕의 왕비로 자신의 여동생을 추대하고 자신의 조카인 문무왕은 최초로 신라와 가야의 통합된 왕으로 우뚝 선다. 일연의 『삼국유사』 〈가락국기〉편에 보면 문무왕이 가야의 제사를 지낸 것을 높이 사고 있음을 확인할 수 있다.

2. 조력자에서 동반자로 나아가는 양성성

　질베르 뒤랑에 의하면 사회적 조직이나 제도는 쉽게 단원화 되는 데 반해 사회적 이드(Id)는 다원적이면서도 풍요롭고 다양한 가능성으로 존재한다고 한다.[11] 신화는 대표적인 사회적 이드이다. 가야에 대한 기록이 거의 없는 상태에서 일연이 기술한 〈가락국기〉는 매우 요긴한 자료가 된다. 『삼국유사』의 〈기이편〉 마지막에 등장하는 가야의 이야기의 중심은 허황옥이라는 왕비의 등장이다. 주몽을 낳았던 유화와 온조를 낳아서 왕으로 만들고 백제 건립의 도움을 주었던 소서노가 단지 영웅의 조력자로 기술된 것과는 사뭇 다른 방향이다.

　〈가락국기〉의 허황옥은 가야의 첫 번째 왕인 김수로의 조력자가 아니라 동반자로 당당하게 목소리를 내고 있음이 눈에 띈다. 엄밀하게 현대 담론으로 보자면 허황옥은 다문화 이주 여성성이다. 즉 머나먼 아유타 국의 공주가 꿈에 하늘의 계시를 받고 동쪽 나라의 왕비가 되고자 가야라는 나라에 들어온 것이다. 그녀가 타고 온 배에는 파사탑이 함께 전하는 것으로 볼 때 불교의 전래도 함께 이루어졌을 가능성도 농후하다. 고운기는 일연이 허황옥에게 관심을 가지는 지점이 바로 이러한 불교와의 연관성 때문이라고 언급하였다. 그러나 그보다도 일연이 〈가락국기〉 텍스트 안에서 주목한 허황옥의 특징은 양성적인 인간이라는 점이다.

　일연이 허황옥을 통해서 이야기하는 양성성의 양상을 네 가지로 면밀히 살펴볼 수 있을 것이다. 허황옥은 철저하게 양성 평등을 지킨 자주적인 여성이다. 최재천[12]은 암수가 하나라면 어떨까하는 가정을 논의하면서 허황옥의 호주제 이야기를 꺼내온다. 허황옥은 열명의 아들과 두명의 딸을 낳았고 그 중 일부는 아버지 김 씨의 성을 잇고 나머지는 어머니 허 씨의 성을 따르게 했다고 한다. 이는 아버지의 성만을 따르면 자신의 존재가 사라져버리는 것이라고 생각했기 때문이다. 허황옥은 다문화 여성이면서 호주제를 가장 먼저 실현한 여성이었다. 본고가 허황옥을 양성성의 예로 바라보는 근거이다. 그녀가 가야에 들어왔을 때 가야의 신하들은 그녀를 맞으러 나간다. 그 장면은 다음과 같다.

> (배에서 내려) 왕후는 말하였다.
> "나는 그대들과 평소에 알지 못하는 사이인데 어찌 감히 경솔하게 따라가겠는가?"
> 유천간 등이 돌아가서 왕후의 말을 아뢰니, 왕은 그녀의 말이 옳다고 여겨 육사를 데리고 행차하였다. 그리고 대궐 아래 서남쪽 60보쯤 되는 곳의 산언저리에 장막을 치고 기다렸다. 이에 왕후가 산 밖의 별포 나루터 입구에 배를 대고 육지로 올라와 높은 언덕에서 쉬면서 입고 있던 비단 바지를 벗어 산신령에게 폐백으로 바쳤다.

그녀를 마중 나온 신하들에게 '나는 그대들과 평소에 알지 못하는 사이인데 어찌 감히 경솔하게 따라가겠는가?' 라고 말하면서 왕이 직접 나오도록 한다. 그녀가 평소 알지 못하기는 신하나 왕이나 마찬가지이다. 아니면 이 말 속에서 왕과는 평소에 알고 있었다는 이야기일 수도 있다. 그래서 허황옥을 소설[13]과 드라마〈김수로〉에서는 아유타국 공주이면서 거상이었을 것이라는 상상력을 펼쳐 보인다. 이미 상인으로 가야에 내왕이 있었고 김수로를 알고 있었던 것으로 등장한다. 왕의 조력자에서 나아가 왕과 동반자격 리더의 면모를 보여준다. 김수로는 허황옥의 말이 맞다고 생각해서 그녀를 손수 마중 나가서 기다린다. 허황옥은 자신의 권위를 스스로 세울 수 있는 양성적 여성이었다. 그녀는 마중 나온 왕을 만나기 전 자신이 가야에 온 것을 신성시한다. 즉 "왕후가 산 밖의 별포 나루터 입구에 배를 대고 육지로 올라와 높은 언덕에서 쉬면서 입고 있던 비단 바지를 벗어 산신령에게 폐백으로 바쳤다."라는 것이 그러한 신성화의 단계라고 할 수 있다. 왕의 마중에 상응하는 제의를 통해 그녀는 스스로 왕후의 자격을 입증하는 것이다.

가야의 이야기를 적고 있는 〈가락국기〉를 통해 볼 때 허황옥의 가야 입성은 매우 의미가 크다. 가야는 구간들이 다스리는 지방분권적인 나라였음을 알게 되는데, 허황옥이 가야 왕후가 되고 나서는 가야라는 나라는 중앙 집권적인 국가의 형태를 갖추는 것처럼 묘사된다. 또한 김수로와 허왕혹의 부부관계가 매우 모범적인 남녀의 전형을 보여주고 있음을 본문에서 찾아볼 수 있다.

어느 날 왕이 신하들에게 말하였다.
"구간등은 모두 여러 벼슬아치의 우두머리인데, 그 지위와 이름이 모두 소인이니 농부의 호칭이지 결코 고관지위의 호칭이라고는 볼 수 없소. 혹시라도 나라 밖 사람들이 듣게 된다면 반드시 웃음거리가 될 것이오.
〈중략〉
수로왕은 국가를 다스리는 집을 정돈하여 백성들을 아들처럼 사랑하였다. 그 교화는 엄숙하지 않아도 위엄이 있고, 그 정사는 엄하지 않아도 잘 다스려졌다. 더구나 왕이 왕후와 함께 사는 것이 마치 하늘에 땅이 있고 해에 달이 있으며, 양에 음이 있는 것과 비유할 수 있었다. 그공은 도산씨가 하나라를 보필하고, 당원이 교씨를 일으킨 것과 같았다.

〈중략〉

나라 사람들은 마치 땅이 무너진 듯 탄식하며 구지봉 동북쪽 언덕에 장사지냈다. 그리고 백성을 아들처럼 사랑하던 은혜를 잊지 않고자 하여 왕후가 가락국에 처음 와서 닿은 도우촌을 주포촌이라 부르고, 비단 바지를 벗은 높은 언덕을 능현이라 했으며, 붉은 깃발이 들어온 바닷가를 기출면이라 하였다.

일연, 김원중 옮김(2002), 『삼국유사』, 을유문화사.
〈가락국기〉

허황옥을 황후로 받아들인 김수로왕은 구간 등의 이름이 위엄이 없음을 알고 이름을 보다 존귀하게 바꾸고 제도와 가옥을 정비하면서 국가의 틀이 잡혀가는 것을 알게 해준다. 왕후의 가야 입성 후에 제도와 법률 등 국가 기틀이 제도화되기 시작했다는 것은 왕후의 역할이 매우 실질적이었을 가능성을 내포하는 것이다. 불교와 문명이 먼저 발달한 인도의 공주가 가야에서 양성적인 힘을 발휘하고 있는 것이다. 왕과 왕후의 관계는 "마치 하늘에 땅이 있고 해에 달이 있으며, 양에 음이 있는 것과 비유할 수 있었다"고 할 정도로 부부의 관계는 상호 이해와 존중이 있었음을 보인다. 나라의 백성들은 왕후가 죽자 "마치 땅이 무너진 듯 탄식하며 구지봉 동북쪽 언덕에 장사지냈다."고 한다. 왕후가 죽고 나서 장사지낸 구지봉은 수로왕을 맞이하기 위한 장소였음을 환기한다면 백성들에게 왕후는 김수로왕과 같은 존재였음을 알게 된다. 여성이 원조자로서 그 존재를 밖으로 드러내지 않는 신화 속 많은 이야기들을 고려해 볼 때 허황옥의 전면적인 등장은 매우 이례적인 일이라고 하겠다.

3. 알파걸과 팜므파탈의 도플갱어로서 양성성

고운기는 수로부인을 최초의 미시족이라는 용어로 정의하였다.[14] 자신의 주장을 거침없이 드러내는 부인을 두고 한 이야기일 것이다. 그런데 위의 선덕여왕이나 허황옥과는 다른 또다른 양성적 여성들이 한 축을 이룬다. 다른 신화서에서는 등장하지 않는 독특한 여성들이 있는데, 〈도화녀와 비형랑〉의 도화녀와 〈수로부인〉의 수로부인 등이 그 주인공들이다. 엄밀히 말하자면 그녀들은 매우 현대적인 인물들이면서 신화 속에서 아름다움으로 죄를 받지 않는 여성들이다. 일연이 기술한 이들을 또 한 축의 양성적인 여성들로 진단하고자 한다. 팜므파탈[15]이라는 용어는 남성을 파멸시키는 아름다움을 가지는 여성을 말한다. 그 대표적인 인물로 로마의 명 장수 시저와 안토니우스를 유혹한 클레오파트라를 들 수 있다. 클레오파트라는 로마의 장수를 파멸시켰다는 점에서는 팜므파탈이지만 자신의 조국 이집트를 중심으로 볼 때 그녀는 단연 알파걸이다. 알파걸이란 현대의 신조어로서 하버드 대학 댄 킨들런[16] 박사의 용어이다. 즉 알파걸은 자신의 주장을 굽히지 않고 의견을 관철시키는 당찬 여성으로서 자신이 여성이기 때문에 장애를 가졌다고 생각하지 않는 여성들이다. 댄 킨들런 박사는

클레오파트라

이런 여성의 출현은 아버지의 역할이 강조되면서 딸의 성향이 아버지의 성향을 닮기 때문이라고 말한다. 클레오파트라의 단적인 예만 보더라도 팜므파탈의 다른 이름이 알파걸이라고 볼 수 있다. 그런 의미에서 보자면 알파걸과 팜므파탈은 도플갱어(doppelgänger) 즉 알테르에고(alter ego)이며 쌍생아 같은 존재이다.

일연은 지금으로부터 700년 전인 13세기에 현대의 알파걸과 비슷한 여성군들을 기록하고 있다. 이는 신화가 과거에만 일어나는 사건이 아니라 현재에도 늘 일어나고 있다는 논리를 뒷받침해 주는 예이다. 진지왕은 4년의 정치 인생을 마감하고 유궁에 갇힌다. 『삼국유사』에서는 죽은 왕이라고 하는 세간의 이야기만 기록하고 있지만 『화랑세기17)』를 보면 4년의 실정으로 진지왕은 폐위되고 3년 동안 유궁에 갇혀있었다고 한다. 자신의 집권시절 세간에 아름답다고 소문난 도화녀라는 여성을 찾아가 자신의 수청을 들게 한다. 그러나 이 도화녀라는 여성은 자신의 주장을 당당하게 왕에게 밝히는 양성적 여성이자 팜므파탈적 이미지를 가진다.

사량부(沙梁部)의 민가의 여인이 얼굴이 고와 당시(사람들이) 도화랑(桃花娘)이라 불렀다. 왕은 이 소문을 듣고 궁중으로 불러 관계를 맺으려 하였다. 그러자 도화녀가 말하였다.

"여자가 지켜야 할 것은 두 남편을 섬기지 않는 것입니다. 설령 천자의 위엄이 있다 해도 남편이 있는데 다른 사람에게 가게 하지는 못할 것입니다."

왕이 말하였다.

"너를 죽인다면 어떻게 하겠는가?"

도화녀가 말하였다.

"차라리 저자에서 죽어 딴 마음이 없기만을 바랍니다."

왕은 도화녀를 희롱하여 말하였다.

"남편이 없으면 되겠는가?"

"됩니다."

그래서 왕은 도화녀를 놓아 보냈다.

이 해에 왕이 폐위되어 죽고, 그 후 2년 만에 도화녀의 남편 역시 죽었다. 열흘 남짓이 지난 어느 날 밤에 왕이 생시와 똑같은 모습으로 도화녀의 방에 와서 말하였다.

"네가 지난 번 약속한 바와 같이 이제 네 남편이 죽었으니 되겠는가?"

도화녀가 좀처럼 승낙하지 않고 부모에게 여쭙자 부모가 말하였다.

"임금의 명령을 어떻게 피하겠는가?"

그리고 그 딸을 방으로 들여보냈다.

임금은 이레 동안 그곳에 머물렀는데, 항상 오색구름이 지붕을 감싸고 방 안에 향기가 가득하였다. 그런데 이레 후 왕은 갑자기 종적을 감추었다. 도화녀가 이로 인해 임신하여 달이 차 곧 해산하려고 하자 천지가 진동하였다. 한 사내아이를 낳으니 이름을 비형(鼻荊)이라 하였다.

일연, 김원중 옮김(2002), 『삼국유사』, 을유문화사.

〈도화녀와 비형랑〉

도화녀가 아름답다는 소문을 듣고 왕은 그녀를 궁중으로 불러 관계를 맺으려 하자 그녀는 "여자가 지켜야 할 것은 두 남편을 섬기지 않는 것입니다."라고 당당하게 주장한다. 그러자 왕이 "남편이 없으면 되겠는가?"라고 반문하니 도화녀는 당돌하기 그지없게 "됩니다"라고 말한다. 이 대화는 무심히 넘기면 에피소드에 지나지 않지만 일연이 기술한 여성상이라는 측면에서 본다면 매우 중요한 것이 된다. 도화녀는 자신의 도를 지키겠다는 것으로 왕의 권위보다 한 개인의 존엄이 더 높이 있다는 것을 이야기한 신화 속 알파걸이라 할 수 있다. 그러자 그들의 말도 안 되는 거래가 성사되기에 이른다. 유궁에 갇힌 왕은 죽은 왕으로 세간에 알려졌고 2년 후 자신의 남편이 죽은 도화녀는 왕의 재방문을 받는다. 그녀는 당당히 자신의 약속을 지키겠다고 공표하고 임금과 이레 동안 지낸다. 그리고 임신을 해서 태어난 아이가 비형이라는 인물이다.

『화랑세기』를 보면 비형이라는 아들은 왕손으로 여겨져 진평왕이 데려다가 비형과 이복형제인 용춘과 용수와 함께 자란다. 도화녀는 왕을 쉽게 받아들이지 않음으로써 자신의 자존을 살리게 되고 왕의 자손을 낳는다. 도화녀에 초점을 맞추어 읽어보면 이 여성은 아름다움이라는 팜므파탈적인 요소와 알파걸적인 요소를 함께 가지고 있었던 것으로 보인다. 『삼국유사』속에 등장하는 여성 중에서 가장 독특한 자아를 가진 이가 수로부인이다. 이 여성의 행보를 보면 고대의 여성이 아니라 현대의 철부지 여성처럼 보이기 때문이다. 자신의 주장을 아무런 거리낌 없이 던질 수 있는 여성이며 뭇사람들의 사랑을 받는 여성이기도 하다. 심지어 자연의 신물들에게도 늘 관심거리가 되는 여성이다. 수로부인의 행보를 따라가 보면 양성적인 인물을 만날 수 있을 것이다.

성덕왕 대에 순정공이 강릉태수로 부임하여 가다가 바닷가에서 점심을 먹었다. 옆에는 바위가 마치 병풍처럼 둘러쳐져 있었는데, 높이가 천 길이나 되었고 위에는 철쭉이 활짝 피어 있었다. 순정공의 부인 수로가 그것을 보고서 주위 사람들에게 말하였다.

"누가 내게 저 꽃을 꺾어 바치겠소?"

따르던 사람이 말하였다.

"사람이 오를 수 없는 곳입니다."

다들 나서지 못하였으나 옆에서 암소를 끌고 지나가던 노인이 부인의 말을 듣고는 그 꽃을 꺾어 와서 가사도 지어 함께 바쳤다.

그 노인이 어떤 사람인지는 아무도 몰랐다. 다시 이틀째 길을 가다가 임해정에서 점심을 먹는데, 바다의 용이 갑자기 부인을 낚아채 바닷속으로 들어가 버렸다. 공이 넘어지면서 발을 굴렀으나 어쩔 도리가 없었다.

또다시 한 노인이 말하였다.

"옛 사람이 말하기를 '여러 사람의 말은 무쇠도 녹인다'고 하니, 바닷속 짐승인들 어찌 여러 사람들의 일을 두려워하지 않겠습니까? 경내의 백성들을 모아 노래를 지어 부르면서 지팡이를 강 언덕을 두드리면 부인을 다시 볼 수 있습니다."

공이 그 말에 따르니, 용이 부인을 모시고 바다에서 나와 (그에게)바쳤다. 공이 부인에게 바닷속의 일을 물었다. 부인은 이렇게 말하였다.

"일곱 가지 보물로 꾸민 궁전에 음식들은 맛이 달고 매끄러우며 향기롭고 깨끗하여 인간 세상의 음식이 아니었습니다."

부인의 옷에도 색다른 향기가 스며 있었는데, 이 세상에서는 알아 볼 수 없는 것이었다.

수로부인은 절세미인이어서 깊은 산이나 큰 못 가를 지날 때마다 신물에게 빼앗겼으므로 여러 사람이 해가를 불렀다.

일연, 김원중 옮김(2002), 『삼국유사』, 을유문화사.

〈수로부인〉

순정공이 강릉태수로 부임되어 길을 가다가 그의 부인 수로가 일을 당하는 것은 우연히도 모두 점심을 먹는 때이다. 첫 번째 점심을 먹는 부분에서 수로부인은 벼랑 위에 핀 꽃을 꺾어오기를 뭇사람에게 소개한다. 그곳은 부인을 따르던 사람이 말하는 것처럼 "사람이 오를 수 없는 곳"이다. 그런데 기적처럼 지나가던 노인이 벼랑에 올라가 꽃을 꺾어 와서 부인에게 가사와 함께 바친다. 그 노래가 바로 「헌화가」이다. 그런데 이 부분에서 수로부인의 행동을 자세히 살펴보자. 점심을 먹을 때 부인은 자신이 좋아하고 보고 싶은 것을 주력해서 보는 여인이었다. 여인은 자신이 예쁘다고 생각하는 것을 당당하게 요구할 수 있는 알파걸이다. 그녀의 미모는 일연의 말대로 절세미인이었던 것 같다. 즉 팜므파탈의 요소가 드러난다는 것이다.

팜므파탈적인 아름다움은 지나가던 노인에게도 벼랑에 올라갈 수 있는 힘을 주었던 모양이다. 꽃과 함께 가사를 바쳤다는 표현에서 그러한 요소를 읽어낼 수 있다. 두 번째 사건도 점심을 먹는 곳이다. "바다의 용이 갑자기 부인을 낚아채 바다 속으로 들어가 버렸다."라고 전한다. 점심을 먹는다는 일상적인 행위보다는 벼랑의 꽃을 보거나 바닷가에서 용에게 잡혀간다. 이는 단순히 수로부인의 아름다움으로 돌리기보다는 수로부인의 성향에 대한 상상을 가능하게 한다. 호기심과 아름다움과 강한 자기주장이 수로 부인의 양성적 성향을 강화시킨다. 수로부인의 일련의 사건들은 그녀의 호기심이 불러온 것이라는 생각을 해 볼 수 있다.

수로부인의 호기심은 여기에서 끝나지 않는다. 용에게 잡혀간 수로부인은 "일곱 가지 보물로 꾸민 궁전에 음식들은 맛이 달고 매끄러우며 향기롭고 깨끗하여 인간 세상의 음식이 아니었습니다."라고 이계 체험을 이야기한다. 수로 부인의 성향은 항상 뭔가를 알고 싶어 하는 지적 호기심이 풍부한 여성일 것이다. 수로부인의 아름다움은 신물들도 질투할 만 한 것이었다. 수로부인은 절세미인이어서 깊은 산이나 큰 못 가를 지날 때마다 신물에게 빼앗겼으므로 여러 사람이 해가를 불렀다. 즉 헌화가처럼 그녀를 위해 사람들은 나이 여하를 막론하고 노래를 불러 바쳤다. 해가는 용궁에 들어간 수로 부인을 구출하기 위해 불렀던 주술적 노래였다. 자신의 주장을 당당하게 말할 수 있는 수로부인은 신화의 미시족이면서 팜므파탈적인 속성을 가진다.

일연의 글쓰기는 일연의 의식을 반영한다. 즉 일연의 『삼국유사』 속에 등장하는 양성적 여성들은 시대를 거슬러서 현대 담론으로 해석하는데 전혀 무리가 없어 보인다. 여기에서는 모성성과 불교의 여성상을 중심으로 펼쳐왔던 기존 일연의 여성관에 현대적 관점을 들이대는 읽기를 시도한 것이다. 중심과 주변이 뒤바뀌는 포스트모던 시대에서 우리의 『삼국유사』 읽기는 보다 더 새로워져야 할 것이다. 이미 미디어와 영상 매체에서는 그러한 요소를 잘 드러내고 있는 듯하다. 드라마 〈선덕여왕〉의 여왕 그리기와 드라마 〈김수로〉의 허황옥 그리기는 변화하는 시대의 담론을 잘 보여주고 있다. 신화 속에 등장하는 여성 그리기가 성처녀의 남성 이데올로기가 많이 드러나고 여성이 주로 타살된 것에 비하면 일연의 이야기 속 여성의 다양한 모습은 매우 의미 있는 기술이라고 하겠다. 신화는 그 시대에도 일어나고 계속 반복해서도 일어나며 현대에도 일어나는 사건을 말한다. 양성적 인물로 바라볼 수 있는 『삼국유사』 속 여인들은 현대를 살아가는 또다른 도플갱어들이다. 신화 속 인물들은 이야기 속의 환상적인 존재로만 있지 않는다. 늘 현재 삶에서 그 원형을 드러내기 때문에 의미를 갖는다.

4. 미디어로 세상의 중심에 선 여성의 양성성

일연의 〈삼국유사[18]〉에 덕만 선덕여왕은 진평왕의 딸이라고 말한다. 큰딸인지 작은 딸인지는 알 수 없지만 매우 현명하다 전하고 있다. 16년 동안 나라를 다스렸고 세 가지 일을 미리 알았을 정도로 예지력을 가지고 있었던 것 같다. 『삼국사기』와 『화랑세기』를 종합해서 가장 개연성 있는 선덕여왕을 추적해봄은 어떨까. 선덕여왕 덕만은 진평왕의 몇 째 딸이고 나이는 어느 정도에 왕이 되었으며 몇 살에 죽었는지 역사의 사료에서는 확인하기가 그다지 쉽지 않다. 여러 자료들을 통해 유추할 뿐이다. 『화랑세기』를 제외한 역사서에는 첫째 딸로 등장하는데, 『화랑세기』에는 둘째 딸로 등장한다. 나는 대강 선덕여왕의 나이를 진평왕의 집권 연령에 미루어 짐작해본다.

『화랑세기』에 의하면 진평왕이 왕위에 오르던 나이는 13세이고 미실은 30세를 전후한 나이였다고 한다. 그러니 벌써 15살에서 20살 가까운 나이차가 있었던 것으로 짐작된다. 진평왕이 579년에서 632년에 통치했으며 선덕여왕은 632년에서 647년까지 통치하였다. 그런데 선덕여왕의 나이를 가늠하기 무척 어려운 것이 진평왕의 부인이자 선덕여왕의 어머니인 마야부인과 진평왕이 언제 결혼했는지 알 수 없다는 것이다. 진평왕의 임금 신분을 고려해 본다면 즉위하고 결혼이 그렇게 오래 미루어지지는 않았을 것이다. 왕이 되고 20대쯤에 진평왕이 결혼해서 딸을 얻었더라도 선덕여왕이 왕이 되었을 나이는 45세쯤으로 짐작된다. 딸을 더 늦게 얻었다면 선덕여왕의 왕이 된 나이는 더 어렸을 가능성도 배제할 수 없을 것 같다. 45세쯤부터 647년까지 16년 정도 왕을 했다고 치면 여왕은 60세 전후에 세상을 등

졌을 가능성이 많다. 647년 그때 김유신은 53세로 춘추공과 함께 상대등 비담과 염종의 반란을 진압하기에 이른다.

김유신은 진평왕이 한창 집권하고 있었던 595년에 태어났는데 그때 미실은 『화랑세기』를 통해 볼 때 색공지신으로는 은퇴를 할 나이에 이른다. 따라서 미실이 은퇴하는 나이가 되었을 때 덕만은 아마도 10여 살이 겨우 넘는 여자 아이였을 것으로 보인다. 『화랑세기』에 나오는 것처럼 덕만이 둘째 딸이라는 것이 더 합당하게 느껴진다. 춘추가 언니의 동생이라고 해야 604년에서 661년 사이에 생존한 것이 논리적으로 더 설득력 있게 다가온다. 덕만이 585년을 전후해서 태어났다고 치면 조카가 604년에 태어나려면 천명은 덕만의 언니라야 얼추 얼개가 들어맞을 듯싶다. 드라마에서 천명공주를 쌍둥이의 언니로 보는 근거가 『화랑세기』를 따른 것이겠지만 필자 역시 거기에 주저 없이 한 표 던진다.

계속 질문은 덕만의 영험함에 대한 궁금증이다. 선덕여왕 덕만은 예지력과 지혜를 가진 것으로 『삼국유사』에서 그려진다. 드라마의 덕만은 쌍둥이로 태어나 태어나자마자 버려지는 운명을 갖는다. 그리고 그녀에게 주어진 보물은 진평왕의 옥대가 아니라 소엽도이다. 진평왕의 옥대는 천사가 궁전 뜰에 내려와 상제의 하사품이라고 주었다고 하는 것으로 나라의 제사를 지낼 때 마다 이 옥대를 착용하였다고 한다. 삼국유사에서 〈하늘이 내려준 옥대〉라고 하는 진평왕 부분은 바로 옥대에 대한 이야기를 주테마로 서술하고 있는데 다음과 같이 전한다. "그가 즉위한 첫해에 천사가 대궐 마당에 내려와서 왕에게 말하기를 '하느님이 나를 시켜 옥대를 전해주노라'하니 왕이 친히 무릎을 꿇고 받았다. 이후에 천사는 하늘로 올라갔으니 무릇 교외에 나가 지내는 제사 때나 종묘에 제사 지내는 때나 왕이 이 옥대를 사용하였다"라고 전한다. 그런데 언급했듯이 이 옥대는 드라마에서 소엽도로 바뀐다. 덕만은 사막에서 계림으로 오면서 자기를 찾는 단서로 소엽도라는 신표를 사용한다.

드라마에서는 이 소엽도를 진흥왕의 보물이라고 말하고 있고 진평왕은 쌍둥이 딸에게 이 소엽도를 주어 궁 밖으로 버린다. 드라마가 만들어낸 이야기는 "어출쌍생이면 성골남진"이라는 혁거세의 예언 때문이라고 말한다. 그러나 이 말은 『삼국유사』의 '혁거세편'에 전혀 나와 있지 않은 말이다. 드라마에서는 딸 쌍둥이는 나라의 흉조이므로 덕만을 옥대와 함께 시녀에게 보낸다. 그리고 황당하게 덕만은 멀리 중국의 사막에서 서양문물을 접하면서 자란다. 나는 드라마가 덕만을 영웅으로 만드는 신화구도를 더 잘 보여주고 있다고 생각한다. 대개 버려진 왕의 자식들은 부러진 칼과 함께 버려진다. 주몽이 그러했고, 서양의 테세우스가 그러했다. 덕만 역시 조지프 캠벨이라는 신화학자의 영웅구도로 보면 영웅의 시련을 거치고 옥대를 들고 자신이 누구인지 찾아오는 과정 속에서 영웅성이 현현되는 영웅 신화의 정상적인 구도를 보인다.

이 시대에 〈선덕여왕〉같은 드라마가 인기를 끄는 이유는 무엇일까. 현대 현실 사회가 양성성에 대한 욕망이 강한 시대이기 때문은 아닐까 하는 생각을 한다. 그 가운데 가장 특징적인 여성 담론이 알파걸과 팜므파탈형 인물이다. 알파걸은 앞에서 주지했던 것처럼 태생부터 여성이기 때문에 받은 열등감이 전혀 존재하지 않는 페미니즘의 시선 너머의 존재들이다. 아니 어쩌면 더 대단한 여성들일 것이다. 요즘 초등학교에서부터 대학생들 사이에는 알파걸에 주눅 든 베타보이들이 너무나 많다. 선덕여왕은 바로 이 시대의 알파걸의 욕망이다. 아무도 해보지 않은 여왕을 하겠다고 나선다. 발상의 전환이다. 경제와 통치 및 법률 같은 남성적인 것들을 두려워하지 않고 과감히 맞서는 것이다. 어쩌면 드라마의 〈선덕여왕〉보다 요즘의 알파걸들은 더 멀리 가고 있는 것인지도 모른다. 외국의 경우만 보더라도 쉽게 알 수 있다. 휴렛페커드를 부활시킨 피오리나와 이베이(eBay)의 사장 맥 휘트먼. 그녀들은 자타가 공인하는 우리 시대의 알파걸들이기 때문이다.

심지어 현대 사회에서 팜므파탈적 여성조차도 반드시 비난의 대상이 되지 못한다. 우리가 어린 시절 보았던 사극에서 팜므파탈형 후궁이 나오면 그녀들은 모든 이의 공공의 적이 되었고 얼마나 많이 욕을 먹느냐가 드라마 성패에 관건이었다. 그런데 시대가 변했다. 그것도 아주 많이 변한 것이다. 팜므파탈의 전형인 전대미문의 왕들의 여자인 미실의 등장에 오히려 많은 여성들이 통쾌해 한다는 것이다. 얼마 전 대중문화의 중심부를 달군 드라마〈아내의 유혹〉에서 버림받은 여자의 복수를 보면서 많은 여성들이 잠재된 욕망의 배설로 이 드라마에 공감했다는 것을 기억할 수 있다. 그런데 진흥왕을 섬기고 그의 두 아들 동륜과 금륜을 섬기고 손자인 진평왕까지 섬기던 색공지신(色供之臣)인 미실은 버젓이 풍월주인 사다함을 첫사랑으로 위시해서 풍월주인 세종공과 정식으로 부부 사이이고 또 다른 풍월주인 설원랑과 공공연한 연인 관계인 것이다.

왕부터 귀족들까지 수하에 거느리면서 마치 여왕보다 더 높은 곳에서 군림하는 미실은 이 시대 여성들의 욕망의 대리인인 것이다. 미실의 행동은 현대의 개방된 시선으로 보아도 도저히 용납할 수 없는 이야기인 것이다. 그런데, 알파걸 선덕여왕과 팜므파탈의 미실은 서로 다른 시소의 끝에서 현대 여성의 욕망을 자극하면서 대리충족 시켜 주고 있는 셈이다. 그녀들을 표면으로 내세울 수 있는 것은 이 시대의 문화 욕망이 부합하기 때문일 것이다.

위작 논의가 끊이지 않는 『화랑세기』를 통해 우리는 『삼국사기』와 『삼국유사』의 갈라진 틈을 어느 정도 메꾸기도 하고 『삼국유사』의 이야기를 더 풍요롭게 즐기기도 했다. 진흥왕과 진흥왕의 아들 동륜이 죽은 사실을 미실과 연결시켜 살펴보는 것은 어떨까. 또한 풍월주와 원화의 관계를 미실과 연결시켜 보는 것도 역사를 더 잘 이해하는 배경이 될 것이다. 『화랑세기』 11세 하종편에 나오는 이야기를 살펴보자.

> 진흥제가 한번 사랑하고 두 번 사랑하고는 곁을 떠나지 못하도록 하였다. 이에 전군에게 명하여 다시 융명을 받아들이게 하였다. 그리고 미실에게 전주의 이름을 내렸는데 (그 지위는 황후와 같았다). (미실을) 총애함이 4해를 뒤집을 만하였다. 진흥제가 출입할 때 반드시 동행시켰다. 사도황후는 (미실)과 삼주(三柱)의 신(神)이 될 것을 맹세하였다. 전주는 문장을 잘 지었다. 진흥제가 조정에 나아가 업무를 볼 때, 전주가 옆에서 모셨다. 문서를 보고 참결하여 그것이 옳은지를 (다루었기에) 조야(朝野)의 권세가 옥진궁으로 돌아갔다. 대원신통이 다시 성하게 일어났다.
>
> 김대문, 《화랑세기》 11세 하종, 1999, 123쪽

"진흥제가 한번 사랑하고 두 번 사랑하고는 곁을 떠나지 못하도록 하였다"에서 볼 수 있듯이 천하의 미실은 진흥제의 사랑을 받으면서 정권을 거머쥐게 된다. 미실을 사랑하는 마음이 커서 미실을 전주라는 이름으로 총애했는데, 그 지위가 황후와 같았다는 것은 놀라운 일이다. 진흥제가 출입할 때 반드시 미실을 동행했는데, 사도황후는 미실과 삼주의 신이 될 것을 맹세하였다는 것이다. 삼주란 부, 자,

손을 말하니, 사도왕후의 남편 진흥왕, 아들 동륜과 금륜, 손자 진평왕의 색공지신이 되는 것을 맹세했다는 것이다. 색공지신(色供之臣)이란 색으로서 왕을 모시는 신하라는 의미일 것이다. 그렇다면 미실과 이런 어마어마한 것을 약속한 미스테리 여인인 사도황후는 도대체 누구인가. 바로 다름 아닌 진흥왕의 부인이면서 동륜과 금륜의 어머니이다. 또한 그녀는 미실과 전생, 이생, 후생 삼생을 함께 함께 하기로 약속한 사이라고 하는데 다름 아닌 미실의 이모이다. 미실이 이렇게 사도황후의 대폭적인 지원을 받은 것은 대원신통이라는 후계이기 때문이다. 진흥제는 사도황후에게 "너의 조카는 하늘 높은 줄 모르는 미녀인데, 어찌 너의 잉첩이 되지 못하고 다른 데로 시집갔는가?"라고 했다고 한다. 당시 미실은 진흥왕의 이복동생인 세종공과 결혼을 한 처지였다. 세종공과 진흥왕은 그러니까 어머니는 같지만 아버지는 다른 형제였던 것이다. 사도왕후는 미실을 3대(부, 자, 손)를 모시는 자리로 진흥제에게 추천하였다고 한다. 여자에서 여자로 이어지는 색공의 계통을 인통이라고 하였는데 미실의 할머니 옥진에게서 엄마 묘도를 거쳐 미실에 이르는 계보를 말한다. 그런데 미실 시대에는 사도왕후 중심의 대원신통과 지소태후 중심의 진골정통이 대립하고 있었다고 전한다. 왕들의 역사 이면에서는 여자들의 또 다른 역사가 펼쳐지고 있었던 셈이다.

이종욱[19]의 〈색즉시공 미실〉을 통해서 우리가 파악할 수 있는 것은 참으로 재미있는 사실이다. 미실의 남편 세종은 지소태후의 자식이고 진흥왕도 지소태후의 아들이었다. 같은 어머니에 아버지만 달랐던 모양이다. 그렇게 보자면 미실은 형제의 연인이었던 셈이다. 진골정통인 지소태후는 아들 세종이 미실을 사랑해서 식음을 전폐하자 그녀를 세종과 결혼시킨다. 하지만 또 다른 아들 진흥왕은 대원신통 계열인 사도왕후와 결혼한다. 진골정통과 대원신통이 대립했다는 것은 시어머니의 권력과 며느리의 권력이 대립했다는 것을 의미한다. 사도왕후와 미실은 이모 조카 사이였기 때문에 아마도 진골정통인 지소태후는 대원신통을 잇는 미실이 썩 마음에 들지 않았던 모양이다. 그러나 자식을 이기는 부모는 역사 이래로 없었나보다. 세종의 미실에 대한 사랑에 두 손을 든 지소태후는 대원신통 계열이 싫었겠지만 결국 미실을 며느리로 받아들인다. 진흥왕의 부인인 사도왕후는 미실을 진흥왕의 잉첩으로 삼아 진흥왕을 받들게 하고 미실과 합작하여 30년이나 왕실의 권력을 거머쥔다고 한다. 참으로 이해하기 어려운 신라의 사건이지만 지금의 시선과 도덕적 잣대를 대기에는 다소 무리가 있어 보인다.

미실은 진흥왕의 절대적인 사랑을 받으면서 혹은 진흥왕의 부인 사도왕후의 전폭적인 지원을 받으면서 원화가 되기에 이른다. 원화제도는 진흥왕 때 폐지되었다가 미실에 이르러 다시 부활시킨다. 원화란 어여쁜 여성을 우두머리로 삼아 젊은이들을 거느리게 하는 것인데 남모와 준정이라는 어여쁜 원화가 있었다. 그녀들은 서로 시기해서 한명이 다른 한명을 죽이고 다시 다른 한명도 사형을 당하면서 없어졌던 제도이다. 원화제도가 사라지면서 우리가 〈선덕여왕〉드라마에서 보았던 풍월주가 등장한다. 『화랑세기』에 따르면 총 32세 풍월주까지 등장한다. 드라마〈선덕여왕〉에서 김유신이 미실과 설원궁 사이에 태어난 아들 보종과 싸우면서 풍월주가 되는 것을 인상 깊게 본 사람이라면 어렵지 않게 이해할 것이다.

드라마에서는 우여곡절 끝에 김유신이 비재에 승리해서 풍월주가 되는 것으로 그려진다. 그러나 실제로는 나이가 많은 보종이 김유신의 인물됨을 높이 사서 그에게 양보한 것이라 한다. 김유신은 15세 풍월주였고 보종은 16세 풍월주였다고 한다. 보종이 나이가 많았지만 유신을 우러러보고 어려워했고 존경하기까지 했다고 한다. 그래서 보종은 15세 풍월주로 예정되어 있었지만 유신에게 양보한 것이라 한다. 사정이 이러하니 드라마에 등장하는 유신과 보종의 싸움은 사실과 다른 이야기인 것이다. 『화랑세기』를 보면 보종의 인간됨은 과히 신선과 같았고 예술과 의학에 대한 제주가 매우 뛰어났고 청아한 외모를 가졌다고 한다. 특히 의술은 마치 편작을 능가할 정도여서 김유신이 아팠을 때 손수 의술을 펼쳐 김유신을 살려냈다고 한다.

그런데 비참한 살인으로 이어져 폐지된 원화제도가 미실에 이르러 부활하고 미실은 새로운 원화가 되어 화랑을 장악하기에 이른다. 왜 화랑들이 미실의 말에 죽고 살았는지 바로 그 답은 원화제도에 있을 것이다. 드라마 〈선덕여왕〉을 보면 진흥왕이 죽었을 때 왕실을 장악하고 진지왕을 왕으로 추대하는 과정과 4년후 진지왕을 폐위시키고 백정 진평왕을 추대하는 과정에서 미실은 화랑들을 이끌고 등장한다. 그리고 원화로서 화랑의 뜻을 전하는 역할을 한다. 드라마에서는 심지어 미실이 가진 화랑의 세력을 보여주기 위해 화랑의 낭장결의를 보여주고 있다. 낭장결의란 아름답게 화장을 한 화랑들이 대의를 위해 명예롭게 죽음을 선택하는 것이다. 그렇다면 우리는 실제로 미실이 원화가 된 것을 『화랑세기』 6세 세종 편에서 살펴볼 수 있다.

진흥제가 설원과 미생 두 화랑에게 명하여 낭도의 많은 무리를 통솔하고 조알케 하였다. 대왕과 전주는 함께 곤룡포와 면류관을 갖추어 입고 나와, 남도에서 조알을 받고 잔치를 크게 베풀었다. 원화의 제도는 폐한 지 29년 만에 다시 부활하였다. 이에 연호를 고쳐 대창이라 하였다.

　이날 밤 (진흥)제와 미실은 남도의 정궁에서 합환을 하였다. 낭도와 유화들로 하여금 새벽까지 돌아다니며 노래하고 서로 야합토록 하였다. 성중의 미녀로서 나온 자가 또한 만중이었다. 등불의 밝음이 천지에 이어졌고, 환성이 4해의 물이 끓어오르게 하였다. 진흥제와 미실 원화가 난간에 다다라 구경을 하였다. 낭도들이 각기 한 명의 유화를 이끌고 손뼉을 치고 춤을 추며 그 아래를 지나갔는데, 그때마다 만세소리(山呼)가 진동하였다. 진흥제의 기쁨이 매우 커서 원화와 함께 채전을 무리에게 던져주며 말하기를, "저들도 각기 자웅이고 나와 너도 또한 자웅이다"하였다. 미실은 몸을 완전히 돌려 품에 들어가며 말하기를 "비록 숙모의 존귀함이라도 이와 같은 즐거움은 없었을 것입니다" 하였다.

김대문, 《화랑세기》 6세 세종, 1999, 79쪽

"비록 숙모의 존귀함이라도 이와 같은 즐거움은 없었을 것입니다"라는 미실의 표현을 보면 당시의 미실의 권세가 대단했을지는 가히 상상하고도 남는다. 미실은 진흥왕의 사랑을 받으며 화랑의 여자 우두머리격인 원화로 책봉된다. 원화로서 화랑을 장악하려고 한 데에는 남편 세종을 멀리 궁 밖으로 내보내서 풍월주 자리가 비어있다는 명분이지만 화랑 설원과 동생 미생과의 불미한 연애행각을 감추기 위해 화랑을 장악한 것이라는 이야기도 전해진다. 어쨌든 대단하다. 폐지된 원화제도를 부활시킨 미실은 스스로를 숙모 사도왕후의 존귀함에 비할 데가 없다고 매우 만족했다는 것이다. 내가 읽어내는 것은 역사학자들이 논쟁하는 정설이냐 허구냐의 관점에서 조금 벗어나 드라마 〈선덕여왕〉의 미실을 만들어낸 기초가 된 김대문의 『화랑세기』의 이야기를 살펴본 소회이다. 어찌되었든 우리는 『화랑세기』라는 책을 통해 앞으로도 많은 이야기 거리를 끌어오게 될 것 같다. 이 시대는 그 어느 시대보다 스토리텔링에 목말라 하는 것이 자명하기 때문이다. 특히 미실이라는 여성과 선덕여왕이라는 여성은 이 시대의 양성성을 이야기하기에 부족함이 없는 현대적 인물들이다.

제5장
여성,
문학의 욕망 속에서 꿈꾸다

제5장
여성, 문학의 욕망 속에서 꿈꾸다

1. 시련담과 영웅담 사이의 양성성

■ 〈혈의누〉 속 시련담의 신화적 상상력

시바와 비슈누
세계의 유지신 비슈누와
파괴의 신 시바의 모습이
혼합된 그림으로
선과 악의 양성성과 순환성을
나타내고 있다.

　신소설의 효시라고 하는 〈혈의누〉의 진정한 주인공은 옥련이라고 할 수 있다. 일곱 살의 옥련은 다리에 철환을 맞아 적십자 야전 병원으로 보내져 치료를 받고 집으로 보내지려 했으나 옥련모의 자살편지가 발각되어 옥련은 군의 정상소좌의 수양딸이 되어 일본으로 가게 된다. 옥련은 총명함으로 귀여움을 받으나 정상군의의 전사보도가 있는 다음부터는 집안 공기가 달라진다. 정상부인은 자신의 앞길에 옥련이 장애물이라 여기고 옥련을 구박하는 일이 잦아진다. 옥련은 두 차례 자살기도를 하다가 급기야 가출을 감행하고 동경행 열차를 타고 가다가 17, 18세 쯤 되는 구완서를 만나 미국유학길에 오른다. 미국에서도 우수한 성적으로 졸업한 옥련은 신문기사거리가 되고 아버지 김관일은 이를 보고 딸을 찾는다. 구완서와 옥련은 자유롭게 혼인 언약을 하고 자신들의 역사적 사명을 다하기 위해 열심히 매진한다. 구완서는 우리나라의 문명을 개화시켜 강대국으로 만드는 꿈을 가지고 있으며 옥련은 부인들의 지식을 넓혀 남자에게 압제받지 않는 동등한 권리를 찾도록 여성들을 교육시키겠다는 꿈을 가지고 있다. 전광용[1]의 말대로 〈혈의누〉의 주제는 자유의식 각성, 자유결혼, 조혼폐지, 재가허용, 신결혼관 등을 꼽을 수 있다. 그러나 이러한 주제적 형식은 매우 현대적이지만 여주인공 옥련의 형상화 방식은 우리의 이야기 원형구도를 따르고 있음을 알게 된다.

우리의 민간 신화에서 시련을 겪는 인물은 대부분 여성이라는데 특별한 기호적 장치가 있다. 남성주인공은 문제를 양산시키고 해결하는 역할을 버리고 멀리 떠나는 구도를 보인다. 이는 여성 신화학자들이 신화가 남성의 질서를 강화시킨 이데올로기의 한 방편이며 무의식적 기제라는 주장을 무시할 수 없게 하는 대목이다. 우리 민간 신화에 등장하는 남성은 그 태생부터가 지상에 사는 여성의 지위와는 대조적으로 천상의 비현실적 존재들임에 주목할 수 있다. 신성한 남성 신들은 지상에 사는 처녀들에게 잉태를 시킨다. 그리고 그들은 하나같이 신표를 남기고 떠나는 구도를 보인다. 지상에 남겨진 처녀들은 아비 없는 아들들을 낳아 갖은 시련을 겪고 성장한 아들들은 예외 없이 자신의 근본을 궁금해 한다. 이때 신으로 대변되는 아비들에게 신표를 가지고 간 아들들은 일종의 통과의례적인 시련을 거쳐서 신의 아들이 되는 구도가 전형적인 신화 시련담이다.

대표적으로 〈천지왕본풀이〉의 총명아기에게 천지왕은 자식만 남기고 떠나버리고, 〈제석본풀이〉의 시준님 역시 처녀 '당금애기'에게 자식만을 남기고 떠나버린다. 〈이공본풀이〉의 사라장자는 여기서 더 나아가 임신한 부인을 천년장자의 집에 남겨두고 혼자 떠나버린다. 천년장자의 온갖 횡포에도 지조를 지킨 원강아미는 아들 한락궁이를 아버지에게 보내고 천년장자에게 죽음을 당한다. 이러한 신화 속 여성들은 위의 현부신화들로 분류할 수 있다. 그러나 본 장에서는 그들의 시련담에 더 관심을 가지기로 한다. 위의 여성 시련담은 영웅적인 남성의 성장을 위해서는 당연한 희생 제의로 받아들여지고 있으며 급기야 더 나아가 남성 영웅의 탄생을 위해서 여성의 욕망은 거세되어야 함을 상징한다.

〈혈의누〉의 김관일 부인은 이러한 신화적 여성의 의미를 계승하고 있지만 옥련의 구도는 좀 다르다. 옥련이 또 다른 영웅으로 분류될 수 있는 이유가 여기에 있다. 위에서는 옥련의 수동성을 제기한 주장들이 있었지만 그럼에도 불구하고 옥련은 고전소설의 주인공들과는 다른 한층 진일보된 여성 영웅임에 틀림없다. 이는 〈삼공본풀이〉의 '가믄장이'와 〈바리공주〉의 '바리'의 여성 영웅성을 계승한 신화담론 구조라 할 수 있다.

〈삼공본풀이〉는 앞 장에서도 이미 이야기 한 부분인데, 강이영성과 홍문소천의 세 번째 딸로 태어난다. 이 부부는 세 번째 딸을 낳고 집안의 가세가 날로 확장되는 것을 무척 기뻐한다. 그러나 딸이 '자기 복에 산다' 는 말을 하자 딸을 내쫓아버린다. 그 후로 집안 가세는 기울고 두 부부는 봉사가 되어 거지로 전락해서 빌어먹고 사는 신세가 된다. 가믄장아기는 집을 나와 작은 마퉁이를 만나 결혼을 하고 작은 마퉁이가 마를 캐던 자리에서 금을 발견해 부자가 된다. 부자가 된 가믄장아기는 거지잔치를 열어 부모를 만나게 되고 부모들은 자신들의 잘못을 깨우친다는 이야기이다. 비슷한 이야기인 〈바리공주〉는 오구대왕과 길대부인의 일곱 번째 딸로 태어나 버림을 받지만 비리공덕 할머니와 할아버지의 도움을 받아 잘 성장한다. 바리를 버린 오구대왕은 죽을 병에 걸려 동대문 동수자의 약수를 먹어야만 살 수 있는 운명이다. 그러나 바리는 험난한 저승길을 마다하지 않고 떠나서 아버지를 살리기 위해 동수자와 결혼해 아이까지 낳고 드디어 약수를 얻어오는데 성공한다. 버려진 딸이 잘 성장해 다시 부모를 살리는 구도는 어쩌면 우리의 문화 기층에 깔려있는 신화적 이데올로기일 것이다.

전쟁 통에 부모를 잃은 소녀가 살아남아 일본인의 집에서 키워지는 구도는 가믄장아기나 바리공주가 조력자들에 의해서 성장하는 구도와 비슷하다. 가믄장이가 작은 마퉁이를 만나 자신의 힘을 키우고, 바리공주가 동수자와 결혼해 약수를 얻을 수 있는 힘을 키우듯 옥련은 전쟁 통에 군의 정상소좌의 도움을 일차적으로 받아 목숨을 구한다. 은인의 죽음으로 시련이 다시 찾아오지만 기차에서 약혼자가 될 구완서를 만나 자신의 시대적 임무를 구체화시킨다. 버려진 딸들은 자신의 배우자를 만나고서야 힘을 얻는데 성공한다. 현부의 신화구조가 영웅 신화의 이야기 구조와 맞물려 있듯이 버려진 딸들이 결혼 즉 배우자의 획득이 세상을 헤쳐 가는 근원적인 힘으로 작용하고 있다.

〈삼공본풀이〉의 가믄장아기는 작은 마퉁이를 만나 자신의 영웅성을 발현하고, 〈바리공주〉의 바리는 동수자와 결혼해 아이들을 낳고 나서야 약수를 얻는데 성공한다. 이와 마찬가지로 옥련 역시 의붓아비의 등장만으로는 완전한 인간이 되지 못한다. 그녀는 남편감으로 등장하는 구완서의 등장으로 비로소 세상에서 자신의 목소리를 찾게 되는 불완전한 영웅상을 보인다. 민간신화와 신소설에서 보이는 여성 시련담의 신화성이 가지는 의미의 기호작용이 바로 여기에 있다고 하겠다. 부모에게서 벗어난 딸들은 또 다른 힘의 구도인 남편의 질서 안에 안착되었을 때 비로소 힘을 얻는다는 것을 읽어낼 수 있다. 이 점에 주목하면 정호웅이 지적한 옥련의 수동성이 다소 설득력을 얻는 듯하지만 본 논의의 본질은 버려진 딸들의 시련담이 그녀들의 삶을 성장시키는 기호작용을 한다는 것에 있다.

신화 속 가믄장아기와 바리공주는 자신들의 운명에 슬퍼하지 않고 적극적으로 삶에 도전해 나간다. 가믄장아기는 작은 마퉁이라는 가장 추한 인물을 스스로 선택했고 바리공주는 동수자와의 결혼을 스스로 결정했다. 이러한 주체성은 그녀들이 겪은 시련담이 성장의 동인이 되고 있다는 것을 보여주고 있다. 옥련의 선택 역시 이러한 신화적 여성성의 실현이라고 말할 수 있다. 옥련은 자신을 구해준 구완서와 자유롭게 언약한 관계이다. 구완서를 남기고 고국으로 돌아온 옥련은 다른 남자의 구애를 물리치고 자신의 선택을 굳건히 지킨다. 이는 우리 신화 속 여성들이 가지는 주체적 여성성의 계승이라 할 수 있다. 신화 속 여성의 주체성은 매우 긍정적인 세계관을 형성하며 혼자가 된 여성이 남성을 만나면서 더 큰 힘을 얻는다는 구도는 단순히 페미니즘의 시각으로 재단해서는 안 된다. 모든 여성성의 문제를 이렇게 단순화시킬 수는 없는 것이다. 그러나 신화 속 가믄장이나 바리공주, 그리고 〈혈의누〉의 옥련이 세상에 던져져서 성장하면서 반려자를 만나는 구도는 불완전한 인간이 보다 큰 자아를 형성하기 위한 통합적인 인간관계로 바라볼 수 있다. 자연의 음과 양의 조화가 완전함을 위해 작용하고 있다는 일종의 양성적인 구도가 이러한 남녀이합의 신화나 신소설의 담론구조를 더욱 매력적으로 바라보게 하는 요소가 된다.

■ 〈귀의성〉의 대립적 세계와 신화작용

이인직의 〈귀의성〉은 일찍이 김동인의 격찬을 받은 소설이다. 김동인은 〈조선근대소설고〉에서 〈귀의성〉만을 예로 들어서 이인직을 조선 근대 소설 작가의 조(祖)라고 서슴지 않고 명할 수 있다고 평했다. 조윤제 역시 〈귀의성〉의 출현은 한국 소설의 큰 혁명이었고 소설계에 큰 충격을 주었다고 말한다. 전광용은 이 작품의 빠른 템포와 내용의 비극성 그리고 노련한 묘사 등을 들면서 작품을 평했다. 이재선은 비정상적인 가족관계가 보인 파탄성에 주목하였고, 김영민은 근대적 목표를 가진 인물들이 전근대적인 수단을 이용하고 있다고 비판한다.[2] 채호석은 〈귀의성〉에 나타난 인물의 상동성에 초점을 두고 논의를 펼친다. 길순과 김승지 부인을 운명의 동질성이라는 상동성으로 묶고 이들이 욕망하는 것을 근대적이라고 논한다. 작가의 일부일처제에 대한 욕망이 길순을 죽이는 것에 작용하며 김승지 부인의 살인 욕망의 근거가 됨을 주장하고 있다. 결국 길순과 김승지 부인은 모두 한 남성의 사랑만을 받고 싶은 근대적 욕망의 주체자들이라는 것이다. 또 다른 인물의 상동성은 강동지와 점순인데 이들은 돈에 대한 욕망이 동일한 상동성을 보인다. 그러나 길순의 존재가 강동지에게 돈의 욕망을 실현시켜준다면 반대로 점순에게는 길순의 죽음이 돈에 대한 욕망을 실현시킨다고 주장한다.

근대이데올로기와 신화이데올로기가 만나는 지점이 바로 길순과 김 승지 부인의 욕망이 충돌하는 곳이다. 또한 강동지와 점순이 길순을 통해 얻고자하는 돈은 김승지라는 인물의 허위성과 잔혹함을 상징화 시키는 전략이다. 길순과 김승지 부인은 얻고자 하는 바가 일치한다. 바로 남편의 온전한 사랑만이 이들의 절대적 가치가 되는 것이다. 문 제의 핵심엔 김승지의 우유부단함이 놓여있다. 남성의 우유부단함과 비도덕성이 모든 불행의 시초가 되고 있음을 보여주는데 이 지점이 바로 작가가 근대화에 대해서 드러낸 의식이라고 하겠다. 또한 신화적 이데올로기와 만나는 지점 역시 이 지점이라고 할 수 있다.

민간신화의 하나인 〈칠성풀이〉의 신화구조는 〈귀의성〉과 유용한 유사점을 보여주고 있기 때문에 〈칠성풀이〉의 내용을 미리 살펴보기 로 하자. 칠성님은 민간신앙에서 가장 많이 기원의 대상이 된 신이 다.[3] 칠성님은 매화부인과 결혼해서 행복한 나날을 보내지만 아이가 없었다. 백일 공을 들여 아이를 낳았는데 아들만 일곱이었다. 이때 칠성님은 일곱이나 된 자식이 불길하다고 여겨 매화부인과 자식들 을 거들떠보지도 않는다. 매화 부인은 칠성님을 원망하며 자결하고 만다. 칠성님은 아이들을 내다버리라고 명하지만 결국 하늘이 아이 들을 돌본다는 것을 알고 유모에게 키우게 한다. 아이들을 버리고 용 예부인에게 새장가를 든 칠성님은 잘 살고 있는데 어느 날 자식들이 찾아온다. 이 자식들을 시기한 용예부인은 거짓으로 죽을 병에 걸린 것처럼 꾸미고 일곱 아들의 간을 요구한다. 칠성님은 용예 부인의 말 을 따르기로 하지만 죽은 매화부인이 곰사슴으로 변해서 자기 아들 들 대신에 간을 두고 죽는다. 이러한 사실이 밝혀지자 칠성님은 용예

부인을 응징하고 아이들을 잘 키워 칠성신으로 만든다.

〈귀의성〉과 〈칠성풀이〉에서는 동일한 신화 이데올로기가 읽혀진다. 표면적으로는 이 두 이야기 모두 처첩간의 갈등구조로 보이지만 심층적으로 살펴보면 무력한 남성에 대한 비판으로 읽을 수 있다. 〈칠성풀이〉에서 절대 악인은 용예 부인으로 보인다. 그러나 그러한 악을 잉태시킨 원인 제공자는 칠성님이다. 칠성님의 애정이 식자 자기 자식들을 두고 자결한 매화부인의 욕망과 아이들이 나타나자 남편의 사랑을 빼앗길까 두려워 아이들을 죽이려고 한 용예부인의 욕망은 근본적으로 동일하다. 자식들을 남겨 두고 자신의 욕망 때문에 죽음을 선택한 매화부인이나 그 아이들을 죽이려고 했던 용예부인은 결국 여성의 욕망이라는 뿌리에서 상동성을 지닌다. 이러한 욕망들을 충돌하게 만드는 중간 영역인 칠성님은 남성 권력을 부당하게 이용하거나 무책임한 가부장의 전형을 보여준 예라 할 수 있다. 자신의 역할과 책임에는 무관심하면서 자신의 권리만을 주장하는 인간의 허위성이 기호화되어 그려진 인간형이라고 말할 수 있다. 마찬가지로 〈귀의성〉의 김승지에서도 이러한 남성 중심의 신화구조가 보이고 있다는 점이 흥미롭다.

〈귀의성〉에서 길순은 남편 김승지의 사랑만을 최고의 덕으로 받드는 인물이다. 만삭의 몸으로 남편을 찾아가지만 본처의 눈치 때문에 자기를 외면하는 김승지를 보면서 통곡하기까지 하지만 그래도 그러한 남편을 말없이 기다리는 것만이 최고의 덕이라 여기는 현숙한 인물이다. 김승지 부인 역시 재산을 원하거나 다른 권력욕을 가지지 않는 지극히 긍정적인 인물이다. 그녀가 바라는 것은 오직 남편에게 유일한 여인이기를 바라는 것뿐이다. 이 두 여성은 매화부인이나 용예부인이 가지고 있었던 욕망구조와 근본적으로 동일한 상상 구조를 보인다. 칠성님처럼 김승지 역시 자신의 신분이 주는 허위적 인간성을 고수하면서 살아가는 인물이며 매우 전근대적 인물인 것이다. 결국 처첩간의 갈등은 김승지의 허위구조 안에 충돌하는 모순이라는 것이다. 이러한 담론은 김승지를 더욱 큰 담론구조로 바라보게 한다. 김승지가 보여주는 인물의 상징성은 전근대적인 사회의 기표인 것이다. 김승지 부인이나 길순은 김승지라는 기표와 충돌하는 다양한 기의를 가진 상반되는 기표라고 정의할 수 있다.

〈귀의성〉의 강동지와 점순 역시 근대화를 향한 다양한 기의를 제공하는 기표들이다. 자신의 처지를 변화시킬 수 없는 인물들의 욕망, 사회의 질서 안에서 자신의 존재를 밝히고 싶은 근대화된 욕망들의 상징으로 읽혀진다. 하지만 이들이 선택한 방법은 매우 전근대적이라는데 한계가 있다. 그러나 이 한계 역시 이들의 잘못으로 단죄해버릴 수는 없다. 딸을 팔아서 자신의 부를 증대시키려 했던 강동지는 딸의 원수들을 복수한다는 측면에서 일종의 선을 상징할 수 있지만 근본적으로 절대선이 될 수 없는 인물이며 점순은 자신의 욕망을 위해 길순 부자를 죽이는 범죄를 저지르고 강동지에게 죽어가지만 절대 악이라 칭할 수 없다. 점순의 지위를 이용한 것은 김승지의 부인이기 때문이다. 그렇다고 김승지 부인을 절대 악으로 치부해버리기엔 석연찮은 구석이 많다. 절대악과 절대선이 매우 착종되어 나타나고 있는데, 이러한 선악의 중층구조 안에는 김승지라는 살아 있는 시체는 모든 악을 잉태하고 있다. 살아있는 시체를 설명했던 지젝[44]의 논리를 살펴볼 때 김승지는 살아 있지만 죽어 있는 인물인 것이다. 아무런 생명력이 없는 인물이라고 볼 수 있다. 문제의 발단을 제공하지만 아무런 해결책을 제시하지 않고 문제가 점점 확대되도록 방관하지만 최후에 가서는 춘천집 길순이 죽고 본처가 살해된 후 결국 침모와 동거하는 부도덕한 인물인 것이다. 이는 전광용이 지적한 대로 무력하고 결단력 없는 호색적인 양반의 몰락이라는 논의를 드러내준 예라 하겠다. 〈귀의성〉의 대립적 신화 구조는 〈칠성풀이〉의 신화구조처럼 매우 양가적인 가치 체계를 드러내고 있으며 기호화 되어 나타나는 인물들의 욕망 구도는 보다 더 다양한 사회적 의미를 함의하고 있다고 하겠다. 이러한 여성들의 욕망은 양성성의 실현으로 읽을 수 있다. 욕망과 충돌하는 것이 남자들의 특권이었다면 이제 신소설은 여성 욕망의 충돌을 가시화하면서 여성의 목소리를 보여주고자 한 것이다.

2. 성녀와 탕녀 사이의 자존적 죽음의 양성성

■ 여성배제의 성의 정치학과 탈신화성

일찍이 케이트 밀레트는 인류의 역사상 가부장제만큼 오래도록 지속된 정치적 제도는 없다고 주장하였다. 즉 가부장제는 지배(支配)와 복종(服從)이라는 정치적 권력 관계를 이용하여 남성과 여성의 생물학적인 차이를 차별로 변화시켜, 여성을 사회적·심리적으로 억압하였다고 보고 있다. 그는 가부장제 사회에서 여성의 위치를 파악하여 여성이 어떻게 차별화 되었는가를 신화, 종교, 법 제도, 학문, 문학 등 여러 분야에서 분석하였다[5]. 우리의 문학 작품에서 여성 그리기는 상당히 오랫동안 이러한 관점에서 벗어나지 않고 진행되어 왔었다. 아름다운 여성은 성녀이거나 탕녀여야만 하는 극단적인 이분화를 진행시켜온 셈이다. 마치 메두사의 얼굴과 세이렌의 목소리처럼 남성들은 여성의 치명적인 아름다움을 남성의 질서를 유지하기 위하여 타살시킴으로써 정치적으로 이용해 왔었다. 박경리 역시 『성녀와 마녀』에서 여주인공 형숙을 마치 신화속의 팜므파탈로 그려놓고 있다.

박경리는 주인공 형숙의 눈을 메두사의 눈처럼 무서운 아름다움으로 묘사하고 있는데, "심연과 같이 신비스런 그 속에 무엇이 있는지 알 수 없다고 수영은 생각한다. 그러나 한번 쳐다보기만 하면 그 눈은 누구나 평생토록 잊을 수 없는 그런 무서운 아름다움을 지니고 있었다.(p15)"라는 서술에서 살펴 볼 수 있다. 또는 마치 뱃사람들을 반드시 죽음으로 몰고 갔던 세이렌처럼 "그 계집은 어떤 사내고 간에 망쳐놓고야 마는 이상한 습벽이 있었다.(p29)"라고 묘사한다.[6]

성의 정치화라는 맥락과 탈신화성이라는 맥락으로 김동인의 작품을 탈신화성으로 접근하면서 그 상상력의 확장 지점에서 박경리의 작품을 양성성으로 살펴보고자 한다. 박경리 이전에도 문학적 여성 배제화는 계속 되어 왔는데, 대표적으로 김동인과 연결시켜 이야기해 봄직하다. 왜냐하면 김동인은 근대화의 과정에서 여성을 철저히 타자화 시키거나 배제시키면서 근대화의 남성담론을 전개시켰다. 운연하게도 김동인 작품의 여성들은 그녀들의 욕망과 함께 대부분 타살되는 운명을 가지고 있다. 〈광화사〉의 소경처녀는 일찍이 몰랐던 성적 욕망을 알게 되어서 죽게 되고, 〈감자〉의 복녀 역시 여성으로서의 성적 욕망 때문에 탕녀라는 이름으로 죽어간다. 그리고 〈배따라기〉의 아내 역시 확인되지 않은 성적 담론으로 죽어가는 불행을 겪는다.

김동인은 자신의 문학작품을 통해 명료한 로고스의 세계에서 로고스가 뮈토스를 은폐하고 있음을 보여주고 있다. 김동인이 인물들 간의 운명, 사랑, 죽음 등을 배출시키는 방법은 지극히 탈신화적이다. 그러나 역설적이게도 삶의 이해할 수 없는 영역과 그것의 예술적 승화를 보여주는 작품 세계는 신화적 삶의 방식을 다시 재현해주는 방법이기도 했다. 그의 작품들에서 죽어가는 여성 주인공들 즉 거세된 욕망의 대상들이 죽음으로 내몰리는 텍스트 전략의 의미를 신화적으로 조명함으로써 인형조종술의 궁극적 지향점이 근대성과 어떤 관계를 가지는지 규명하였다. 여성배제의 논리와 탈신화적 여성성 그리고 여성주인공들의 전략적 죽음의 의미가 근대성의 개념과 어떻게 착종되어 작품 안에서 전개되고 있는지 밝힌 바 있다.

김동인의 작품과 함께 박경리의 논의 역시 성과 사랑에 담긴 뮈토스를 감추고 있음을 확인해 볼 수 있다. 박경리가 그리는 여성들은 사업화과정에 나타나는 평범한 여자들의 모습이기도 하지만 그 내면의 움직임에는 여성의 양성성이라는 일종의 뮈토스의 원리가 읽혀진다. 1920년대 근대화 시대에 김동인이 자주 활용한 여성배제의 논리는 산업화 시대인 1960년대 박경리의 작품세계에서도 반복되고 있다. 김동인의 여성 주인공들은 주로 성스럽지 못하기 때문에 죽게 된다. 〈광화사〉의 소경처녀는 하룻밤 사이에 성녀의 눈빛에서 탕녀의 눈빛으로 변하게 된다. 그녀는 용궁의 환상적인 장면을 더 이상 상상하지 못하고 인간의 속된 욕망을 가지는 눈으로 변한 것이다. 솔거는 더 이상 그녀를 그리지 못하고 그녀를 죽게 한다. 〈배따라기〉의 아내는 형의 부인이다. 형이 시장에 나간 사이에 집에 있는 쥐를 잡기 위해 아우와 혈투를 벌였지만 시장에서 돌아온 남편은 그녀를 더럽다고 질타하고 그녀를 죽게 한다. 〈감자〉의 복녀 역시 무능한 남편을 먹여 살리는데, 왕서방의 사랑을 독차지하면서 여성으로서 욕망에 눈을 뜬다. 그녀는 왕서방이 새로 들여온 처녀를 질투했기 때문에 처참한 죽음을 당하는 꼴이 된다. 즉 김동인에게 성녀란 살아 있어야 하는 논리적 근거를 가지지만 탕녀는 마땅히 죽어야 하는 것이다. 남성들의 인식기반 위에서 여성은 그들의 세계를 지탱해주는 장식물에 지나지 않는다는 것이다. 김동인 작품에는 여성 배제의 성의 정치학이 함의되어 있는 것이다.

박경리의 작품 중에서 특히 〈성녀와 마녀〉에서 남자 주인공 수영은 형숙을 지독하게 사랑한다. 수영의 아버지는 형숙의 어머니인 국주를 지독하게 사랑했던 남성이었다. 그는 형숙 엄마의 아름다움으로 인해 철저하게 망가진 자신을 반성하면서 아들 수영이 자신의 운명을 따라가지 않기를 바라는 인물이다. 형숙과 수영의 관계를 인정하고 싶지 않은 아버지의 논리적 근거는 형숙의 어머니가 자신이 사랑했던 탕녀였기 때문이다. 그것도 자기 자신을 파멸에 이르게 한 장본인이기 때문에 그녀의 딸 역시 나쁜 피를 가지고 있다는 주장이다. 수영은 아버지의 이러한 성녀와 탕녀 담론에서 자유롭지 못하고 그때부터 형숙을 탕녀와 성녀 사이의 가치에서 평가하기 시작한다. 형숙 역시 수영 아버지의 이러한 이야기를 우연히 듣고 수영을 떠나기로 결심한다. 수영은 사랑하는 탕녀인 형숙과 사랑하지 않는 성녀인 하란 사이에서 고뇌하는 인간이다. 이재선[7]의 용어로 보자면 형숙은 분명 데몬적 유혹녀이다. 〈처용가〉의 처용부인, 〈배비장전〉의 애랑, 〈이충풍전〉의 추월 등의 인물처럼 뱀과 영웅의 변신 상으로서 남자를 파멸시키는 요부인 것이다.

형숙은 자신의 출생비밀을 듣고 수영과 헤어져 스스로의 존엄을 지키고자 노력한다는 점에서 김동인의 무기력한 요부형 인물들과는 확연한 변별점을 가진다. 류보선[8]은 이러한 박경리 여주인공들을 '남성에 대한 지배욕'이 아닌 '다만 눌리지 않으려는 마음'으로 현실에 저항하는 것이라 주장하였다. 즉 탕녀에게 인간의 자존을 불어넣음으로써 새로운 요부형을 만들어 가고자 함이다. 이 새로운 자존적인 요부형 역시 산업화 시대의 여성 배제의 성의 정치학적 개념으로 읽힐 수 있다는 것이다.

수영이 형숙을 탕녀라고 생각하는 논리적 근거는 오로지 아버지의 말에 의존하고 있고 수영을 일편단심 좋아하는 하란을 성녀로 인식하는 것 역시 아버지의 말에 따른 것이다. 비주체적 남성인 가부장제의 남성 주인공 수영은 결국 자신이 원하지 않은 여성인 하란과 결혼한다. 이는 성의 정치학적 측면으로 보자면 하란과의 결혼은 기존의 남성 가부장제 질서를 유지하기 위한 안전한 제도적 선택임을 알 수 있다. 하지만 여기에서 선택된 하란 역시 기존의 여성 신화에서 보이는 순종적인 여성을 보여주는 것만은 아니다. 하란은 가부장제의 질서 안에 영입된 타자이지만 스스로의 존엄과 자존에 대해 고뇌하는 탈신화적 존재임을 알 수 있다.

박경리는 사랑받는 탕녀 형숙과 사랑받지 못하는 성녀 하란을 등장시키면서 기존 여성의 고정적인 구도를 어느 정도 깨려고 했던 것 같다. 즉 인간의 자존이라는 측면을 여성 주인공들에게 부여함으로써 여성이 철저히 타자화 되었던 신화적 구도를 어느 정도 벗어나고자 한 탈신화적 존재임을 볼 수 있다. 정희모[9]의 논의를 살펴볼 때 형숙의 자존적 저항은 초기 소설 〈불신 시대〉 〈암흑 시대〉 〈전도〉등에서 보이는 허위적 세계와 속물적 세계에 대한 거부의 연장이며 자기 스스로가 자신을 지키는 존엄성의 일환이다. 또한 하란 역시 수영이라는 남자 주인공에게서 사랑을 받지 못하지만 순수하고 고결한 이성적 사랑을 추구하는 낭만적 세계의 발현으로 읽힌다. 이는 김동인의 여성 주인공들이 일방적으로 남성에 의해서 선택되고 남성에 의해서 운명이 결정되었던 것과는 확연히 다른 양상을 보인다는 것이다.

박경리의 여성들은 단순히 연애소설의 주인공 이상의 의미를 가진다. 즉 당시 여성의 사회활동에 대한 거부감이나 여성에 대한 형이하학적인 평가의 서사 전략을 통해서 드러내고자 한 것은 여성의 거부할 수 없는 자존이었다. 이상신의 지적처럼 "사회적으로 수용되기 어려운 심층적 의미 차원을 은폐하거나 모호하게 얼버무려 놓은 작품"이라고 평가할 수 있다. 단순히 여성의 아름다움을 대중적으로 활용한 것이 아니라 여성의 자존을 그려내는 방법으로 정치화하고 있는 것이다.

■ 성녀와 마녀의 수사 전략을 통한 양성성

인간에게 선과 악의 문제는 천지창조에 대한 근원적 질문만큼이나 원초적이면서 영원히 풀리지 않은 질문으로 남는다. 신의 본성이 선하다면 이 세상에는 전쟁이나 살인이나 미움은 창조되지 않았어야 하지 않는가하는 유아적인 질문은 어쩌면 누구나가 던졌던 성장기의 통과의례적인 질문이었을 것이다. 이러한 통과 의례적인 질문은 비단 갑남을녀들의 조야한 고민만은 아니었던 것 같다. 성악설을 이야기한 순자나 성선설을 주장한 맹자의 논의 역시 이러한 고민의 범주에서 나온 고차원적 질문이었을 것이다. 니체 역시 이러한 선과 악의 문제를 깊이 있게 다루었다. 그래서 니체는 좋음과 나쁨, 선과 악의 대립적인 가치가 이 지상에서 수 천 년 동안 무서운 싸움을 지속한다고 보았다. 이 둘의 승패는 아직도 결정되지 못한 채 여전히 싸움은 지속되고 있다고 보았다. 그 사이에 싸움은 더욱 고조되고 깊어지면서 심지어 정신적인 것이 되었다고 말한다.[10]

현대 사회에서 벌어지는 갈등을 볼 때, 보다 깊어지고 정신적인 싸움이 되었다는 니체의 주장에 공감을 표시할 수 밖에 없다. 실로 민족 간의 갈등에서 선과 악의 개념은 지극히 상대적인 것이어서 객관적인 입장에서 보면 어느 편이 선이고 어느 편이 악인지 판단을 내리는 것 자체가 위험한 속단이 되어 버릴 수 있다. 현대인들은 사실 자기의 주장을 펼칠 수 없는 위험한 담론의 세계에 던져져 있다고 하겠다. 우리는 절대선과 절대 악을 가늠할 능력조차 부여받지 못하였고, 선과 악의 끝없는 변주를 드라마, 영화, 뮤지컬 등으로 공감할 뿐이다. 선악의 신화구조와 기호작용을 살펴보면 미래에 던져진 인간의 불안한 현재적 정체성을 객관화시킬 수 있을 것이다.

박경리 여성 주인공들의 양성성은 주로 미르치아 엘리아데의 견해대로 분류해보자면 심리적인 양성성, 즉 선과 악의 문제에 대한 문화적 고민을 담은 담론으로 이야기해볼 수 있다. 선과 악의 문제는 이재선의 〈한국문학 주제론[11]〉의 한 장이 되고 있는데, 권선징악의 이야기 구도를 서술하고 있다. 미르치아 엘리아데의 양성성의 개념을 두 가지로 살펴보면 심리적 양성성과 신체적 양성성으로 나뉜다. 심리적 양성성의 예를 살펴볼 때 성자와 마녀의 남매관계, 혹은 선과 악의 혈연관계 등을 생각해볼 수 있다. 예로써 이집트의 오시리스와 세트가 선과 악을 상징하는 형제로 등장하고 인도신화의 데바와 아수라 역시 천지창조 이전에는 동일한 존재였음을 들 수 있겠다.

동일한 사물이 선의 매개체가 되기도 하고 악의 매개체가 되기도 하는 것은 오래된 신화의 공식이라고 할 수 있다. 재미있는 것은 문학이 바로 악이 될 수 있다는 논의를 펼치고 있는데, 문학이란 것이 일상적인 한계를 벗어나고 법의 외부에 존재하려고 하고 기존의 규범 질서에 도전하려고 한다는 점에서 악의 파괴적인 속성과 궤를 같이한다는 논리는 공감을 얻을 만하다. 그러한 맥락 하에서 예술의 미를 추구하기 위해 작품 안에서 살인을 주저하지 않는 김동인은 악의 미학을 추구한 작가라고 정의할 수 있다.

야누스

　미르치아 엘리아데의 다른 하나의 양성성의 의미는 남성과 여성이 하나의 성으로 통합된 존재로 등장하는 것이다. 플라톤의 『향연』에서 최초의 인간을 구형의 양성적인 존재로 묘사한 것이나 예수가 사도들을 향해 '남성도 아니고 여성도 아닐 때 왕국에 들것'이라고 한 말은 양성성의 완전함을 묘사한 것으로 읽을 수 있다. 박경리의 여성들이 상당히 많은 부분에서 이 심리적 양성성과 신체적 양성성을 가지려고 한다는 점을 눈여겨 볼 수 있다. 박경리의 대표작품인 〈김약국의 딸들〉은 일종의 결핍을 채워가는 여성들의 모습을 보여준다. 결핍을 채우는 방식이 때로는 재물을 모으는 것으로 발현되기도 하고, 직장생활이나 이성적인 생활로 해결하려고 하기도 하고, 때로는 정사에 몰두함으로써 해결하려고 하며, 종교에 귀의하는 것으로 채워지기도 한다.[12] 이러한 면면을 보고 박경리 문학이 인간 삶의 배경인 역사와 사회현실 또는 양자의 상호관련에 관심을 가지기 보다는 그것들을 초월해서 인간의 본성을 연구하고자 한다고 평하기도 한다.[13]

이러한 박경리의 결핍에 대한 충족적 성향을 양성성이라는 용어로 바라볼 수 있을 것이다.

김동인이 여성을 바라보는 관점 역시 '성녀와 탕녀'라는 이분화에 의한 것이었다. 즉 아름답고 성스럽기까지 한 '어머니'를 닮은 신성한 여자인 소경처녀와 인간의 애욕을 알아버려서 그 신성한 영역이 훼손된 더러운 소경 처녀만이 존재한다. 따라서 소경 처녀에게서 자신이 원하는 이상적인 표정이 보이지 않자 그녀를 죽게 만드는 것이다. 이들 사이에는 의사소통이 이루어지지 않은 것으로 보인다. 의사소통의 부재는 여성이 의사소통의 상호교류 대상이 아니라 여성은 타자화 되는 객체일 뿐이기 때문이다. 여성은 대화의 대상이 아닐뿐더러 탈신화화 되어 있다. 즉 우리 신화 원형의 여성 이미지와는 전혀 다른 여성을 보여줌으로써 역설적으로 원형적 여성상을 상상하도록 하는 것이다. 신화의 원형적 여성 이미지가 자신의 욕망이 거세된 타자적 존재인데 반해 김동인 작품에서 욕망의 주체가 된 여성성은 탈신화 되어 남성의 질서 구축에 전략적으로 이용되고 있다.

김동인의 성녀와 탕녀의 인식구도가 박경리에게도 시대를 바라보는 코드로 작용하고 있음을 확인할 수 있는데, 주로 탕녀의 담론에 연루된 사람들이 사회로부터 고립되는 비극적 성향을 보이고 있다. 특히, 〈성녀와 마녀〉에서는 이덕화[14]의 주장처럼 가족 제도의 불합리성과 가족 이기주의가 성녀와 마녀라는 여성 담론을 통해 재현되고 있다는 점이다. 박경리는 성녀와 마녀의 담론을 통해 가부장적 가족 제도가 인간의 존재를 왜곡시키고 인간의 본성을 훼손시키는 제도라고 지적하고 있다. 즉 타자화된 여성상을 보여줌으로써 사회의 모순된 이중적 가치 체계를 보여주고 있는 것이다. 박경리가 만들어낸 성녀와 마녀는 어쩌면 서로 다른 지점이 아니라 여성의 자존이라는 측면에서는 동일한 의미의 기호작용을 보여주고 있는 것이다. 박경리의 자전적 기술15)15)을 통해 볼 때 어느 정도 이해가 될 것이다.

가로질러온 내발자취에서 어떤 궁핍보다 잊지 못하는 것은 내 존엄이 침해당한 일이다. 결코 지워지지 않는 피멍 같은 것. 인간의 존엄과 소외, 이것이 아마도 내 문학의 기저가 아니었나 싶어진다.사랑은 그것이 어떤 형태나 성질이든 결코 존엄에 손상을 주지 않는다.

박경리의 〈성녀와 마녀〉의 두 주축인 여주인공은 성녀로 대변되는 하란과 탕녀 혹은 마녀로 지칭되는 형숙으로 나뉜다. 이들은 마치 선과 악을 보여주는 차별화된 가치개념을 보여주는 것 같지만 어쩌면 야누스처럼 동일한 몸체를 가진 존재들이다. 작품 〈성녀와 마녀〉 끝부분에서 우리는 형숙과 하란을 분류하는데 어려움에 느끼게 된다. 궁극적으로 이들을 선과 악의 개념으로 나누는 것이 불가능해진다. 즉 인간의 존엄과 자존을 가진 여성이 자신의 의지와는 상관없이 가부장제의 이데올로기에 의해 희생당하는 구조이다. 그의 작품 〈김약국의 딸들〉에서도 가부장제에 희생된 여성을 보여줌으로써 그러한 인간의 존엄을 보여준다. 특히 숙정은 자신의 결백을 증명하기 위하여 비상을 먹고 자결하는 인물이다. 이는 여성에게만 강요된 정절에 대한 이데올로기에 반항하는 자존적 행위인 것이다. 죽음으로써 자신의 존엄을 알리는 숙정처럼 〈성녀와 마녀〉의 형숙 역시 자신의 존엄과 관련 없는 사회적 편견에 저항하다가 결국 자신의 사랑을 입증하듯이 수영 대신 총을 맞고 죽는다. 그에 반해 수영이 형숙에 대해서 고뇌하는 이야기는 깊은 사회적 고정관념에서 벗어나지 못하고 있다.

박경리는 성녀와 탕녀의 고정적 이데올로기에 의해 자신이 사랑하는 여성의 실체조차 바라보지 못하는 남성 주인공을 피난하면서 동시에 사회적 편견과 제도를 꼬집고 있다. 그러나 이덕화의 말대로 여성들은 여성이 처한 현실을 어떤 의미로든 간에 극복해 나가는 긍정적인 모습을 보인다. 즉 성녀와 마녀의 개념을 넘어서는 양성성의 인물이 등장하는데, 이러한 과정에서 형숙처럼 의지적이고 지적인 여성이 탄생되는가 하면, 하란처럼 순수하고 낭만적인 여성이 등장한다는 것이다. 이들은 선과 악의 개념인 성녀와 탕녀의 의미 기호작용을 넘어서는 새로운 양성성의 의미개념을 낳는다. 형숙은 자신에게 주어진 나쁜 피와 탕녀라는 이데올로기에 맞서서 사회적으로 성공을 이루고 탕녀의 피를 가졌다는 사회적 편견에 맞서서 스스로가 사랑하는 남자를 떠난다. 하지만 그녀는 그를 위해 죽음을 불사하는 인물이다. 하란 역시 자신을 사랑하지 않는 남자를 위해 마치 성녀처럼 결혼하지만 궁극적으로 자신을 사랑하는 사람을 위해 마음을 여는 새로운 인물형이다. 이는 박경리가 인간의 자존을 중시하는 여성성에 부여한 양성성의 요소이다. 즉 선과 악을 초월한 여성인물군의 탄생인 셈이다. 가부장제 사회의 중심으로 나아가 여성이면서 의지의 주체자인 남성적 인물이 탄생되는 것이며 성녀와 탕녀의 이분법을 넘어서는 양성성의 인간이 등장하는 것이다. 이는 실존적 자존을 지키고자 하는 박경리 소설의 여성 주인공들의 낭만적 의지이자 인간의 삶에 대한 긍정이다.

■ 실존적 자유와 자존적 죽음의 상징적 의미

여성의 젠더화된 문화적 기억은 주로 남성들의 공적 기억에 의존한다고 볼 수 있다. 이는 문화를 만드는 주체들이 대부분 남성이었고 여성은 계산된 남성주체들에게 관찰의 대상이 되어왔었기 때문이다. 김동인의 소설 「감자」는 영상화의 과정을 거치면서 에로티시즘의 과잉된 여성욕망이라는 고정된 의미를 획득하게 되며 그 이후에 등장하는 한국 영화의 상당부분의 여성이미지가 복녀의 이미지를 따른다. 즉 한국의 문예영화의 성공은 여성그리기에 그 성패가 달려있다고 보아야 할 것이다. 〈감자〉〈뙁볕〉〈갯마을〉〈백치아다다〉 등을 위시해서 〈뽕〉〈배따라기〉 등 여성의 영상화 기법에서 "복녀"의 이미지가 강하게 남아있다. 따라서 영화 속 여성의 역할은 현실의 모습과는 상당히 다른 일상적이지 않은 인물들이 대부분 캐스팅되었다. 무당, 귀신(여귀), 양공주, 기생, 대리모(씨받이), 작부, 식모, 일탈하는 유부녀, 노처녀, 광녀, 첩, 열녀 등 많은 여성의 스펙트럼은 다소 감정의 과잉을 부추긴다. 이렇게 여성은 문화에서 타자화 되고 있었다. 그러한 타자화의 측면은 김동인의 여자주인공들의 필연적 죽음을 당연하게 받아들여 이해할 수 있게 할 것이다. 타자에 의해 죽고 또 타인에 의해 죽음이 기억되는 전략이 죽음의 타자화 작업이다.[16]

　박경리 소설 『성녀와 마녀』의 형숙은 자신을 둘러싼 운명에 끈질기게 항변하면서 자존과 자유를 잃지 않는다. 박경리에게 있어서 자유의 추구란 인간 자신이 가지고 있는 업의 굴레에서 벗어나고자 하는 노력이며 방황조차도 어떤 의미로는 자유이다. 박경리의 여주인공 형숙은 자신을 둘러싼 출생에 대한 업보에 저항하면서 스스로의 자존을 지키고자 하는 양성성의 인간형이다. 박경리의 여성주인공들이 김동인의 타살된 여주인공들과 다른 지점이다. 형숙은 자신이 사랑하는 수영을 떠나지만 수영의 아버지가 자신을 반대한 운명의 굴레에 굴복하지는 않으려 한다. 그녀는 자신을 사랑하는 수영을 위해 스스로 목숨을 버린다. 형숙은 자신의 삶에서 만나 보지 못했던 어머니에 대한 이야기를 마치 주술처럼 듣고 살아가는 업보를 가진다. 이것조차 박경리에게는 퇴치해야 할 것이고 업으로부터 해방을 원하고 있는 것이다. 그녀의 시 〈뻐꾸기〉에는 실체가 없는 것 때문에 인간이 과연 업을 짊어지고 살아야 하는가에 대한 깊은 회의가 있다. "산속에 있기는 있을 터인데/ 나는 아직 그 새를 본적이 없다/내 인생에서도 보이지 않았던/ 그 많은 것들과 같이/뻐꾸기를 본 적이 없다"에서 우리는 그녀가 가지는 자유의 추구와 업으로부터의 탈출욕구를 본다. 이러한 사유의 과정으로 볼 때 형숙이라는 마녀는 심리적 양성성과 신체적 양성성을 함께 가지는 인물인 것이다.

박경리의 작품 역시 죽음의 타자화 작업이 이루어지고 있다고 볼 수 있다. 그러나 좀 더 정치하게 바라보면 김동인의 탕녀가 타살되는 것과는 일견 다른 문화적 의미를 가진다. 신화에서 여성 타살이 가지는 의미는 성의 정치화와 밀접한 관련을 가진다. 즉 남성 신화가 자리잡아가면서 여신들은 타살되어야 하는 운명을 피할 수 없었던 것으로 읽히는 대목이다. 그 딸의 시체를 찾은 아버지는 시체를 잘게 잘라서 여기저기 묻었는데 그것이 여러 가지의 구경식물이 되었다. 남성은 자신의 국가와 제도와 법을 만들기 위해서 여신의 죽음을 자연사가 아닌 타살로 처리하였다. 우리는 이러한 타살의 흔적을 김동인에게서 쉽게 찾게 된다. 그런데, 박경리의 여성들은 타살이라기보다는 일종의 자연사를 의미한다. 즉 자신의 존엄과 자존의 현실 저항으로서의 의미를 가진다는 것이다. 가부장제가 배타적이고 비대칭적으로 여성에게만 정절을 요구한 것에 대한 현실 비판적 의미의 죽음을 보여주기 때문이다. 형숙의 죽음으로 삶이 공허해진 수영이 집으로 돌아오자 하란은 자신의 운명에 주어진 몫을 긍정하는 또 다른 자존적 인물인 것이다.

『성녀와 마녀』에 나타난 형숙의 죽음은 자존적 죽음이라고 칭할 수 있으며, 자신을 사랑하지 않는 남편 수영의 허울을 벗어나 자신의 깊은 내면의 욕망을 바라본 하란은 실존적 자유를 만난 셈이다. 김현숙의 말대로 박경리는 표면적으로는 일상을 추상화하는 의리와 명분을 내세우는 것 같지만, 궁극적으로 작가가 추구하는 내면의 세계는 강한 현실에 대한 집착이며 욕망의 실현이라고 할 수 있다. 그리고 그러한 욕망들이 환경에 의해 좌절될 때, 작가는 의리와 명분을 내세웠다고 한다.[17] 이러한 논리는 일견 타당해 보인다. 따라서 작중 인물이 선택한 죽음은 어쩌면 타살이라기보다는 자연사의 의미인 것이다. 즉 생의 의지의 다른 형식으로써 우리는 형숙의 죽음을 바라보아야 할 것이다. 그녀는 죽음을 선택함으로써 탕녀에서 성녀로 기호화되고 있기 때문이다. 하란 역시 자신의 욕망을 실현할 수 없다면 의리와 명분을 존중해서 견디고 살아가려는 인물이기 때문에 그녀의 선택 역시 형숙의 선택과 다르지 않다는 논리가 가능하다. 즉 생과 죽음은 우루보로스 뱀처럼 입이 꼬리를 물고 있는 형상인 것이다. 작중 인물들의 죽음은 생의 다른 표현인 것이다.

3. 가족을 지키는 터주신으로서 여성의 양성성

■ 태양신 궁산이와 김유정의 〈소낙비〉

김유정의 문학을 신화적 상상력으로 풀어본다는 것이 무모하게 보일 수도 있을 것이다. 하지만 김유정 문학 전반에 나타난 특이한 가족관과 여성 상상력을 살펴보면 어딘지 모르게 우리 신화들의 이야기 생성 원리와 비슷한 점이 많다. 그러한 상상력의 근간을 찾아서 신화적인 사유체제로 풀어가 보고자 한다. 먼저 김유정의 문학 작품에서 도박이라는 모티프에 주목하기로 한다. 도박의 모티프로 인해 남성인물들의 인생관이 결정되어 있는 경우가 많고 여성인물들의 역할이 결정되는 작품이 많기 때문이다. 〈노다지〉의 꽁보와 더펄이는 금을 캐서 인생을 바꾸어보고자 하고 〈만무방〉의 응칠이는 그저 세월 가는 대로 먹고 살려고 부인과도 헤어져 인생을 노니는 인물이다. 〈솥〉의 근식은 마을에 온 들병이에게 빌붙어 살아가려고 하고 〈소낙비〉의 춘호 역시 부인에게 매매춘을 요구해서 돈을 얻으려 한다. 〈금따는 콩밭〉의 영식은 수재의 말을 믿고 멀쩡한 콩밭을 모조리 파서 농사를 망쳐버린다. 이러한 노름 기질은 18세기 이후에 성행했다고 전한다. 이이화의 논의를 보면 고려시대나 조선시대에 아내를 걸고 노름을 했거나 도박을 했다는 기록이 어우야담을 비롯한 많은 문헌집에 전한다고 말하고 있다. 노름꾼은 일확천금을 노려 농사철이고 뭐고 가리지 않고 며칠 밤을 꼬박 새워 노름을 하는 일이 허다했다.[18]

그런데 이렇게 부인을 두고 도박을 한다는 상상력은 우리의 신화에서도 내려오고 있다. "태양신이 된 거지 궁산이[19]"가 바로 이러한 상상력의 모태가 되고 있다. 신화의 이야기를 간략하게 정리하도록 하자. 궁산이는 명월각시한테 반해서 3년의 우여곡절 속에 장가를 든다. 그런데 각시가 너무 예쁘고 좋아서 일은 하지 않고 각시 곁에만 있다. 굶어죽을 지경이 되었는데도 일을 하러 갈 기미가 없자 명월각시는 자신의 초상을 그려주고 나무를 해오게 한다. 나뭇가지에 걸어놓았던 초상화가 아랫마을 배선비네 집으로 떨어진다. 초상에 반한 배선비는 금을 한 배 싣고 궁산이와 장기를 두러 온다. 배선비와 궁산이는 마누라를 두고 내기 장기를 벌이는데 바로 여기에서 궁산이는 지고 만다. 이 사실을 안 명월각시는 하녀와 옷을 바꾸어 입었는데 이미 배선비는 이것까지 눈치 채고 하녀를 데려가겠다고 한다.

그렇다면 궁산이는 혼자서 열심히 살았느냐 하면 그렇지가 않았다. 거지처럼 비렁뱅이 짓을 해서 살아갔는데 명월각시는 이를 안타깝게 여겨 거지 잔치를 열어 남편을 찾는다. 명월각시는 구슬 옷을 던져서 옷이 맞는 사람이 자신의 남편이라는 말을 하고 궁산이는 옷을 입게 되고 배선비는 옷을 입고 벗을 줄을 몰라 하늘의 솔개가 되었다. 이렇게 해서 궁산이는 아내 명월각시 덕에 잘 살다 죽어 일월신이 되었다. 우리가 궁산이 신화를 재미있게 보는 이유 중의 하나가 아내 없이는 아무것도 못하는 무력한 남성의 이미지를 보기 때문이다. 김유정의 인물 상상력이 이러한 궁산이 신화에 닿아 있다는 것이 바로 무능한 남성성과 가정을 지키고자 하는 여성성 때문이다. 아내 덕에 살고 그도 부족해서 아내를 팔고 아내 때문에 겨우 생계를 유지하는 인물들인데 이는 김유정이 시대를 해석해 내는 남다른 관점이었을 것이다. 신화 속 인물과 김유정의 인물이 필연적인 상관성이 있다는 것을 강조하기보다 우리 문학의 상상력이 서로 합치되고 있다.

김유정 작품 〈소낙비〉를 통해 아내를 건 도박의 상상력과 〈산골나그네〉를 통해 부족한 남편을 거두는 여인의 이미지를 살펴보도록 하자. 이 두 소설은 궁산이 신화의 상상력에 닿아있다고 볼 수 있다. 아내를 건 도박의 상상력은 작품 〈소낙비〉에서 다음과 같이 나온다.

요사이 며칠 동안을 두고 요 너머 뒷산 속에서 밤마다 큰 노름이 벌어지는 기미를 알았다. 〈중략〉 이 원이 조화만 잘한다면 금시 발복이 못된다고 누가 단언할 수 있는가. 〈중략〉

「너 이년, 매만 살살 피하고 어디 가 자바졌다 왔니?」 〈중략〉

「바루 곧 와 웅?」하고 남편은 그 이원을 고히 받고자 손색 없도록 실패 없도록 아내를 모양내 보냈다.

춘호는 자신의 노력으로 살아가려고 하지 않고 부인에게 이 원을 만들어 달라고 조르는 한심한 인물이다. 그는 김유정 소설의 다른 주인공들이 가지는 한탕주의적인 일련의 주인공들 중 하나로 읽힌다. 생활고 때문에 거침없이 부인과 헤어지고 부인보다 더 능력 있는 들병이에게 빌붙어 자신의 부인을 속이고 떠나는 그런 무책임한 인물을 작품 〈소낙비〉는 이어가고 있다. 급기야 부인을 도박 밑천을 위해 팔아치우는 형국까지 이어지는 것인데, 이는 〈궁상이굿〉에서 궁상이가 배선비에게 자신의 부인을 걸고 하는 도박의 상상력과 맞닿아 있다. 그러나 그의 부인은 자신의 남편을 원망하거나 질책하지 않고 인고한다. 이는 궁상이 부인이 자신의 남편을 위해 소 한 마리로 남편의 먹을 것을 옷으로 준비해두고 떠날 정도로 극진히 남편을 모시는 것과 비슷하다. 무능한 남편을 위해 손수 구슬 옷을 만들어 거지 잔치를 열어 남편을 찾는 명월각시는 옷을 통해 남편의 지위를 찾아주고 있다. 자신의 희생을 참고 견디며 남편을 위해 잔치와 옷을 마련하는 것은 무너진 가족을 세우고 가장에게 다시 지위를 부여해주는 상징적 의미를 가진다.

〈산골 나그네〉의 서사 구조는 명월각시의 남편 찾기 상상력이 엿보인다고 하겠다. 어느 날 덕돌 어미와 덕돌이 사는 산골 마을 주막에 오갈 데 없는 배고픈 나그네가 찾아든다. 나그네의 풍행이 마음에 들었던 덕돌 어미는 덕돌과 혼례를 치러주고 옷이며 은비녀며 은가락지를 해주고 마치 금덩이처럼 귀하게 여긴다. 덕돌은 남루한 의복은 밖에서 입고 집에서는 "인조견 조끼, 저고리, 새하얀 옥당목 겹바지는 집에 돌아와 쉴 참에나 입는다. 잘 때에도 모조리 벗어서 더럽지 않게 착착 개어 머리맡에 놓고 자곤 한다." 그런데 어느 날 밤 아끼던 덕돌의 옷과 자신의 옷가지를 모두 챙겨서 나그네는 떠나버린다. 나그네가 찾아간 곳은 냇가의 외진 오막살이이다. 그곳엔 신음하는 그녀의 진짜 남편이 허름하고 남루한 모습으로 거적을 쓰고 누워있다. 그녀는 자신이 가져간 옷을 입혀 그를 부축해서 길을 떠난다. 명월각시는 어쩔 수 없이 배선비를 따라 나서지만 자신의 남편을 구하기 위해 구슬 옷을 만들고 그 옷을 입힘으로써 자신의 남편을 되찾는다. 명월각시의 구슬옷으로 인해 궁산이는 태양신의 자리에 오르게 된다.

김유정의 〈소낙비〉의 나그네는 자신의 남편을 구하기 위해 일부러 산골 주막에서 떠돌이처럼 생활하면서 거짓 결혼까지 한다. 자신의 남편을 위해 덕돌이 아끼는 귀한 옷가지를 가지고 도망 나와 결국 자신의 남편에게 입혀 길을 떠난다. 여기에서 옷의 상징성은 크다. 배선비는 옷이 맞지 않아 결국 자신이 가졌던 것을 모두 잃게 된다. 그러나 궁상이는 명월각시가 준 옷으로 인해 태양신까지 된다. 그렇다면 옷은 그 사람의 존재를 사회에 환원시켜주는 의미를 가진다고 볼 수 있다. 〈산골나그네〉의 나그네가 남의 옷을 훔쳐와 자신의 남편에게 입히는 것은 자기 남편에게 사회적 존재 의미를 부여하는 상징적 의미일 것이다. 궁상이 부인 명월각시와 김유정의 〈산골 나그네〉의 나그네는 가족의 근간을 지키려는 여성 신들의 현현(epiphany)이라고 부를 수 있다.

■ 여성 터주신들과 근대 문학의 여주인공들

가족관과 신화적 상상력을 다루는데 있어서 우리 근대 문학에 등장하는 여성성의 문제를 신화적으로 살펴볼 수 있다. 〈메밀 꽃 필 무렵〉에서 성서방네 처녀는 처녀임신의 대상이었다. 그로 인해 갖은 시련을 겪어야 하지만 허생원은 낭만적인 장돌뱅이의 생활 속에서 달밤에 하룻밤의 추억이나 회상하고 세월을 보내는 유유자적한 인물인 것이다. 허생원은 그 많은 세월동안 직접 찾아볼 생각은 하지 않고 자신의 단 한번의 추억을 신화 삼아 동일한 시간을 살아가는 정지된 인물이라고 볼 수 있다. 이상의 〈날개〉에 등장하는 화자 또한 여성이라는 측면을 부각해서 바라볼 때 참 한심하기 짝이 없는 인물이다. 〈날개〉의 화자는 매춘을 하고 있는 부인에게 기생하면서도 그 일이 무엇인지 모른다고 시치미를 떼거나 그 일이 무엇인지 연구한다는 식의 편의적인 무지한 사고체계를 보인다. 자신의 부인이 주는 동전에서 쾌감을 느끼고 부인의 공간에서 어린아이와 같은 장난을 하면서 살아간다. 아스피린 대신 아달린을 먹인 부인에게 한마디 항거도 못한 채 길을 뛰쳐나오는 쑥맥이다. 그는 "세상의 하고 많은 여인이 본질적으로 이미 미망인이 아닌 이가 있으리까?"라고 자문한다. 여성은 미망인이라는 그의 생각은 여성에 대한 자신의 의식을 보여주는 관점이라고 할 수 있다. 결국 그는 미망인이 될 아내의 삶에 잠시 기생할 뿐이라는 것이다.

김유정의 〈소낙비〉에서도 기생하는 남성과 매춘당하는 여성이 등장한다. 이 작가에게 와서는 급기야 춘호의 도박을 위해 춘호처는 매춘을 강요당하는 것이다. 하지만 이 무능한 남편은 부인들에 의해 버려지지 않는다는 것이다. 〈소낙비〉의 나그네는 이런 무능하고 병든 남편을 위해 거짓 결혼을 감행하고 남편을 위해 옷 도둑질까지 해야 하는 운명을 인내한다. 우리 근대 문학의 여성상은 무엇을 함의하는 것인가. 근대의 여성상에 어떠한 기의가 함축되어 있는가. 신화의 상상력이 일말의 해석의 단초가 될 수 있을 것이다.

우리 신화에서 여성성과 남성성은 서양신화의 그것과는 상당히 다르게 나타난다. 서양 신화 속의 여성은 지극히 모순적인 의미를 가진다. 창조신화를 보면 어머니의 질서에서 아버지의 질서로 바뀌어가면서 여성신화는 가부장제적 질서와 남성이데올로기에 알맞도록 변형되었다. 태초에 대지 가이아 여신이 세상을 창조하였고 동양의 경우 여와 여신이 인간을 창조하였다. 서양에서 제우스를 숭배하던 집단이 들어오기 이전에 그리스에는 가이아와 같은 대지모신을 받들던 집단이 있었다. 그러나 어느새 신화에서 여신들은 그 역할이 축소되어 버렸다.

신화 속의 여성에 대한 논의를 할 때 한국 신화에 나타난 여성의 역할은 매우 특이한 모습을 보인다. 한국 신화의 남신들은 유랑민처럼 등장한다. 터주신으로 유명한 막막부인은 하늘나라의 집을 짓기 위해 떠난 황우양씨를 지조와 현명함과 인내로써 기다린다. 그리고 황우양씨가 성주신이 되는데 지대한 공을 세운다. 사랑의 대명사인 자청비 역시 떠나버린 문도령을 찾는 역할을 하고 천지의 질서를 바로 잡은 소별왕과 대별왕의 어머니인 총명부인은 천지 왕이 떠난 후에 자식들을 돌보며 집을 지킨다. 당금애기 역시 시준님이라는 남성신에게 쌀 세 톨을 받고 아들 셋을 낳고 키우면서 갖은 고초를 겪으며 영웅으로 유명한 강림도령도 부인의 헌신이 없었다면 결코 염라

대왕을 잡아올 수 없었을 것이다. 바리공주는 아버지의 버림에도 불구하고 자신의 부모를 살리는 존재로 나오며 한락궁이의 엄마인 원강암이는 남편 원강도령의 서천국 행으로 혼자서 많은 시련을 당하면서도 자식과 부부의 정절을 지켜낸다. 우리 신화에 보이는 여성신은 하나같이 막막부인처럼 자리를 지켜 주고 사랑을 지켜 주는 터주신 역할을 한 셈이다.[20]

사회 문화적인 측면에서 살펴볼 때 남성들은 현실의 난맥상태를 나타내는 기표들이라고 할 수 있는데 이들을 구제하는 유일한 힘은 여성성(sexuality)뿐이다. 로버트A. 존슨[21]에 의하면 황금양털을 획득하기 위한 프시케의 모험정신은 본능적이고 무의식적인 단계가 아니라 여성의 위대한 발견이라고 한다. 프시케는 갈대의 도움으로 해질녘 양이 자주 다니는 길목에 가서 가시나무나 낮은 나무에 걸려 있는 황금양털을 모은다. 이것은 기존의 남성 신화가 황금양털을 찾기 위해 싸움을 해야 했던 것과는 다른 새롭고 지혜로운 방법이라는 것이다. 이러한 해석의 연장선상으로 고혜경[22]은 우리의 전래 동화 〈콩쥐팥쥐〉와 〈심청전〉을 여성신화적인 방법으로 해석해 냈다. 심청은 "태양신 거지 궁상이"의 모티브를 그대로 드러내고 있는데 아버지 심봉사의 눈을 뜨게 한 것은 여성성의 회복으로 가능하다는 것이다. 심청은 연꽃을 상징하는데 진흙탕 속, 흔들리는 물 위에서 정제된 아름다움을 가지고 피어나는 꽃이다. 연꽃으로 태어나는 심청이는 참 자신의 발견으로 자기 안에 만개한 생명의 힘을 마음껏 발하는 완전한 여성의 탄생을 의미한다. 콩쥐 역시 여성성을 획득한 진정한 여성영웅이라고 주장한다. 콩쥐는 여러 가지 어려운 난관을 극복하고 콩쥐 내면의 영웅적 세계관을 발견하는 인물이기 때문에 신데렐라 콤플렉스의 여성상을 보이지 않는다는 것이다. 콩쥐를 도와

준 소, 두꺼비, 참새 등은 구원의 사자가 아니라 콩쥐 안에 처음부터 존재한 여성성의 동력이라고 할 수 있다. 이러한 여성성의 회복으로 콩쥐는 세상에 대한 너름과 깊이를 보여준다.

여성의 관용과 용서는 신화 속의 여성성을 가장 잘 보여주고 있다. 심청이는 자신을 팔아버린 아버지를 구원하는 역할을 하고 바리공주 역시 버려지지만 부모를 위해 저승길을 선택해서 망자를 살려내는 역할을 한다. 바리공주가 생명탄생과 죽음의 두 문제를 모두 관장하는 것은 원시 대지모신의 상상력과 맞닿아 있다[23]는 논의는 신화의 여성성을 읽을 수 있게 하는 대목이다.

여성성이란 자신의 내면의 아니무스(남성성)에 대항해서 자신의 진정한 아니마(여성성)를 발견하고 현실을 당당하게 맞서가는 모습이라고 할 수 있다. 신화에서 발견하는 여성성이란 현재를 극복하고 현실의 비극을 보듬어서 미래를 꿈꿀 수 있는 힘이라고 할 수 있다.

근대 소설의 많은 작가들의 여성성은 신화적인 상상력으로 바라볼 때 우리 신화의 시련을 감내하는 전통을 그대로 보여주고 있다. 그러나 이들 여성의 삶을 들여다보면 김열규가 말하는 도깨비의 원형에도 닿아있는 상상력임을 알 수 있다. 동화 속에 나오는 도깨비 중 예쁘게 생긴 여자가 등장하는 이야기가 있다. 이 여자 도깨비는 어리석은 인간을 위해 많은 것을 가르치고 온갖 보물을 준다. 그리고 인간세계로 남자를 보내지만 바보스러운 인간 남자는 계속 도깨비 여인에게 돌아오는 이야기이다. 도깨비의 원형적 상상력이 어떻게 이들 작품에 등장하는가. 허생원에게 하룻밤의 일은 "생각하면 무섭고도 기막힌 밤이었어"라고 회상하게 한다. 그리고 그 하룻밤은 반평생 동안 허생원의 반복되는 시간 속에서 새롭게 되살아나는 것이다. 그에게 성서방네 처녀는 현실의 로맨스라기보다는 도깨비에 홀린

듯한 비현실적인 하룻밤의 일이었던 것이다.

이상 소설 〈날개〉의 아내 역시 화자에게는 늘 도깨비 같은 존재이다. 화자의 무력함에 비하면 아내는 도깨비 방망이를 가진 것이나 다름없다. 무슨 직업인지 몰라도 외출도 하고 돈도 벌고 내객도 있으며 밥도 짓는다. 그러나 화자와는 의사소통이 단절된 세계의 사람이며 그래서 자신의 부부를 숙명적으로 "절름발이"라고 부른다.

김유정의 〈산골나그네〉의 나그네 역시 도깨비 신부의 원형을 지닌다. 어디선지 모르게 홀연히 덕돌 모자가 사는 산골에 와서 며칠 동안 함께 살고 결혼까지 해주고 어느 날 홀연히 자취를 감추어버리는 것이다. 덕돌 어미와 덕돌은 그야말로 도깨비에 홀린 셈이다. 자신들이 아끼는 옷가지며 패물을 모두 가지고 떠나버린 나그네의 정체는 그야말로 미궁이기 때문이다. 왜 떠났는지, 어디로 갔는지 그들에게는 전혀 정보가 제공되지 않는다. 이러한 여성성과 도깨비 이미지는 김열규가 지적한대로 한국인의 콤플렉스이자 그림자라는 기의를 통해 해석이 용이해질 것이다. 당시 근대화에 소외된 인간상들의 콤플렉스이자 그림자가 도깨비 여성상으로 기표화된 것이라 볼 수 있다. 이러한 도깨비 같은 여성상을 통해서 근대화의 삶의 편린들을 상징적으로 드러내고자 한 것으로 읽혀진다. 이들 여성들은 인고와 질김으로만 이야기 될 수 없는 도깨비 같은 존재들이며 이러한 그들을 양성성으로 정의할 수 있을 것이다.

4. 바다와 함께 세상을 견디는 여성의 양성성

비교적 가까운 시대의 작가 오영수의 문학세계에서 여성은 어떤 기호로 작용할까. 아마도 오영수의 여성은 '바다'와 함께 논의되어야 할 것이다. 오영수 작품 속 바다는 그 옛날 고래를 잡았던 고대인들의 이야기가 그려져 있고, 동해용왕의 아들인 처용이 나왔던 모태적인 신화공간이기도 하다. 그리고 오영수의 주인공 해순이가 고향을 떠났지만 다시 찾아오게 하는 모태적인 회귀공간이기도 하다. 오영수 문학은 여성들과 '바다'라는 공간의 자연 회귀적 신화를 보여준다. 바르트에 의하면 신화는 메시지의 내용으로 정의되는 것이 아니라 발화되는 방식으로 정의되며, 담화가 의미 작용하는 상황에서 일어나는 하나의 가능성으로 간주된다. 송효섭은 바르트의 신화를 해석하면서 신화는 하나의 고정된 화석으로 존재하는 것이 아니라는 논지를 펴고 있다.[24] 즉 고래를 잡으면서 고대인들이 느꼈던 바다의 신화적인 의미와 처용을 맞이했고 두려워했던 신화적 의미와 오영수 문학 속 주인공 해순이 품는 바다는 바르트의 신화의 의미로 집결된다고 할 수 있다.

오영수 문학에서 바다는 신화적 크로노토프가 될 수 있다. 우한용은 오영수 문학이 신화 문학론의 가능성을 가지고 있음을 지적하면서 소설의 공간이 일상적인 공간과 격리될 경우 신화적 공간이 될 수 있음을 지적했다. 〈은냇물 이야기〉속의 은내라는 골짜기의 신화적 공간의 가능성을 지적하면서 신화적 공간에서 이루어지는 삶의 리듬은 가장 원초적이라고 말한다. 또한 인류학적으로 〈갯마을〉의 바다는 제의 공간으로서 과부들이 그리는 삶의 방식이 제의화되어 있음을 지적했다.[25] 우한용 논의의 연장선상에서 바다의 신화적인 의미와 기호화 과정을 살펴볼 수 있다. 바다의 기호화 과정은 시니피앙(기표)으로서 바다와 시니피에(기의)로서의 의미화 과정에서 생성되는 의미작용들이다. 기표인 '바다'에 서정적 향수, 유토피아, 고향, 모성성, 죽음과 재생, 섹슈얼리티의 공간, 원형적 공간, 공동의 공간 등 다양한 기의가 기표 아래에서 미끄러지고 있다. 따라서 바다는 기표와 기의가 자의적이라는 소쉬르의 기호과정을 적절하게 보여주고 있는 셈이다. 여기에는 여전히 새로운 기의가 새로 생성될 수 있음을 시사한다.

오영수의 바다 공간과 고향은 주인공에게 삶의 의의를 보장해주는 공간이며 인간과 자연이 융화되는 유토피아적 공간이다. 또한 바다와 고향은 일종의 모성성이 현현되는 공간이며 양수로 충만한 모태 회귀적인 공간일 수 있다. 따라서 해순에게 고향의 바다란 세상의 두려움을 모두 차단하고 시간의 변화조차 감싸 안는 평화의 공간인 것이다. 고향의 바다는 바다와 죽음의 재생 공간이기도 하다. 〈갯마을〉에 묘사된 마을은 '서(西)로 멀리 기차 소리를 바람결에 들으며, 어쩌면 동해 파도가 돌각담 밑을 찰싹대는 H라는 조그만' 곳이다. 이곳에서 태어난 해순은 보재기인 엄마와 뜨내기 고기잡이인 아버지 사이에 태어난 인물이다. 일찍이 고아가 된 주인공은 그 자체로 신화의 주인공들을 닮아있고 고립되고 단절된 현대인을 연상시킨다.

우리의 민간신화 중 〈원천강본풀이〉의 오늘이라는 주인공은 일찍이 엄마와 아빠를 잃고 자신의 존재의 근원을 알고자 원천강이라는 곳을 여행하는 인물이다. 그녀가 찾은 원천강은 근원에 대한 질문이 풀리는 곳이며 삶의 원리가 들어 있는 곳이면서 인간이 가고자 하는 유토피아 같은 곳이다. 따라서 원천강은 삶을 관장하는 곳이면서 동시에 죽음을 다스리는 공간인 것이다. 해순에게서 이러한 신화의 그림자를 엿보게 된다. 그녀에게 원천강은 바로 바다인 것이다. 여기에서 바라보는 신화적 논의는 송준호의 논의에서도 비슷하게 엿볼 수 있다. 송준호[26]는 해순이가 신화적 탐색의 여주인공과 닮아있다고 보았고 바다는 주인공 해순과 성구에게 생명탄생과 지속의 근원적인 공간이라는 것이다. 바다는 생명이 넘쳐흐르는 곳이며 작중인물들이 살아가는 성품을 일구는 모태적인 공간인 것이다.

왜 바다는 고대의 고래를 잡는 사람들에게도 처용을 맞이했던 사람들에게도 그리고 오영수 문학을 감상하는 현대인들에게도 향수로 존재하는 것일까. 현대인들이 바다라는 기표에 가지는 기의는 그 옛날 사람들이 가졌던 기의와 어떤 부분에서 상동성을 가지는가. 바다는 삶의 도피처가 아니며 삶을 다시 생각하게 하는 기능을 하기 때문일 것이다. 변함없이 사람들은 새로운 출발의 매개체로써 바다를 보고자 한다. 바다 위로 떠오르는 해를 보러 떠나는 입사식들은 바다의 생명력 때문일 것이다. 상처 입은 존재들이 치유할 수 있는 곳으로 바다의 의미는 여전히 신화적이다. 오영수의 '향수'는 단순히 고향의 자연을 그리워하는 것이 아니라, 상처 입은 현대인들을 치유해 줄 수 있는 그 어떤 본질적인 힘이라고 할 수 있다. 현대인들에게 오영수의 〈갯마을〉의 바다가 가지는 의미는 고대인들이 가지는 바다의 의미와 동일했을 것이다. 바다는 고래를 잡기 위해 떠난 사람들을 기다리는 희망의 공간이면서 자신들의 삶을 유지시켜주는 정신적 유토피아였을 것이다. 또한 바다는 축사의 상징이 된 처용을 기억하는 공간이기 때문에 삶의 희망과 원망을 담아내는 상징이었을 것이다. 바다 용왕의 아들인 처용이 자신들의 삶의 액운을 무찔러주는 상징이 되었던 것과 같은 이치이다.

오태호[27]는 갯마을이 순수한 공간으로서 사회적 공간이자 섹슈얼리티의 공간임을 지적하고 있다. 여기에서 사회성이 강조되는 바다의 의미는 바로 〈고래축제〉의 고대인들의 공동체적인 바다를 연상시킨다. 갯마을은 삶에 배반당한 과부들이 바다를 의지해 살아가는 치유의 공간이다. 해순이가 육지로 나가 살면서 느낀 삶의 상처를 바로 바다와 이웃들에게서 치유됨을 볼 수 있다. 오영수 문학에 나타난 바다의 공간에는 사람이 함께 살아가고 있음을 알 수 있다. 오영수의 문학 세계가 축제의 의미와 함께 이어질 수 있는 부분이다. 임명진[28] 역시 이러한 공동체 의식에 주의를 기울이면서 '떼과부'들이 서정과 상징으로 자연스럽게 이웃이 되고 있음을 간과하지 않고 있다.

기원전 3,000년 전에 그려진 울주 암각화의 고래 그림은 지금까지 많은 학자들의 해석을 통해 여러 가지가 밝혀진 상태이지만 아직도 분명하게 그 윤각을 드러내지는 못하고 있다. 암각화는 강을 끼고 있는 바위에 그려지는 것이 우리나라 뿐 아니라 전 세계에서 발견되고 있는 공통점이라고 하는데, 이는 신화학자들의 연구를 통해 대지모신과 여성신을 숭배했던 흔적이라고 밝혀져 왔다. 오영수의 〈갯마을〉은 여자와 바다와의 관계이다. 고기를 잡으러 떠난 아낙네들은 바다를 남편삼아 혹은 바다를 위안삼아 바다에서 생사고락을 함께 하면서 살아간다. 주인공 해순 역시 바다를 그리워하는 청상과부이다. 아낙네들에 의해 마을은 움직여지고 바다에 기원하는 행위는 울주 암각화에 떼로 모인 고래 그림을 이해하는 단서로 작용할 수 있다. 바다와 모성은 하나라고 할 수 있다.

암각화가 그려진 장소와 운명을 인내하면서 살아가는 여성들이 모두 바다라는 공간임을 확인한다면 바다는 하나의 기표가 된다. 역사적 변화 현상을 담아내는 기표로서 고래를 잡고자 했던 그 옛날의 선사인에게는 종교와 기원의 장소로 작용했을 것이고 처용이 나왔던 안개 낀 연무의 바다는 축사와 소망과 기원이 들어가고 오영수 소설 〈갯마을〉과 영화감독 유현목의 영화 〈갯마을〉의 해순에게는 남편을 만날 수 있는 해후의 공간이면서 자신의 삶이 살아가는 존재 이유이기도 한 곳이다.

오영수 〈갯마을〉 주인공 해순은 바다를 통해 자신의 삶을 다시 추스리고 바다에서 위안을 얻는 인물이다. 바다와 물의 상상력이 여성과 무척 관련이 깊은 신화적 상상력임을 알 수 있다. 자연 속에서 여성은 누구의 종속도 아닌 평등한 존재들인 것이다. 과부들은 바다를 향해 바다가 남편이라는 말을 한다. 해순에게 가장 인간적이고 자기 주체적일 수 있게 해주는 것 역시 바다이다. 바다 안에서 해순은 온전한 인간으로 태어나는 것이다.

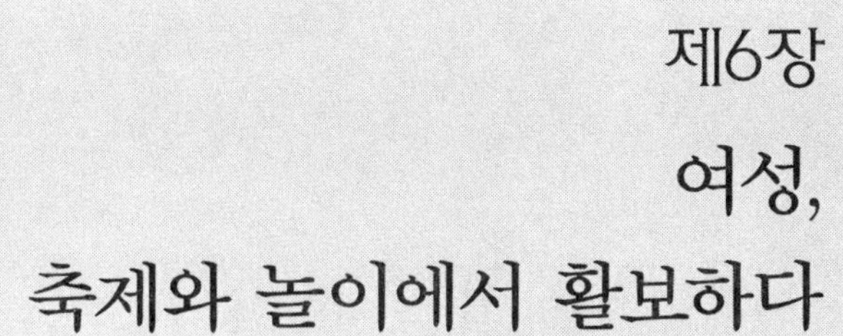

제6장

여성,

축제와 놀이에서 활보하다

제6장

여성, 축제와 놀이에서 활보하다

바우덕이
바우덕이는 어린 여자의 신분으로
남사당의 최초 여성 꼭두쇠가 된다.

현대 사회는 축제의 사회라고 해도 과언이 아닐 정도로 축제가 활성화되고 있다. 그러한 축제의 상당수가 여성을 주인공으로 하고 있다는 점은 상당히 흥미롭다. 이 장의 이야기에는 축제와 여성의 양성성이라는 주제를 화두로 삼아보고자 한다. 현대 축제 문화 담론에서 여성의 양성성과 신화성을 중요한 아이콘으로 바라보고자 한다. 여성을 양성성과 신화성의 코드로 바라본다는 것은 문화의 중요한 한 축을 새롭게 바라본다는 의미이기도 하다. 최근 우리 문화에서 벌어지는 축제의 필드 조사를 통해 문화 속에서 그려지는 여성성의 다양한 의미를 살펴보는 것은 즐거운 지적 여행이기도 하다. 왜 여성성을 문화의 양성성과 신화성의 아이콘으로 바라보아야 하는가에 대한 근거를 축제답사에서 찾고자 한다. 양성적 마음은 타인의 마음에 열려있고 공명하며, 아무런 방해도 받지 않고 감정을 전달할 수 있고, 창조적이고 빛을 발하며 분열되지 않는 것으로 정의한 것을 다시 상기해 보자.

우리 축제 문화 속 여성은 어떻게 그려져 있는가. 우리 문화에서 여성은 즐거운 결말의 이야기를 유도하기보다는 슬픔을 달래주는 일종의 위령제의 주체이거나 제의적 상상력을 함축하고 있는 일이 허다하다. 특히 축제 속 여성 주인공들은 억울하게 죽었거나 억울하지는 않지만 스스로 제물이 되기로 결심을 한 처녀들의 위령이 많고, 남편과 헤어져 망부석이 되었거나, 가족의 안녕을 위해 희생한 모성 또한 많다. 온갖 험난한 시련을 견디고 사랑에 성공한 여성들도 매우 많다. 그녀들은 정절의 시험대에 늘 던져지거나 모든 욕망을 거세한 여성이 되기를 강요받고 있다. 설령 정상적인 사랑을 이룬 경우라고 하더라도 그녀들은 영웅의 탄생을 위해 자신의 고귀한 신분을 버려야만 했던 것이 축제 속 여성들의 풍경이었다. 그렇다면 이러한 여성을 현상만으로 볼 게 아니라 이러한 여성 상상력의 근간을 보다 심층적인 신화 원형 상상력을 통해서 바라보아야 할 필요성이 제기된다.

문화 속 여성의 상상력은 민간 신화의 여성 상상력의 심층적인 이해를 필요로 한다. 축제 속 여성 주인공들은 그 자체로써 일종의 설화를 가지고 등장한다. 이 설화의 근간적 상상력은 우리의 민간신화와 전통적으로 함께 읽힌다. 따라서 〈삼공본풀이〉 〈원천강 본풀이〉

〈바리데기〉〈궁상이 굿〉〈성주풀이〉〈천지왕 본풀이〉〈칠성본풀이〉
〈세경본풀이〉〈관청아기 본풀이〉〈삼승할망본풀이〉〈제석본풀이〉
등 민간 신화의 상상력을 현대적인 여성주의 시각에 입각해 다시 읽
어볼 필요가 있을 것이다. 이러한 읽기가 먼저 선행되어야 우리 축제
에 재현되거나 현현되는 여성 신화성과 양성성을 살피는데 보다 가
깝게 갈 수 있을 것이다.

왜 인류의 역사는 여성에게 시련담과 희생담의 주인공이 되도록
신화화 시켰을까. 또 왜 그러한 상상력이 현대 축제로 이어지는지에
대한 문화적 해석의 필요성이 절실히 요구된다. 여기에서 여성의 신
화 상상력을 여성이라는 성적인 의미로만 읽을 것이 아니라 타자화
의 과정으로 읽어야 할 것이다. 미국의 학자 댄 킨들런은 알파걸이라
는 새로운 여성의 탄생을 담론화시키고 있다. 현대를 살아가는 여성
들이 알파걸이라면 현대 축제에서 현현되는 신화 속 여성은 어떻게
의미화 되어야 할 것인가에 대해서도 역시 연구가 필요한 시점이라
하겠다. 알파걸의 긍정적인 문화의미를 해석하는 반대편에 팜므파탈
식의 여성 그리기가 진행되고 있음도 주시해야 하겠다. 축제 문화에
등장하는 여성의 신화성과 양성성을 통해 신화적 원형의 현대적 변
용을 살펴보고자 한다. 양성화되는 여성 이미지를 통해 현대 문화는
어떤 욕망을 드러내고 있는지 살펴볼 것이다. 현재 펼쳐지는 축제를
통해 문화의 양성성을 세 가지 측면에서 논의할 것이다. 우선, 열린
성 담론을 통한 문화의 양성성을 살펴볼 것이다. 다음으로 사적의미
를 넘어선 공적의미의 사랑담론을 문화적 양성성의 측면에서 살펴볼
것이다. 더불어 희생과 해원의 능동성과 양성성을 살펴볼 수 있을 것
이다. 이러한 여성 문화를 양성성의 문화로 해독하는 것은 문화의 양
성화에 대한 단초를 읽는 재미있는 과정이 될 것이다.

1. 열린 성담론과 문화의 양성성

신화에서 처녀는 영웅을 잉태하는 대리모이거나 처녀로 생을 마감하는 것으로 신성성을 보여준다.[1] 고주몽의 어머니인 유화가 태양으로 잉태했던 것에서 시작해서 백제 무왕의 어머니는 포룡정이라는 곳에서 지렁이와 관계를 하고 서동을 낳는다. 백제의 견원의 탄생도 역시 지렁이임은 두말 할 필요가 없는 유명한 일화이다. 또한 강릉단오제의 주신인 범일국사 역시 학산의 처녀가 우물물을 마시고 낳은 자식이며 백제의 왕인 박사의 경우에도 성기동이라는 곳에서 우물물을 마시고 태어난 영웅으로 신격화되고 있다. 저마다 우리의 영웅들은 햇빛, 지렁이를 일컫는 토룡, 우물과 처녀 어머니를 통해 세상의 영웅으로 등장하였다. 그렇다면 이들을 낳은 처녀들은 어떻게 되었는가. 예수를 낳은 마리아가 성모로서 숭배의 대상이 되는 것은 신화의 원리로 보자면 매우 이례적인 현상이 아닐 수 없다. 대개는 처녀 어머니는 영웅을 탄생시키고 나서는 신화의 담론에서 빠지기 일쑤이기 때문이다. 이처럼 처녀 여성의 신성성은 성스럽고 근접하기 어려운 것이었다. 그런데 아이러니하게도 다른 한편에서 처녀의 성들은 축제에서 열린 성 담론을 펼쳐주는 계기가 되고 있다. 영웅을 낳은 처녀들은 해원의 대상이 되지 못하지만 젊은 나이에 결혼도 못하고 죽은 처녀의 성 담론은 마을의 신당으로 혹은 처녀당으로 존재하면서 그 지역을 지켜주는 여신이 되고 있음을 확인할 수 있다. 이 신당을 지키는 상징물들이 신기하게도 남근이라는 사실에 주목할 필요가 있다.

〈신남리 해신제〉의 무대가 되는 삼척은 동해바다를 근접하고 있는 지역으로 환선굴과 대금굴 같은 환상적인 동굴이 많은 지역이다. 여기에 해신당 공원이라는 남근 공원이 조성되어 있고 매년 바다에 남근을 제물로 올리는 제사를 지낸다. 신남마을은 전설의 마을이라는 별칭이 있을 정도로 전설과 함께 살아가는 곳이기도 하다. 이 마을은 임씨 할아버지라는 사람이 400년 전에 조성했다고 전한다. 매년 애랑 처녀의 제사상에 새로 깎은 남근을 걸어두는 것을 전통으로 여기고 있다. 애랑 처녀에게 어떤 사연이 있는가 알아보기로 하겠다.

신남리 마을 입구에는 본서당이라는 당집이 있는데 성황당이라는 현판이 붙여있다. 그 안에는 성황지신이라는 위패가 걸려있는데 임씨 할아버지를 모시는 사당이다. 거기에서 조금 떨어진 바닷가 성벽에는 해신당이라고 써진 향나무 현판이 복주머니와 삼색 천으로 걸려 있다. 그리고 그 앞에 조그만 사당처럼 보이는 집이 지어져 있는데, 그 안에는 빨간 치마와 연두색 저고리를 입은 처녀의 화상이 그려져 있고 좌우 옆에는 향나무로 깎은 남근들이 주렁주렁 걸려있다. 언뜻 보기에는 엄숙하거나 숙연해지는 성의 공간과는 거리가 있어 보인다. 해신당이라고 불리는 이 장소는 슬픈 전설이 서려있다. 마을의 덕배라는 총각과 결혼을 하기로 한 애랑 처녀가 미역을 따다가 풍랑에 휩쓸려 그만 죽게 된다. 살려고 애를 썼지만 어쩔 수 없이 죽게 되었다는 의미로 처녀가 죽은 바위를 '애바위'라고 부른다. 지금도 애바위라고 하는 바위에 돌로 변한 처녀의 모습이 풍랑에 맞서 절규하는 모습이 재현되고 있다. 처녀가 죽은 후로 마을에는 고기도 잡히지 않고 바다에 나간 젊은이들에게 자주 불행한 일이 벌어졌다. 처녀의 원혼 때문이라고 믿고 영혼을 위로하는 굿을 벌였다. 어느 날 마을 총각이 애바위 근처에 방뇨를 하자 마을의 고기 배는 만선을 이루었다고 한다. 그때부터 마을에서는 남근 목(木)을 봉헌하는 제사를 지냈다고 전한다. 마을 사람들은 매년 임씨 성황신과 해신당 처녀에게 제를 올리는 행사를 연다. 제사 때에는 3명의 제관은 임씨 성황당에 가서 제사를 지내고 2명은 처녀 해신당으로 가서 제사를 지낸다고 한다. 제사 때에는 여자들이 해신당에 들어가는 것이 금기시되고 있다.

신남리 해신당에는 처녀 신들의 한을 달래주기 위해 남근이 걸린다. 그러나 남근의 의미는 단순히 처녀를 위로한다는 위로의 의미를 넘어서 자식을 가지고 싶다는 의미를 함의하고 있다. 즉 아들을 낳고자 하는 기원의 대상이 된 것이다. 처녀들은 죽어서도 자식을 낳는 성처녀 이데올로기에서 벗어나지 못하고 있는 것이다. 처녀 엄마의 신성성은 영웅을 탄생시키는 것이 동서양의 중요한 공식이었다. 그러한 여성의 성차별은 축제라는 문화에서도 은밀하게 성차별적 의식을 내재화하면서 진행되고 있다. 그런데 이러한 공식이 점점 다양한 양성성의 기의를 가지며 변화하고 있다. 죽은 처녀 여성의 원한이 남근으로 위로받는다는 상상력은 보다 더 확장되고 다양한 의미를 가진다. 즉 남근의 의미가 모든 것의 기원의 대상으로 바뀌고 있다. 해신당의 경우에는 연인들의 사랑과 가족의 안녕을 기원하는 의미로 확대 적용되고 있다. 여성의 성이라는 의미가 보다 개인의 사적인 의미가 아니라 인간의 보편적인 원망을 담아내는 확장된 의미로 읽혀진다는 것이다.

주디스 버틀러는 소포클레스의 비극 『안티고네』를 비평하면서 사적 의미를 넘어서는 안티고네의 젠더의 특징에 주목한 바 있다. 안티고네는 규율 담론이 애초에 배재했던 이성애 안의 동성애를, 여성성 안의 남성성을, 딸의 내부 안에 있는 어머니를, 아들 안에 있는 아버지를 환기시키고 문제 삼는 비우울증 주체로서, 자신의 치명적인 발화 행위가 만든 새로운 미래의 가능성을 여는 젠더의 주체가 된다고 보았다.[2] 이는 주디스 버틀러가 주장하는 안티고네의 양성성이다. 신남리 해신당의 성담론은 안티고네처럼 다양한 담론을 담아내는 열린 성 담론을 보여준다. 더 이상 성을 가두는 개념이 아니라 열린 의미로 받아들이는 것이다. 처녀의 성은 부끄러움이나 터부의 대상이 아니라 기원의 대상으로 신격화되면서 양성성의 문화를 실현하고 있다. 여기에서 양성성이란 문화의 다양한 의미를 담아낼 수 있는 것으로 타인의 마음에 열려있고 공명하며 아무런 방해도 받지 않고 감정을 전달할 수 있는 버지니아 울프[3]가 제시한 완성된 인간으로서의 양성성의 상상력과 일맥상통한다.

2. 공적의미로 확장된 사랑 담론의 양성성

〈세경본풀이〉는 매우 독특한 우리 신화의 사랑 구조를 보여준다. 즉 신과 인간의 결합이 매우 긍정적인 결말을 보여준다는 것이 흥미롭다. 이는 신분이 다른 두 남녀의 결합 즉 이계의 결합이 비극적인 파국이 아니라 적극적인 여성의 강인함으로 해피엔딩을 맞는다는 이야기로 전승되고 있다는 것을 보여주는 것이다. 자청비형 사랑이 축제화 되고 있는 〈남원춘향제〉 〈단양 온달 문화제〉 〈부여 서동 연꽃 축제〉등에서 그러한 적극적이고 주체적인 양성적인 사랑을 살펴볼 수 있다. 위에서 논의한 안티고네는 동생 이스메네의 사적인 의미로의 여성에서 정치와 공적인 영역으로 확장된 공적 존재가 된다고 볼 수 있다. 안티고네는 마치 영웅처럼 죽어간다. 영웅처럼 죽는다는 것은 남성과 정치에 해당되는 개념으로 인식하였지만 안티고네는 그러

한 한계를 넘는 인물로 이야기될 수 있다.[4]

위의 축제를 〈세경본풀이〉의 사랑담론과 여성신의 구조에서 보려고 하는 이유는 춘향, 선화, 평강 등의 여성들이 매우 자주적이고 사적인 의미를 넘어서 공적인 의미의 양성적인 성향으로 사랑을 주도해가고 있기 때문이다. 즉 남성을 주도하면서 성공적인 사랑의 담론을 보여주고 있다는 점을 눈여겨 볼 수 있을 것이다. 신화의 세계에서 보여주는 천신과 인간의 이분화된 사랑구조는 사랑의 험난한 과정을 보여주기 위한 환유적인 서사 공식이라고 말할 수 있다. 중국 신화의 무산선녀와 희와의 사랑, 하늘 목도령과 땅세계의 자청비의 사랑, 하늘의 직녀와 인간 견우는 서로 이계의 사람들이었다. 사랑이라는 담론은 그만큼 서로 다른 세계가 만나서 충돌하고 갈등하는 세계일 수밖에 없다는 진리를 보여주고자 하는 것이다. 이들의 사랑이 이루어지기 위해서는 중국신화에 등장하는 무산무녀처럼 꿈속에서나 가능해지고 〈세경본풀이〉의 자청비처럼 불길 위의 칼날을 걸어야 하며 직녀처럼 은하수를 건너야 하는 것인지도 모른다. 이는 사랑이라는 담론이 이계의 만남이라는 함축적 설정일 것이다.

〈남원 춘향제〉는 양반 자제 이도령과 기생의 딸 춘향 사이의 애절한 사랑을 축제의 테마로 한다. 2008년에는 〈러브스토리 페스티벌〉이라는 제목으로 사랑 테마를 축제의 전편으로 더욱더 부각시키고 있으며 놀이적 상상력을 발휘하는 '방자'라는 인물을 축제의 테마인 '방자전'으로 신설하였다. 〈온달 문화 축제〉는 바보온달과 평강공주의 사랑을 축제의 전면에 부각시키고 〈부여 서동 연꽃 축제〉는 마를 캐던 서동과 신라의 공주인 선화공주 사이의 사랑을 부각시켜 축제의 콘텐츠로 활용하고 있다. 이들 주인공들은 서로 다른 배경을 가지지만 사랑을 성취해내고 있다. 현실에서는 매우 일어나기 힘든 구조일 수밖에 없는데, 그러한 실현불가능성 때문에 이들의 사랑은 더욱 더 회자되었을 것이다. 현대 드라마가 설정하는 사랑의 구도는 여기에서 한발 더 나아간다. 신분이나 재력의 차이가 너무 큰 두 남녀들을 사랑의 주인공으로 설정하고 있는 것도 바로 이러한 이계의 결합구조에서 찾아볼 수 있다. 그런데 하나같이 여성 주인공들의 양성성을 주된 테마로 설정하고 있는 점을 찾아보게 될 것이다. 장애를 많이 견디어 낸 자가 더욱더 영웅성을 획득하듯이 사랑에도 장애가 많을수록 그 사랑은 돋보인다. 현대의 사랑축제들은 비단 사적 의미의 사랑만을 이야기하지 않고 사회의 불합리를 공론화하는 공적 의미를 가진다. 이는 사랑 담론이 양성성을 획득하고 있는 근거로 볼 수 있다.

〈남원 춘향제〉는 축제를 활성화시킬 수 있는 문화콘텐츠가 그 어떤 축제보다도 풍부하다고 하겠다. 서정주의 〈추천사〉와 〈춘향유문〉, 박제삼의 〈춘향의 마음〉, 최인훈의 〈춘향뎐〉등이 있고, 영화 제작은 무려 18편에 이른다. 드라마와 뮤지컬 제작과 애니메이션 〈성춘향전〉과 〈신암행어사〉 등 다양한 문화상품으로 제작되고 있다. 심지어 브로드웨이에 나가기 위하여 준비가 한창이다. 서양의 로미오와 줄리엣이 그 비극적 결말로 아쉬움을 주었다면 우리의 춘향이와 이도령은 아름다운 결말을 보여줌으로써 현대인의 사랑담론에 더 밀착될 수 있을 것이다. 그래서 혹자는 '불멸의 춘향전'이라는 말을 쓰고 있다. 독자의 시각에 따라 혹은 제작자의 시각에 따라 얼마든지 새롭게 해석될 여지가 많은 고전작품이라는 것이다.[5] 〈남원춘향제〉는 일제시대 때부터 시작한 축제로 민족정신을 고양시키는 방편으로 활용되어 왔다고 볼 수 있다. 프랑스는 대혁명 이후 국민 만들기라는 시대적 과제를 해결하기 위해서 축제라는 문화적 형식을 적극적으로 활용했다. 즉 축제라는 것이 인간의 지성보다는 감성에 호소하는 것이어서 조국과 공화정에 대한 열정적 감정을 고양시킬 수 있다고 본 것이다. 새로운 제스처나 이미지를 통해 감각에 충격을 가하는 가장 좋은 방법이 바로 축제라고 보았던 것이다.[6] 따라서 남원 춘향제는 이러한 성의 정치학이 읽혀지는 축제이다.

춘향제가 시작되면 남원은 도시 전체가 춘향놀이 테마 파크와 같은 놀이 공간의 상상력을 준다. 광한루원, 춘향묘, 사랑의 광장, 춘향 테마파크, 국립민속국악원, 야외공연장, 요천둔치 등 다양한 장소에서 축제가 펼쳐진다. 그 안에는 춘향제향, 춘향 그네뛰기, 춘향일대기 재현, 창극 춘향전, 춘향 선발제 등의 행사가 펼쳐지고 있다. 주로 콘텐츠의 대부분은 춘향이야기에서 비롯된다고 할 수 있다. 신임사또 부임행차, 옥중 춘향 재현, 어사출두, 춘향의 정절, 진실한 사랑의 완성 등을 재현하는 행사가 벌어진다. 마치 축제 〈춘향제〉는 야외 공연장을 연상시키는 상상력을 보여준다. 광한루 안에 있는 견우직녀의 오작교는 춘향과 이도령의 사랑을 이어주었고 축제에 참관하는 사람들의 사랑소망을 축원해주는 제의적인 신성 의식의 공간이 된다. 광한루 안에 조그만 삼신산이라는 이름을 가진 숲은 그대로가 신화의 공간과 설화의 공간이 겹쳐질 수 있는 지점이다. 동양신화를 들여다보면 서방세계의 낙원은 곤륜산으로 등장하고 동방세계의 낙원은 삼신산이라고 불린다. 고비 사막 너머에는 이상향의 산이 존재하고 동쪽 바다 멀리에는 신기한 섬이 존재한다고 느낀 것이다. 그러나 이 세계가 마냥 손에 닿을 수 없었던 것은 아닌 것 같다. 인간은 자신의 마음속에 항상 일종의 곤륜산과 삼신산을 가지고 살았다. 그러한 심리적 표현이 바로 자기가 살아가는 공간에 삼신산을 재현하고자 하는 욕망으로 표출되었던 것 같다.

〈남원춘향제〉는 변 사또의 행실이 패러디 되면서 사회 풍자적인 기능을 함께 가진다. 심지어 드라마 〈쾌걸 춘향〉에서는 다재다능하고 미모까지 겸비한 춘향과 무능한 이 도령과 능력 있고 멋진 변 사또를 설정함으로써 현대판 사랑과 돈의 권력 관계를 희화시키기까지 한다. 그러한 풍자적 상상력으로 〈용마놀이〉라는 행사를 눈여겨 볼 수 있다. 군주를 상징하는 용을 등장시켜서 집단 쟁투놀이를 벌이는 축제 콘텐츠인데 설화 속의 상상력과 현실의 기대지평을 적절히 조화시키고 있음을 살펴볼 수 있다. 사적인 사랑담론이 정치적 공적 담론으로 확대되는 지점이다.

단양 〈온달 문화 축제〉는 가시적인 유형의 역사적 산물들과 이야기라는 무형의 상상력을 적절히 조화시키면서 현대화하는 축제라고 할 수 있다. 온달산성, 서낭당, 온달동굴, 전쟁터 등이 확인될 수 있으며 이러한 역사적 산물의 중심에 온달산성이 놓인다. 고구려의 온달 장군은 평민 출신으로 왕족 평강공주의 사랑을 받았던 영웅이다. 바보에서 영웅이 되기까지의 영웅 신화적 상상력도 이 축제를 특별하게 하는 요소라 하겠다. 온달 상상력은 서울에서도 최근에 활용하고 있는데, 아차산의 〈홍련봉〉을 중심으로 〈아차산 고구려 축제〉가 펼쳐지는데 그 곳에 온달의 이야기가 들어 있다. 온달과 평강 공주의 사랑이 주테마인 축제에서는 온달장군 진혼제, 온달장군 평강 공주 뽑기, 사랑 기원돌탑 쌓기, 소원 기원 연등제 같은 관련 테마가 축제에서 치러지고 있다. 특히, 역사적으로 온달이 고구려의 전쟁 영웅이었다는 것이 입증되고 있기 때문에 온달이 앉아서 윷놀이를 하면서 쉬었다고 하는 휴석(休石)동은 역사와 신화의 상상력이 겹치는 축제의 놀이 공간으로 작용한다. 또한 의상, 놀이, 탁본, 토기, 예술, 공연 등의 고구려 체험을 통해 입고, 보고, 먹고, 만지고, 느낄 수 있는 축제이다. 따라서 이 축제는 온달에 대한 무형의 기억과 온달산성, 온달동굴, 온달 무덤 등 유형의 역사적 산물이 한데 어우러져 주제화된 축제라는 평가를 받으며 정신적으로 지역의 동질성을 회복시키고 개인적으로는 행복을 통해 사회의 동질성을 회복시켜준다고 한다.[7] 사랑의 적극적인 태도가 보여준 영웅성에 현대인들은 동경을 가지게 되는 것이다. 가면 가장 행렬에서 고구려 병사들이 승전보를 울리는 광경을 연출함으로써 온달의 영웅성과 평강공주의 사랑이 역사와 신화의 절묘한 조화를 이루고 있다. 우리는 온달과 평강공주의 이야기에서도 사적 영역의 사랑 담론이 공적 영역의 문화적 양성성에 대한 상상력을 엿볼 수 있게 된다. 자신의 짝을 찾아서 자신과 상대방을 변화시킨다는 상상력은 양성성의 발현이라고 할 수 있다.

온달 역시 역사와 신화 사이를 오가면서 축제의 주인공이 되고 있는 것을 볼 수 있다. 고구려 평온왕 때 충신이었다고 하는 온달은 혼란 속에 직위한 왕이 자신의 권력기반을 다지기 위해 행한 파격적인 인재등용의 결과라고 한다. 아마도 평온 왕과 신진 무인과의 결탁관계를 보여주는 것이라고 할 수 있다. 무예가 뛰어난 사람이 사냥대회에서 우승하면 인재로 등용이 되었다고 하는데, 온달이 대표적으로 그러한 인물이라고 한다. 따라서 설화에서처럼 온달이 마냥 바보일 가능성은 크지 않다. 북한에도 온달의 묘라고 주장되는 유물이 존재하지만 단양의 적석총이 온달의 무덤으로 주장되어 왔고 그 인근지방의 온달 이야기와 관련된 여러 가지 유적들과의 연관성을 고려해 온달의 무덤으로 추정되고 있다.[8] 실제로 축제에서는 온달과 평강공주가 머물렀다고 하는 동굴, 온달과 군사들이 쉬면서 놀았다고 하는 휴석동, 신라군과 싸운 온달산성 등이 실재하기 때문에 역사적 사실들과 신화적 상상력을 비교적 잘 활용하고 있다.

〈부여 서동 연꽃 축제〉는 연꽃과 사랑이 축제의 주된 테마로 작용한다. 궁남지를 중심으로 펼쳐진 이 축제는 무왕의 탄생과 무왕이 되기 전 마를 캐던 평민 서동과 신라의 진평왕의 셋째 딸인 선화 공주와의 설화가 담겨있는 축제이다. 부여의 궁남지는 바로 사랑 축제로 이야기하고자 하는 〈부여 서동 연꽃 축제〉의 주무대이다. 궁남지는 인공적으로 만든 호수이며 그 주위에는 버드나무가 심어져 있어 운치를 더하고 있고 버드나무 밖으로는 끝없이 펼쳐지는 연꽃 밭이 보는 이들의 마음을 휘어잡는다. 〈삼국사기〉에는 "궁궐 남쪽에 못을 파고 20여리에서 물을 끌어들여 사방 언덕에 버드나무를 심고 연꽃 가운데 신선이 있었다는 방장선산(方丈仙山)을 모방하여 섬을 만들었다"라는 기록이 전한다. 현재 형태는 이것을 기초로 해서 다시 재건한 것이 궁남지라고 하는데, 궁남지 가운데 포룡정이 지어져 있어 그 운치를 더하고 있다. 포룡정은 백제 무왕의 어머니가 궁남지에 살던 용이 나타나자 의식을 잃은 뒤 무왕을 잉태하게 되었다는 탄생설화가 서려있는 곳이다. 또한 이 궁남지는 일본의 조경문화의 원조가 되고 있다고 한다. 궁남지 안의 정자인 포룡정이라는 이름은 바로 서동이 연못에 있는 용의 자식이라는 출생을 알려주는 이름이라고 하겠다. 포룡정으로 이어지는 무지개 형태의 구름다리는 신화의 세계와 현실의 세계를 이어주는 중간계의 상상력을 전해준다.

부여 궁남지의 포룡정

축제의 내용을 살펴보기 전에 우리는 궁남지 버드나무 아래에 기록된 서동과 선화공주의 이야기에 주목해 보자. 여기에 실린 이야기는 백제왕의 밀명을 받고 신라에 잠입한 서동이 선화공주를 우연히 마주쳐 서로 좋아하게 되고 이 둘은 헤어질 수 없는 사이가 되어 서동요를 지어 부르게 하는 영특한 꾀를 짜낸 것으로 묘사되어 있다. 과연 드라마와 역사와 신화 속에서 우리는 서동과 선화공주를 어떻게 이해해야 할까. 역사의 정설에 의하면 진평왕에게 셋째 딸은 존재하지 않았다고 한다. 진평왕은 딸 덕만을 선덕여왕으로 지목한 미래형 아버지로 읽힌다. 남자 위주의 신분 질서 하에서 선덕여왕이 여자의 몸으로 한 나라의 수장을 담당할 수 있었다는 것에서 역시 양성성의 문화를 읽을 수 있다.

서동과 선화공주의 이야기는 너무 유명하기 때문에 문학에서 거론되는 것은 뒤로 하고 신화와 역사가 어떻게 교호했을까하는 것에 관심을 가지기로 한다. 서동과 선화공주의 이야기에서 먼저 관심을 둘 것은 바로 서동의 출생이라고 할 수 있다. 서동은 과부의 아들로 태어나는데 그 아비가 바로 연못에 있는 용이라고 한다. 과부가 꿈을 꾸고 서동을 잉태했다고 하는데 용은 임금의 상징이라고 할 수 있다. 엄밀히 말해서 서동은 왕손이라는 뜻이다. 그런데 미천하게 살아갈 수밖에 없었다. 그러나 선화 공주를 만나 다시 왕의 지위를 얻게 된다는 영웅 귀환구조를 보인다. 〈삼국유사〉에 의하면 서동은 백제 30대 무왕이 되었다고 하는데 이것 역시 역사적 사실과는 거리가 먼 이야기라고 한다. 실제로 30대 왕인 무왕은 연못의 용의 아들이 아니라 29대 법왕의 아들이었다고 한다. 또한 무왕의 부인은 백제 귀족의 딸이라고 한다. 이렇게 정사에 엄연히 존재하는 왕의 이야기가 있는데 설화 속에서 다른 인물로 등장하는 것에 대해 나경수는 백제 부흥을 꿈꾸었던 사람들의 무의식적 소망이 비역사적 회귀를 조장한 것이라고 추측한다. 즉 망국의 기로에 서 있던 백성들이 앞날을 직감하고 그들의 공포의식을 신화적 건강성으로 풀어가고자 한 것이라고 해석하고 있다.[9]

역사적 사실로 보자면 신라의 진평왕과 백제의 무왕이 지배하던 그 시대에 양국은 가장 긴장관계가 팽팽했고 충돌이 격심했다고 한다. 그런데 신화의 이야기에는 장인과 사위로 설정되고 또한 장인에게 인정받는 사위가 되기에 이른 것이다. 또한 선화공주의 소망대로 미륵사를 세우게 되었는데 신화의 협력관계와는 다르게 역사에서는 가장 치열한 전쟁이 있었던 시기에 창건되었다고 한다. 신화에서는 진평왕이 좋은 장인의 모습으로 많은 일꾼을 보냈다고 하지만 역사적으로는 불가능한 일이다. 이 역시 현실에서 이루어질 수 없는 이상적인 이야기를 신화에서 불러들인 것이다. 미륵사는 무너지는 왕권을 부흥하고자 만든 3층 3탑으로 이루어진 동양 최대의 탑인데, 미륵사 앞까지 물을 끌어왔던 흔적을 두고 볼 때 불교의 이상세계를 구현하고자 했다는 사실을 유추하게 한다고 전한다.[10] 따라서 서동신화 이야기, 백제금동대향로, 미륵사의 이야기들을 당시의 집단적인 무의식인 신화 상상력으로 읽어야 한다는 나경수의 논의에 역시 공감하게 된다.

춘향, 평강공주, 선화공주의 사랑 이야기는 축제의 중요한 모티브가 되고 있다. 그런데 이들에게서 보이는 사랑이야기가 민간신화에 등장하는 〈세경본풀이〉 속 자청비의 사랑과 닮아 있다는 것이다. 이들은 신화와 이야기 속 알파걸들이다. 자신의 운명을 극복하고 사랑을 이룬 주인공들이기 때문이다. 마치 〈세경 본풀이〉의 자청비가 자신의 사랑을 위해 적극적으로 자신의 운명을 개척했던 것과 흡사하다. 춘향의 경우, 자신의 사랑을 위해 모진 시련을 감내했으며, 평강 공주의 경우 자신의 신랑을 스스로 선택한다. 선화공주는 비록 아버지에게 쫓겨났지만 아버지를 설득시킬 수 있는 방법을 찾아내는 것이다. 자신이 쫓겨난 유언비어를 합법화시키는 현명함을 가지고 있다. 이들 여성의 사랑이야기는 현대 시대 여성의 양성성과 비추어볼 때 그다지 생경하지 않아 보인다. 현대의 문화와 축제는 이 점에 주목하고 있다. 이는 양성성으로 무장한 여성의 모습을 형상화하는 문화담론일 것이다.

3. 희생과 해원의 능동성과 양성성

신화 속 여성은 한의 주체이자 대상이 되는 경향이 많았다. 특히, 제주도의 여성 신화에서 보이는 독특한 구조를 벗어나면 우리 문화 전반에 깔린 여성 희생과 해원의 흔적은 매우 보편적인 현상으로 보인다. 가장 대표적인 것은 전북 정읍시에 세워져 있는 정읍사 망부상을 들 수 있다. 두 손을 모두우고 누군가를 기다리는 자태를 보이는 돌이 된 여인은 누가 봐도 소망과 기원을 나타내는 모습을 하고 있다. 이는 〈삼국유사〉에서 김제상이라고 하는 인물과 〈삼국사기〉의 박제상이라고 하는 이의 부인이라고 전한다.[11] 고려가요 〈정읍사〉는 본래 백제 때부터 불러졌던 노래라고 한다. 〈고려사〉에는 "정읍 사람이 행상을 나가서 오래 돌아오지 않자 그 처가 산 위의 돌에 올라가 바라보면서, 남편이 밤길을 가다 해를 입을까 두려워함을 진흙탕과 더러움에 부쳐서 이 노래를 불렀다. 세상에 전하기는, 고개에 올라가 남편을 바라본 바위가 있다고 한다."라고 전한다. 한국의 여인들은 이 덕행에서 자유로운 적이 별로 없었다. 민간신화의 상당부분이 이러한 망부석 신화의 상상력과 맞닿아 있음을 확인할 수 있는데, 신화가 민중의 의식을 지배하던 이데올로기로 작용한 것이라 볼 수 있다. 그러나 우리는 여기에서 지나치게 망부석이라는 것에 집착할 필요가 없다. 기다림과 망부석이라는 여성 윤리를 강조하다 보면 현재 벌어지고 있는 축제의 현대성을 읽는데 상당한 제약이 따르기 때문이다. 여기에서 우리는 이루지 못한 사랑이라는 좀 더 큰 의미의 사랑담론으로 신화를 바라보고 축제를 해석해보아야 할 것이다.

오르페우스 신화

망부석은 이루지 못한 사랑이라는 좀 더 큰 범주에서 이야기되어야만 다양한 사고의 확장이 가능해질 것이다. 그렇게 본다면 우리는 이루지 못한 사랑을 이야기하는 신화를 떠올려 볼 수 있는 단초를 잡게 된다. 서양의 오르페우스는 사랑하는 부인을 찾기 위해 저승길을 마다하지 않는다. 그러나 그는 뒤돌아보지 말라는 금기를 어겨 부인을 이승으로 데려오는데 실패하고 만다. 이것이 신화의 원리이다. 죽은 사람이 다시 살아날 수 없다는 것은 신화 속 현실원리이다. 우리의 무속신화의 논리대로라면 망자의 한을 달래는 절차일 것이다. 영화 속 주인공은 죽은 여인을 다시 데려오기 위해서 자신의 운명을 포기한다. 데려오는 것에는 성공했지만 자신이 대신 가야하기 때문에 결국 오르페우스처럼 사랑을 이룰 수 없었던 것이다. 중국신화 〈산해경〉의 요초로 태어난 요희는 이루지 못한 사랑의 주인공이며 우리 설화의 〈백일홍〉이야기 역시 사랑하는 사람을 만나지 못하고 생을 마감하는 이루지 못한 애절한 사랑이다. 이 여인들의 기다림의 미덕은 마치 진정한 사랑의 미덕처럼 여겨져 왔었다. 남성 위주의 지배질서나 사회적 규범의 질서라고 논의하는 고루한 방법은 피해보자. 우리의 축제에서는 이렇게 이루지 못한 사랑의 주인공들을 위해 어떤 축제를 준비하고 있는가에 집중해보기로 한다.

사랑의 유형 중에서 희생을 함의하고 있는 이야기는 가장 넓고 포괄적인 의미의 사랑일 것이다. 부모에 대한 사랑으로 희생을 보여주는 사랑이 있는가 하면 자식에 대한 희생적 사랑이 있다. 서양의 신화에서는 자주 등장하지 않는 희생적인 사랑모티프는 동양의 사유 안에서는 주로 향유되고 있는 상상력인 듯하다. 물론 서양의 신화에 이러한 희생적인 사랑이 없다는 것은 아니다. 데메테르가 보여준 딸 페르세포네의 사랑이 있다. 하지만 우리 신화에 나타난 희생담을 담고 있는 사랑은 그 의미가 매우 독특하다. 현대는 그러한 신화적 사유를 축제로 기억하고 있는 듯하다. 〈곡성 심청축제〉〈김제 벽골제 쌍룡놀이〉는 부모에 대한 효를 표층화 시키고 있고 〈진도 영등 축제〉는 자식에 대한 사랑을 축제화 시킨 콘텐츠라고 할 수 있다. 그리스 신화에 공동체를 위한 영웅의 희생은 지극히 비극적이라고 할 수 있지만, 중국신화에서는 비극적이지 않으며 낙천적이고 적극적이라고 할 수 있다. 동양에서의 희생은 개인의 아름다운 선택이기 때문에 서양의 시선으로 보아서는 안 된다고 이야기 한다.[12]

〈곡성 심청 축제〉의 심청은 연세대학교 사회발전 연구소가 조사한 바에 따르면 1700년 전 실존 인물이라는 것이다. 또한 KBS 역사스페설 〈역사추적, 심청의 바닷길〉을 통해 심청의 이야기가 곡성에서 내려오는 것이라는 설득력을 얻고 있다. 마을 곳곳이 심청과 관련된 지명이 있는 것도 한 이유이겠지만 한 사찰에서 발견된 〈관음사 유적지〉의 내용을 소개했기 때문이기도 하다. 관음사의 창건설화에 등장하는 '원홍장'이라는 여인이 심청과 같은 인물이라는 것인데, 이 여인은 중국 상인을 따라가 절강성에 살면서 고향을 그리워하면서 아버지에게 불상을 보낸다. 그 불상을 보기 위해 봉사인 아버지가 눈을 뜬다는 이야기이다. 인신공희 흔적은 지금까지 발굴된 유적들을 통해서 여러 차례 입증되고 있기 때문에 심청의 이야기의 원형인 원홍장 이야기는 설득력을 얻고 있다. 또한 심청이야기는 제주도의 민간 신화인 〈삼공본풀이〉의 '감은장아기'와 비슷한 상상력을 가진다. "내 복에 사는 막내딸 이야기"와 같은 맥락으로 선화공주의 이야기를 감은장아기의 상상력과 연결시키는 논의들이 있기는 하지만 심청의 눈 먼 아버지가 거지잔치를 찾을 때 감은장의 집을 찾았다가 눈을 뜨게 된다고 전하는 것을 상기해볼 수 있다. 설화는 한 이야기만 내려오는 것이 아니라 회자되는 도중 첨가되고 변형되는 과정을 보이기 때문에 이러한 현상이 일어나는 것이다. 즉 심청이야기는 유교적 질서에 불교의 사상과 도교의 세계관과 민간 신화의 상상력이 융합한 신화 상상력이라고 하겠다.

곡성은 섬진강이 흐르고 산으로 뒤덮인 내륙지역이었기 때문에 예로부터 도깨비 이야기가 많은 곳이기도 하다. 특히 이곳은 섬진강 따라 기차마을이 유명한 곳이기도 하고 외가집 체험과 도깨비 마을 등 아기자기한 공간들이 산속에서 펼쳐지는 지역이다. 가을에 이곳에서 펼쳐지는 〈심청축제〉는 문화와 역사와 신화가 만나는 장이기도 하다. 지역 축제는 그 지방의 사람들의 단합을 주목적으로 펼쳐진다.

따라서 심청과 연관된 효 테마를 문화 공연화 시키고 있는 것을 주목해 볼 수 있다. 어린 시절 심청, 처녀 시절 심청, 용궁에 간 심청, 왕후가 된 심청, 심봉사와의 삼봉 등 설화구조를 보여주는 축제 이벤트가 펼쳐지고 심청놀이 마당굿, 인당수 뱃고사, 심봉사 마당놀이 등 문화행사가 축제의 주를 이룬다. 〈곡성 심청 기원제〉의 제의적 행사와 심청 판화 찍기와 마당놀이 등 놀이적 요소가 난장의 축제정신을 살려내고 있다. 영웅과 전쟁을 주제로 한 축제들이 하나같이 깃발을 축제의 중요한 상징으로 삼고 있듯이 여기에서는 효사랑 깃발이 선보이고 있다. 고루한 효 테마가 아니라 현대화된 효를 풍자적으로 보여주는 마당극이 축제의 흥을 더한다. 심청을 보다 적극적인 여성으로 보고자 하는 문화적 해석이 있다. 심청은 자신의 희생을 통해서 더 큰 자아로 나아가는 인물로 이해될 수 있다.[13] 또한 심청은 오이디푸스 콤플렉스를 가진 인물로 읽힐 수 있다. 심청이 아버지에 대해 가지는 효심은 오이디푸스 콤플렉스의 확장이라고 볼 수 있다는 것이다.[14] 심청은 적극적인 사랑의 주체라는 점에서 문화적 양성성을 획득한다.

곡성 심청 축제

〈곡성 심청 축제〉가 자신의 부모를 위한 적극적인 효행이었다면 〈김제 벽골제 쌍룡놀이[15]〉는 보다 더 큰 사랑을 보여주고 있다. 단야라는 여자가 마을을 위해 희생한 것을 기리고자 펼쳐진 축제라고 하는데, 여기에는 두 가지 설화가 중첩되어 나타나고 있다. 김제 벽골제는 백제 비류왕 AD27년에 만들어진 저수지라고 한다. '벼의 고을'이라는 의미인 벽골은 벼농사가 처음으로 시작되었다는 의미인데, 벼농사에 반드시 필요한 시설이 바로 저수지이다. 이 벽골군의 저수지에는 백룡과 청룡이 살았는데 이들은 항상 싸움을 일삼았다. 백룡은 성질이 온화하고 착한 반면 청룡은 성질이 급하고 악한 편이었다. 백룡이 싸움에서 이기면 마을은 농사를 잘 짓고 청룡이 이기면 여러 가지 물 문제가 생겨 사람들이 살기에 불편함이 있었다. 즉 이 설화는 논농사와 치수와 관련된 설화인데, 통일신라시대 원성왕 때 또 다른 이야기가 덧붙여진다. 박순호의 지적처럼 벽골제를 둘러싸고 있었던 고사인 제방공사와 용이야기가 후대에 와서 인간들의 애정갈등과 함께 얽혀지면서 놀이화되고 있는 것을 확인할 수 있다. 고대로부터 치수의 과정에서 인간은 곰이나 용 혹은 황소와 같은 강력한 힘을 가진 동물로 변화했다고 한다. 중국에는 홍수를 다스리기 위해 곰으로 변한 우(禹)와 홍수를 일으킨 신과 대적해 소로 변신해 싸웠던 이빙(李氷) 이야기가 전해져온다.[16] 김제의 치수과정에서도 용이 등장하는 설화는 이러한 상상력에서 살펴볼 수 있다. 거기에 인신공희라는 설화적 모티프가 첨가되고 희생적인 사랑이 첨가된다.

치수의 과정에 중점을 두기 보다는 자신의 사랑을 희생해서 더 큰 사랑을 이루려고 했던 단야를 양성적인 관점에서 보다 집중적으로 살펴볼 수 있다. 벽골제를 보수하기 위해 원덕랑이라는 청년이 선택되었는데, 당시 김제 태수 외동딸 단야는 이 청년을 사모하게 되었다. 그런데 이미 이 청년에게는 월내라는 약혼자가 있었다. 마을에서는 이렇게 큰 공사에 처녀를 용에게 바쳐 용의 노여움을 달래야 한다고 원망소리가 높아지자 태수는 사랑하는 애인을 찾아온 월내를 제물로 바치고자 계략을 꾸민다. 하지만 이 사실을 안 단야는 월내와 자기를 바꾸기로 결심하고 마을과 사랑하는 사람과 부모를 위해 자신을 희생하고자 한다. 보수공사는 성공적으로 이루어졌고 원덕랑과 월내는 행복하게 살았다. 단야의 아름다운 희생을 기리기 위해 이 축제에서는 단야 뽑기, 단야 소원무, 쌍룡놀이가 펼쳐진다. 축제에서는 백룡과 청룡의 싸움이 농악대의 가락에 맞춰 흥겹게 재현되고 있는데 지역 사람들의 단합을 이끄는 놀이로 발전하고 있다. 청룡의 난폭함이 백룡을 무찌르고 본부석으로 나오면 단야창이 슬프게 흘러나온다. 단야는 당당히 청룡에게 맞서고 청룡은 단야의 효와 의에 감화되어 머리를 끄덕이며 제방 쪽으로 사라지는 축제장면을 연출한다. 축제에서 재현하는 단야의 소원 무에서는 단야는 살아나게 되고 모든 지역민들의 단합을 이끌어내기에 충분한 의미를 구현한다. 요즘 세상에는 납득하기 어려운 단야의 이타적이고 희생적인 사랑이야기는 축제를 더욱 신화적으로 만들고 있다.

진도 영등 축제

〈곡성 심청 축제〉와 〈김제 벽골제 쌍룡놀이〉가 자식이 부모를 위해서 혹은 사랑하는 사람을 위해서 적극적으로 희생한 것이라고 한다면, 〈진도 영등 축제17)〉는 자식을 위해 희생한 아가페적 사랑을 보여주는 축제이다. 진도에서는 매년 음력 3월 초나 보름쯤에 물길이 열리는 '치등'이 벌어지고 그 치등의 자리에서 난장이 벌어지는

데 바로 축제는 여기에서 시작한다. 용이 승천한 곳은 영등살이라고 하는데 영등살이 일곱물 때 해저 사구인 치등이 드러나 육계도가 된다고 한다. 이를 두고 현대판 모세의 기적이라고 매년 매스컴에서는 호들갑을 떤다. 진도는 이러한 자연현상과 여기에 얽힌 설화 이야기를 통해서 축제의 콘텐츠를 양산해내고 있는 것이다. 영등축제는 뽕 할머니라는 주인공이 여기에 제사를 지내고 난 후 젊은이들이 뿔치바위 위에서 굿판을 펼치는 행사이다. 진도에 가면 뽕할머니와 호랑이가 동상으로 만들어져 있는 것을 보게 된다.

〈진도 영등 축제〉는 뽕 할머니 사당과 뽕 할머니 가족상이 실제로 존재하기 때문에 단순히 설화차원의 콘텐츠라기보다는 뽕할머니 축원제를 통해서 자식에 대한 기원과 사랑을 비는 소망의 공간으로 거듭나고 있다. 뽕할머니 설화는 회동 설화와 모도설화가 이어지는 이야기로서 모도와 회동은 치등으로 이어지는 관계라 한다. 모도 도제의 주신과 회동 영등축제의 주신이 동일한 이유라고 한다. 주민들에게 영등제는 영등할머니에게 제사를 지내고 용왕제를 지내는 신선함을 가진다. 치등에서는 난장이 펼쳐지는데 주로 주변 사람들이나 외부인들이 공유하는 공간이라고 한다. 먼저 〈회동설화〉의 내용과 〈모도설화〉의 내용을 간략히 살펴보기로 한다. 회동설화에서는 호랑이가 등장한다. 마을에 호랑이가 심해서 살 수가 없자 뽕할머니만 남겨두고 모도로 피난을 갔다. 혼자 남겨진 뽕할머니가 가족들을 만나게 해달라고 용왕님께 간절히 빌었는데 무지개 모양으로 바다가 갈라졌고 모도로 간 사람들이 이곳으로 돌아왔는데 바로 뽕할머니의 정성 때문이었다. 할머니는 기진맥진해서 죽게 되고 신령이 되어 하늘로 올라가 마을을 지켜주었다고 한다. 마을 사람들이 다시 돌아왔다고 해서 회동이라고 한다는 것이다. 〈모도설화〉 역시 비슷한데,

호랑이 대신 보릿고개가 등장하고 뽕할머니는 가족을 위해 열심히 동냥을 했다. 풍랑 때문에 집에 갈 수 없자 열심히 기도했더니 바다 길이 갈라져 자손들을 먹여 살렸다고 한다. 신화성이 돋보이는 것은 회동 설화인데, 사실 축제의 내용도 이 설화의 이야기가 근간을 이루고 있다.

〈진도 영등 축제〉는 자연이 일으키는 자연의 신비로움을 뽕 할머니라는 인간이 소망을 기원해서 이루어낸 것처럼 인식되는 것이다. 자연과 신화가 만나는 지점이 바로 영등축제에서 보이는 상상력이라고 하겠다. 고대의 왕들과 신관들은 자연의 질서에 대해서 일반 사람들보다 더 많은 지식을 가지고 있었고 그것을 자신의 신성성을 입증하는 신통력으로 자주 활용했던 것 같다. 일식이나 월식이 가장 대표적인 예가 될 수 있겠고 자연의 특이한 현상은 그 자체가 인간의 능력을 넘어서기 때문에 자연스럽게 신성한 힘과 등치되는 개념으로 활용했었을 것이다. 이때 이야기가 만들어지고 그 이야기들은 신기한 내용을 담고 있어서 자연 현상에 신성성을 높여주는 역할을 담당했다. 한국 축제와 놀이는 모두 달의 절기를 다루고 있는데 이는 달이 만물을 낳은 어머니 대지모신과 동일화되고 풍요의 상징이 되기 때문이다. 달은 물의 이미지와 밀접한 관련을 가진다.[18] 〈진도 영등 축제〉 역시 음력 2월이라는 달의 절기와 대지모 사상을 계승하는 사랑과 치등이라는 물의 상상력이 결합되고 있다. 특히 치등이 벌어지면서 축제에 참가한 사람들은 조개, 소라, 낙지, 미역, 톳, 청각을 채취하면서 흥을 북돋우고 있으며 현대판 자연의 난장이 재현된다. 뽕할머니의 위대한 신통력인지 자연의 순리적인 질서인지 진위를 따지는 것은 축제의 본질이 아니다. 뽕할머니의 소망이 자연의 기적과 같은 일과 일치한 한다는 것은 뽕할머니의 희생적인 정성에서 기인하고 있다는 것이 중요하다. 민심이 천심이라든가, 지성이면 감천이라는 말은 자연의 신성성을 강조하는 것이 아니라 인간이 자연의 신성성에 얼마나 가깝게 정성을 기울였는지에 중요한 시사점이 있다. 영등축제는 자연에 신성함에 뽕할머니의 희생적인 사랑이 합쳐지면서 인간과 하늘이 하나 되는 천인합일사상을 보여주는 축제라고 할 수 있다.

희생과 해원을 그리는 축제의 한 가운데는 여성의 신화성과 양성성이 등장한다. 그런데 우리 축제에서 해원과 희생을 담당했던 정읍사의 부인, 심청, 월내, 뽕할머니 등은 능동적 희생을 하고 있다는 점이다. 희생이라는 담론이 수동적인 의미를 주는 것과는 반대로 축제에서 향유되는 의미는 매우 능동적인 의미로 활용되고 있다. 자신들의 사랑을 적극적으로 나타내는 능동성을 보인다. 이 지점에서 현대 문화가 즐겨 활용하는 여성의 양성성과 교호한다. 문화는 바야흐로 양성성의 흐름을 보여주고 있다. 남성성과 여성성은 더 이상 사적인 영역과 공적인 영역으로 이분화되지 않고 서로 교호하면서 상호 소통하는 문화가 되었다. 축제에서 여성문화 담론은 이를 그대로 반영하고 있으며 여성이 주인공인 축제의 상징적 의미가 더 이상 여성에게만 국한되는 의미를 가지지 않고 인간 전체에게 확장되고 있는 것이다. 이른바 문화적 양성성의 시대인 것이다.

4. 여성의 영웅성과 양성성

우리 문화에서 문화영웅으로 축제의 성배를 찾은 여성 영웅이 있다면 바로 안성 바우덕이라고 말할 수 있을 것이다. 이는 진정한 양성성의 실현이라고 할 수 있다. 남사당의 지도자로 이름을 떨친 바우덕이는 최초의 여성 꼭두쇠가 된다. 9월 말에서 10월초에 벌어지는 이 축제는 안성의 대표적인 축제라고 할 수 있다. 남사당은 어린아이부터 노인에 이르는 연령으로 구성되었고 우두머리는 꼭두쇠라고 불렸다. 그런데 19세기말에 15세 여자아이인 바우덕이라는 인물이 꼭두쇠가 된 것부터 기존의 사고를 흔드는 것이다. 남사당들은 풍물과 노래와 춤으로 당시 사회를 비판하는 역할을 했으며 백성들의 불만을 폭로함으로써 사회의 배출구 역할을 담당한다. 또한 사회 부조리가 적나라하게 놀이를 통해 폭로됨으로써 백성들의 억눌린 한을 풀어내는 역할을 했다. 바우덕이를 주목하는 이유는 그녀의 남다른 영웅성 때문이다. 당시 남사당패는 천민의 집단으로 사회적 천시대상이었다. 그런데 바우덕이는 남사당패를 대중공연단체로 육성하기에 이른다. 즉 그녀는 남사당 문화의 가치를 최초로 일깨운 여성이다.

〈안성 바우덕이 축제〉가 대중에게 더 잘 알려진 것은 영화〈왕의 남자〉의 공길과 장생의 삶에 대한 조명 때문이다. 남사당놀이는 전날 전야제인 곰뱅이트기를 시작으로 펼쳐지는데, 풍물놀이, 버나놀이, 살판, 어름, 덧뵈기, 덜미 등으로 구성된다. 긴 담뱃대나 나무를 가지고 접시를 돌리는 것을 버나놀이라고 하며, 줄다리기 놀이의 남사당 용어인 얼음 위에서 조심스럽게 걷는 것을 말한다. 줄다리기를 하는 사람의 별칭이 어름신이라고 한다. 〈왕의 남자〉의 공길과 장생은 바로 어름신이라고 할 수 있는데, 안성 바우덕이 남사당패가 영화의 모델이었다고 해서 더욱 관심을 받은 바 있다. 남사당패의 자유로운 예술정신과 영혼을 그린 영화였고 현대인의 놀이정신을 보여주고 있는 영화이다. 공길과 바우덕이가 연관성을 가지는 것은 아니지만 영화 〈왕의 남자〉를 통해 바우덕이가 대중화된 것은 틀림이 없다.

〈왕의 남자[19]〉에서 남사당패들은 왕을 가지고 노는 위험한 일을 벌인다. 저자거리에서 왕의 이야기를 희화시키는 신명난 굿판을 펼치면서 장안의 화제를 모은다. 이때 장생은 신명의 놀이판에서 축제적 영혼을 가진 사람으로 읽을 수 있다. 연산 왕은 장생과 공길의 놀이에 의해서 희화되는 자기 자신을 바라보면서 치유의 과정을 밟는다. 연산은 공길이라는 남사당에게 어머니를 느끼고 자기의 어린 시절을 느낀다. 공길은 임금 연산의 상처를 이해하면서 그 상처를 치유하는 문지방적 존재로서 기능하고 있다. 영화는 축제와 제의를 외줄 타기라는 방식을 통해서 보여주고자 하였다. 민중의 외줄 타기는 그만큼 아슬아슬한 현실의 삶을 대변하는 것이기도 했다. 살판이라는 춤은 어린 재담꾼이 땅재주를 넘는 것으로 현대의 비보이를 연상시킨다. 미국의 뒷골목 문화에서 저항 정신의 표상으로 알려진 비보이는 우리의 문화에서는 이미 오래 전에 살판이라는 춤의 형태로 전승되고 있었던 것이다. 덧뵈기는 탈을 쓰고 춤을 추는 것으로 탈춤 놀이와 비슷하다. 덜미는 목덜미를 쥐고 노는 인형놀이로 〈춘천 인형극〉의 원형적 상상력과 일치한다. 영화 〈왕의 남자〉에서 연산과 공길은 이 덜미 놀이를 통해 연산의 어린 시절 트라우마인 어머니에 대한 상처와 직접적으로 대면하게 된다. 인형극을 통해 어린 시절의 트라우마를 치

안성 남사당 박우덕이

유해가는 연산군에게 인형은 영혼이 깃든 신화적 오브제인 것이다. 〈안성 바우덕이 축제〉는 춤, 노래, 인형극 등 종합예술의 형태를 띠고 있었던 것이라 할 수 있다.

영화 속 공길과 장생처럼 바우덕이는 남사당패의 일원이었다. 그것도 남사당이라는 집단의 여자 꼭두쇠였다고 전한다. 가난한 소작농의 딸로 태어난 바우덕이는 먹고살기 힘든 아이들이 남사당에 맡겨진 것처럼 5세 때에 남사당의 일원이 된다. 그러나 능력을 인정받아 십대 여성으로 남사당의 우두머리인 꼭두쇠가 되기에 이른다. 그리고 흥선대원군이 경복궁을 중건할 때 공사현장에서 흥을 돋구어주어 성공적인 공사가 되도록 기여한다. 이에 바우덕이 남사당패는 당상관 정 3품 지위를 받는다. 이것이 바우덕이를 선구자적인 연예인이라고 부르는 이유이다. 축제는 길놀이로 시작한다. 화려한 치장의 행렬들이 도심을 순회하면서 공연을 펼친다. 어린아이에서부터 노인에 이르는 다양한 행렬들이 춤을 추면서 혹은 노래를 부르면서 길거리를 시작한다.

이 〈안성 바우덕이 축제〉에 〈왕의 남자〉가 기폭제 역할을 한 것은 부인할 수 없는 사실이다. 특히 공길이라는 여장 남자의 등장은 양성성에 대한 문화적 담론을 촉발시켰다. 실질적으로 공길과 바우덕이의 관계가 상관없다고 하더라도 공길의 양성성과 바우덕이의 양성성은 일면 공유되는 상상력이다. 남성인 공길이 여장을 하고 줄을 타는 것은 여성 바우덕이가 남성 꼭두쇠처럼 행장하고 다니는 것과 비교될 수 있는 상상력이다. 미르치아 엘리아데는 일직이 양성성이라는 화두에 많은 관심을 보여주었는데, 양성적 인간이란 신체적인 것과 심리적인 것이 함께 읽혀지는 담론이다. 사실 이 두 가지는 교묘하게 섞이게 되기 마련인데, 바우덕이라는 인물은 남성성과 여성성을 조화롭게 보여줌으로써 양성성의 대표적인 인물이 된다. 즉 바우덕이는 남자와 여자의 역할을 동시에 담당했던 인물로 댄 킨들런의 말대로 표현하자면 현대의 알파걸이라 하겠다.

20세기 버지니아가 여성의 자기만의 방을 주창한 이래로 여성들의 방은 참으로 많은 변화를 보여 왔다. 거시적인 담론에서부터 케이트 밀레트가 제시한 성별차별과 내부 식민지화에 대한 인식은 은밀한 사랑의 영역에서조차 성의 정치가 드러난다고 주장하였다.[20] 이러한 담론들을 거쳐서 현대는 댄 킨들런을 위시한 많은 학자들은 알파걸 시대를 내다보고 있다. 알파걸의 상대개념으로 베타보이란 신조어들을 만들어 내는 데 열을 올린다. 그러나 현대 여성의 양성성은 버지니아 울프가 제시한 인간의 완전한 이상형이자 미르치아 엘리아데의 양성성의 개념이다. 이는 결국 양성성이란 남자와 여자의 구별을 심화시키는 담론이 우리의 삶에서 더 이상 의미를 가지지 못한다는 함축된 의미이다. 곧 양성성이란 여성을 위한 담론만이 아니라 남성을 위한 담론이기도 하다. 남성 역시 양성성의 존재일 수밖에 없다. 남성들 안에 있는 여성성을 긍정적으로 발현시킬 수 있는 시대가 바로 양성성의 시대인 것이다. 최근 헐리우드의 영화와 애니메이션들은 사랑의 낭만적 환상을 깨는데 주력하고 있다. 기존의 동화의 시각을 전복시키는 〈슈렉Shrek 시리즈〉의 완결판인 〈슈렉Shrek 포에버〉와 공주와 왕자의 이야기를 다시 그린 〈공주와 개구리〉 그리고 성인이 된 앨리스를 그린 〈이상한 나라 앨리스〉에서는 모두 약속이라도 한 듯이 사랑과 키스의 환상을 깨우고자 했다. 왕자와 공주의 운명적인 키스는 더 이상 그들을 행복하게 만들지 않는다. 그 중요한 이유는 공주들의 양성성이 새로운 인간관계 정립을 원하기 때문이다. 이제 우리 시대의 담론에서 양성성이란 심리적이든 육체적이든 중요한 화두임에 분명하다. 이는 문화가 보다 섬세해지고 있다는 표현일 수도 있다. 문화는 거친 것에서 섬세한 것으로 변하고 단선적인 것에서 양방향으로 변한다. 텔레비전이나 컴퓨터의 기능이 쌍방향으로 바뀌어가는 것 역시 이러한 문화적 양성성의 맥락이라고 볼 수 있다.

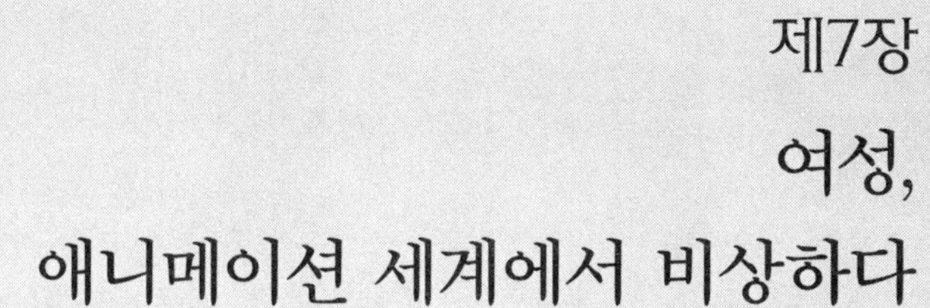

제7장
여성,
애니메이션 세계에서 비상하다

제7장

여성, 애니메이션 세계에서 비상하다

아르테미스
처녀의 상징으로
남성성을 가진 양성적 신이다.

현대의 눈부신 영상기술은 인간이 마음속에서만 상상할 수 있었던 신화적인 이미지들을 현실의 구체적인 이미지로 육화시켜 현현하는데 성공하고 있다. 그러한 영상의 힘에 의해 우리는 더 이상 신화가 먼 과거의 화석에 묻혀있는 이야기가 아니라 우리의 삶 하나하나에 뿌리를 내리고 있으며 새로운 이미지 생성 작용에 의해 형상을 얻어가며 여전히 진행되는 현재 이야기임을 알게 된다. 신화를 다룬 이야기가 혹은 전설을 다룬 이야기가 유치하다거나 허무맹랑하다는 일차적인 의미를 넘어서 동시대인들의 공감을 얻어내게 된 것은 영상의 발전에 힘입은 바가 크다.

　최근 〈헤리포터〉와 〈반지의 제왕〉의 폭넓은 관객층은 우리 시대의 담론을 신화적으로 읽게 해주는 초석이 되고 있다. 〈캐리비언의 해적〉이 시리즈로 제작된 것 역시 그러한 신화적 흐름을 읽을 수 있도록 해준다. 어느덧 어른의 문화는 어린이의 문화와 공유점을 찾아가면서 문화 중심부의 담론을 확장하고 있다. 〈나니아 연대기〉〈찰리와 초콜릿 공장〉〈비밀의 숲〉〈그림형제〉〈에반올마이티〉등 최근 제작되는 이 시대 영화의 흐름은 어른과 어린이가 동시에 향유하도록 제작되고 있다는 것이 흥미롭다. 신화를 만드는 사람은 어떤 특정한 동기 때문에 신화를 만들어내지만 신화를 이용하는 사람은 신화가 이성화되어 작용함으로써 신화를 매우 자연스런 이야기로 받아들인다. 이러한 작용이 신화의 숨은 힘1)이라고 불린다.

　〈슈렉Shrek〉 시리즈는 신화의 다양한 변주를 일으키면서 탈신화적 구조를 보여주는 좋은 예이다. 이 탈신화적 구조 역시 일정한 신화작용을 통해 의미해석으로 이어진다. 고정적인 영웅의 모습에서 다양한 변주를 보이고, 신화의 전형적인 공주의 모습도 더 이상 고정되어 있지 않으며, 악당조차도 긍정적으로 해석될 수 있는 것이 바로 〈슈렉Shrek〉의 새로운 신화작용이다. 현대의 문화는 매우 복합적이며 다층적인 특징을 가진다. 앞에서 언급한 문화의 전 연령화는 그러한 현상 중에 하나라고 볼 수 있다. 영화가 성인의 영역에서 어린이의 영역으로 확대를 꾀할 수 있는 주된 이유는 신화적 사유의 영상화 때문이라고 볼 수 있다. 비단 이러한 신화의 영상화 작업은 영화에서만 일어나고 있는 것은 아닌 듯하다. 애니메이션의 세계가 신화적 상상력에 의해서 어린이의 세계를 어른의 세계로 그 영향력을 강하게 내뿜고 있음을 목도할 수도 있을 것이다.

미야자키 하야오의 작품들이 점점 근대와 전쟁이라는 영역에서 벗어나 우주적인 신화 상상력을 기반 스토리로 하여 전 연령층에 호소력을 가지게 된 것은 어린이의 문화가 더 이상 어린이의 영역에 한정되지 않는다는 실증적인 예가 된다. 영상에 의한 신화적 사유의 확장이 애니메이션이나 영화에서만 일어나는 현상이 아니라 TV드라마에서도 적극적으로 활용되는 상상력이라 할 수 있다. 드라마 〈주몽〉에 의해서 고구려 건국신화와 백제의 건국신화가 대중에게 너무도 친숙하게 보급되었으며, 아이들의 애니메이션 매체에서 〈올림푸스 가디언〉이나 〈아이 삼국유사〉는 자라나는 영상세대의 어린이들에게 문자세대가 경험하지 못한 신화이미지를 영상을 통해 형성하는데 일조하고 있다. 영상은 이미지를 중요하게 생각하는 매체이며 그 이미지에 의해 그것을 향유하는 문화 소비자들은 또 다른 새로운 이미지를 형성하게 되는 것이다.

우리는 신화학의 대가들이 왜 그들의 후기 연구에서 꼭 이미지에 대한 사유를 빠뜨리지 않고 중요하게 다루고 있는지 곰곰이 생각해 볼 수 있다. 조지프 캠벨은 『신화 이미지』〈The Mythic Image, 1974〉를 통해 우리에게 우주적 꿈의 세계를 보여주고자 한다. 책의 첫 장에 펼쳐지는 비슈누의 꿈에서 시작하는 이미지의 판타지는 꿈에서 죽음으로, 죽음에서 부활로, 탄생으로, 여신으로 보이기 시작해 우주공간의 시공간의 화음을 보여주며, 연꽃을 통한 천상세계와 지상세계의 이미지를 보여주며, 요가를 통한 내면의 빛, 희생의 이미지, 마지막으로 꿈과 삶의 신화 세계의 여정을 통한 깨어남의 이미지를 보여준다.[2] 질베르 뒤랑은 이러한 이미지의 기능을 중재자라고 보고 있다. 즉 이미지는 그것이 표현되는 그 자리에서 고백하기 어려운 무의식과 고백된 의식화 사이의 중재자라고 말한다. 따라서 이미지는 표현 가능한 기표가 흐릿한 기의를 지시하는 간접적 사고의 유형이라는 의미에서 하나의 상징으로서의 지위를 가지게 된다는 것이다.[3] 뒤이어 뒤랑은 집단 무의식 즉 특유의 무의식이 문화적 환경에 의해 석고가 거푸집 속에서 굳어지듯이 상징적 이미지 속에서 굳어진다는 논리를 전개시키고 있으며 더 나아가 전 우주의 이미지를 '낮의 체제'와 '밤의 체제'로 나누어 우주 생성의 원리를 보여주고 있다.[4] 낮의 체제는 '왕홀'과 '검'이라는 원형의 이미지로 보여주고 있으며 밤의 체제는 '잔'의 하강과 내면 구도와 지팡이 즉 나무의 세계를 보여준다. 이러한 이항 대립에 의한 이미지를 보여줌으로써 세계의 형성원리에 대한 신화적 사고를 심도 있게 보여주고 있다. 이미지에 대해 논의할 때 미르치아 엘리아데 역시 반드시 검토해야할 대상이 된다. 그는 중심, 시간과 영원, 결박과 매듭, 조개의 상징, 물의 상징 등 이미지와 상징에 대한 논의를 통해 세상을 읽어가는 신화적 사유를 보여주고 있다.

현대 문화가 이미지라는 장치를 통해 신화를 어떻게 소비하고 있는가에 대한 궁금증은 문화의 담론을 활성화시킨다. 현대는 눈부신 영상의 발전으로 신화를 문화의 표층으로 이끌어오고 있다. 뒤랑의 말에 따르면 신화라는 의미의 물줄기에서 스며 나오는 이미지를 현대문화는 적극적으로 받아들이고 있는 셈이다. 애니메이션의 세계에 나타난 의미의 물줄기를 통해 현대 신화의 이미지를 찾아보는 작업은 문화텍스트의 확장을 꾀하는 의미가 있을 것이다. 뒤랑의 이미지의 담론을 적극적으로 받아들이는 유평근과 진형준은 『이미지』라는 책을 통해 이미지란 인류학적 윤리정립에 적극적으로 관여하기도 하고 창의적이고 균형 잡힌 인간을 교육하는 데 필수적이라고 말한다.

이미지를 이 시대의 담론으로 가져오자면 피겨스케이트 선수 김연아의 몸짓을 광고에서 적극적으로 활용하는 것을 통해 이해해 볼 수 있을 것이다. 경제적으로 불황의 골이 깊어지고 매출이 떨어지는 상황에서 스케이트 선수 김연아의 시원한 몸짓의 이미지는 그러한 우울한 현실을 희석시켜주는 이미지를 창출한다. 대중은 제품의 개선점을 전달 받지 못하고 오로지 제품의 이미지를 소개받을 뿐이다. 그리고 광고된 제품은 이전보다 훨씬 더 많은 판매기록을 보인다.

『이미지』라는 책에서 이미 언급하고 있듯이 하나의 이미지는 그것을 해석해 내는 주체의 능력과 경험과 인식의 폭에 따라 얇은 기호적 의미이지만 우리의 희망을 자극하는 이미지가 되기도 한다. 그래서 한 사람의 존재 의미를 인식시켜주기도 하고 삶을 전체적으로 바꾸어주기도 하며 삶의 원동력이 될 수 있는 이미지가 된다.[5] 그런데 나카자와 신이치는 최근에 불어 닥친 일본 애니메이션의 신화적 이미지 차용을 '양식만' 사용한다고 비판하고 있다. 즉 인류 최고의 철학으로 생겨나 성장해온 신화의 '내용'은 제거되어버렸다고 지적하면서 문화는 쾌락원칙의 괴물이 되어버렸다고 비꼬고 있다.[6] 이러한 비판은 게임과 애니메이션의 상업적 시도를 살펴볼 때 일견 타당한 지적임에 틀림없다. 그러나 우리는 미야자키 하야오와 우리나라의 이성강의 애니메이션에서는 신화의 이미지의 양식만이 아니라 신화의 진정한 내용을 잘 보여주고 있다. 그들의 신화 이미지의 생산 동력의 중심에는 소녀이미지와 양성성이 한 가운데 놓여 있다.

한, 일 애니메이션 중 양성성을 중요한 아이콘으로 활용하고 있는 작품들을 비교하여 바라보고자 하는 이유를 세 가지로 생각해 볼 수 있다. 첫 번째는 이 두 작가의 작품들이 차용하는 원천 스토리텔링이 신화의 의미작용에 의한다는 사실에 기인한다. 이 두 작가의 세계에 펼쳐지는 이야기는 신화, 전설, 민담, 설화가 직접적으로 차용되기도 하고 간접적으로 이야기의 화소만을 제공하는 경우도 있다. 다양한 신화소들이 원천 스토리텔링으로서 어떤 의미작용을 거치는지 살펴보는 것이 첫 번째 비교의 부가설명이다.

두 번째는 이 두 작가의 주인공들이 비슷한 나이의 소녀들이라는 점에 주목하기로 한다. 근대화를 거치는 과정에서 이 두 나라는 독특한 민족체험을 겪는다. '소녀'는 매우 중요한 모티프가 된다. 여기에서 소녀는 엘리아데가 말하는 '양성인'의 속성을 가진다. 이 소녀는 아버지이기도 하고 어머니이기도 하고 남자이기도 하고 여자이기도 하다. 왜 10대 초반의 여자아이가 이러한 문화생성코드로 작용하는지 그 기호적 측면을 찾아 볼 수 있다. 세 번째는 이 두 작가가 그리는 이분법적 세계원리를 통해 의미생산이 이루어지는 과정을 살펴보기로 하자. 이때 우리는 영상이 어떻게 의미생산에 기여하는지 아울러 살펴보아야 할 것이다.

궁극적으로 한, 일 애니메이션을 비교함으로써 우리는 바르트가 정의한 신화라는 개념, 즉 역사에서 선택한 파롤이라7)는 연역적 개념을 살펴볼 수 있을 것이다. 신화는 그 자체로 원형적인 것이 아니라 역사 속에서 수용되고 해석되는 언어의 사용 방식에 의해 항상 새로운 의미체계를 생산한다. 바르트에 의하면 신화의 의미작용은 끊임없이 도는 일종의 회전문과 같다. 회전문은 기표의 의미와 형식을 교대로 나타낸다. 그 기표 안에서 형식은 비어있지만 현존하고 의미는 부재하지만 가득 차 있게 된다. 더불어 현대 불어 닥치는 알파걸과 양성성의 문화 담론을 애니메이션을 통해 살펴봄으로써 우리는 문화의 새로운 변화인 양성성의 의미를 더 자세히 살펴볼 수 있을 것이다.

1. 신화 속 소녀의 양성성

신화에서 가장 많이 등장하는 화소는 무엇일까? 그것을 읽어낸다는 것은 인간이 현실에서 가장 관심을 가지는 것이 무엇인가를 밝혀내는 데 유용한 담론이 될 것이다. 무엇에 관심을 두고 인간은 수 천 년 동안 이야기를 생성시키고, 변형시키고, 전승해 왔을까. 신화의 이야기를 들여다보면 그 대답이 보일 수도 있을 것이다. 이러한 근원적 이야기를 원천 스토리텔링이라고 칭할 수 있을 것이다. 그렇다면 신화는 어떤 기능을 가지고 그 이야기를 역사가 바뀌는 수많은 장들을 채워왔는가. 조지프 켐벨과 대담을 나누던 빌 모이어스는 신화가 가시적인 세계의 배후를 설명하는 메타포라고 정의한다. 캠벨은 이 때 신화의 기능을 네 가지로 규정하고 있는데 우리에게 매우 직접적으로 다가온다.[8] 신화는 신비적인 기능을 하며, 우주론적 차원을 열어가고, 한 사회의 질서를 발생시키면서 유지해가고, 어떻게 살아야 할 것인지에 대한 답을 제시한다. 이러한 네 가지 기능을 염두 하면서 신화 재현의 양상을 살펴보면 가장 많이 등장하는 원천 스토리텔링으로 영웅의 이야기, 사랑의 이야기, 죽음의 이야기, 창조의 이야기가 있음을 살펴볼 수 있을 것이다. 예를 들면 신화 속 영웅의 삶은 현실을 살아가는 인간에게 이정표 같은 기능을 하기 때문이다. 왜 우리시대가 영웅을 원하고 그러한 영웅들이 우리의 삶을 어떻게 변화시키는지에 대해서 끊임없이 반문하게 된다. 영웅은 그의 신이한 능력 때문에 우리의 삶에 가깝게 다가오는 것이 아니라 그들의 단 하나의 약점과 그로 인한 시련을 통해서 우리 안에 육화되어 현현되어 간다고 할 수 있다. 길가메쉬, 시지프스, 다이달로스, 아킬레우스, 프로메테우스, 헤라클레스 등 수많은 영웅들의 영웅적인 면이 긍정적이고 영웅적인 삶에 현현되기 보다는 우리의 절망적이고 고통스런 모습 속에서 현현되는 속성을 보인다. 신화를 통해 인생을 어떻게 살아야 하는지에 대한 단초를 얻어갈 수 있을 것이다.

신화 속의 사랑이야기 역시 수없이 많이 등장하지만 문화 속에 면면히 이어지는 원천 스토리텔링의 뿌리는 사랑의 밝고 행복한 면보다는 그것을 얻기 위해 벌이는 신들의 고뇌에 맞추어져 있다. 사랑의 끝없는 장애들과 그것을 극복하는 이야기들이 신화의 원천스토리를 형성하고 있음을 살펴볼 수 있을 것이다. "그래서 행복하게만 잘 살았더래요"식의 결말을 보이는 신화의 생명력은 그렇게 강하지 못하다. "그럼에도 불구하고 사랑을 이루었더라"라든가 "그럼에도 불구하고 사랑은 이루어지지 않았더라"와 같은 상상력이 신화의 원천을 이루는 사고라고 볼 수 있다. 신화 속의 사랑은 프시케의 사랑처럼 시련을 통과해야만 하는 통과제의의 시련의 장이기 때문이다. 신화에 등장하는 자연사의 죽음은 역시 의미를 가지지 못한다. 죽음이 삶과 맞닿아 있어야 하는 삶과 죽음이 마치 뱀의 머리가 꼬리를 물고 있는 우루보로스적인 논리가 신화에는 등장한다. 죽음은 삶의 옆에 웅크린 채 아쉬움을 간직해야만 한다. 금방 삶으로 전환할 수 있을 것 같은 개연성을 던지지만 영원히 돌아올 수 없는 필연적인 죽음의 세계로 설정되는 것이다.

이집트의 오시리스신처럼 죽음에서 부활하지만 결국 죽음의 영역에서만 불완전하게 부활할 수밖에 없는 것이 신화가 보여주는 죽음의 세계일 것이다. 그의 아내 이시스는 조각난 오시리스를 다시 부활시키지만 오시리스는 지상의 왕으로 복귀하지 못하는 것이다. 또한 이러한 삶과 죽음의 원리는 오르페우스의 부인 에우뤼디케와 이자나

기의 부인 이자나미가 죽음
의 세계에 살고 있다는 것만
확인된 채 삶의 영역으로는
다시 돌아오지 못한 것과 같
은 이치이다. 신화는 죽음을
삶과 친밀한 이웃처럼 유연
하게 그리지만 그 유연함은
영역을 넘을 수 없다는 무의
식이면서 견고한 사유를 받

이집트 오시리스신

아들이게 된다. 세상이 창조되는 논리를 다소 황당하게 펼쳐 보이는
것 같은 이야기를 보여주는 것이 신화이다. 그러나 창조신화의 원천
스토리텔링은 세상의 질서를 가시적으로 보여주려는 시도라고 볼 수
있다. 반고신화가 인간과 자연의 형성원리를 자연스럽게 풀어간 것은
바로 우리 안에 존재하는 창조의 불가사의에 대한 성찰일 것이다.

우리는 이와 같은 원천 스토리텔링의 신화작용과 현대의 신개념인
양성성을 상기시키면서 미야자키와 이성강의 일련의 애니메이션을
바라볼 수 있을 것이다. 이들 애니메이션의 스토리텔링의 주된 모티
프는 무엇일까. 어떠한 요소가 이들 작품들을 현실의 신화원리를 구
성하고 있는가. 우리가 이들 작품에서 찾아야 하는 원천적 스토리텔
링의 의미작용은 영웅 신화와 사랑신화라고 칭할 수 있을 것이다. 시
미지 미사시[9]는 〈이웃집 토토로〉를 죽음과 재생의 판타지, 〈센과 치
히로의 행방불명〉은 허무와 욕망의 끝에서 피어난 사랑, 〈천공의 성
라퓨타〉는 불행한 현대인들을 위한 서사시, 〈바람계곡의 나우시카〉
는 위대한 현실 긍정으로 허무를 뒤집는 이야기라고 평가한다. 그런
데 그의 미야자키 애니메이션에는 공통된 한 명의 주인공이 등장한

다. 바로 10대 여성들인데, 미야자키의 여성 인물들을 양성성의 측면에서 자세히 들여다보기로 하자.

오디세우스와 나우시카
나우시카는 조난 당한 오디세우스에게
음식과 옷을 주고 그의 귀항을 돕는다.

〈바람계곡의 나우시카〉의 나우시카, 〈이웃집의 토토로〉의 사츠키, 〈천공의 성 라퓨타〉의 시타, 〈원령공주〉의 산, 〈센과 치히로의 행방불명〉의 센, 〈하울의 움직이는 성〉의 소피 등은 모두 영웅서사의 특징을 보여주는 인물들이다. 최근에는 물고기가 사람이 된 이야기인 〈벼랑 위의 포뇨〉의 포뇨와 작은 인간의 이야기인 〈마루밑 아리에띠〉의 작은 여자 아기가 그 역할을 대신한다. 〈벼랑 위의 포뇨〉의 포뇨는 여신 엄마와 인간 후지모토 사이에 태어난 물고기 인간이다. 포뇨는 인간이 되고 싶은 물고기이다. 그녀는 아버지의 감시를 벗어나 아버지의 권위에 맞선다. 그리고 인간의 세계로 탈출하면서 여신 엄마의 인정을 받는 알파걸이다. 자신이 선택한 길에 후회같은 것은 없다. 인간으로 변하기 위해서 포뇨는 여러 가지 어려움을 겪지만 결코 좌절하거나 포기하지 않는다. 결국 인간세계로 포뇨가 들어가는 것을 반대했던 아버지도 포뇨의 용기에 손을 들고 만다. 10대 소녀가 5살 포뇨로 변하긴 했지만 결국 양성성의 여성이라는 점에서는 동일하다.

〈마루밑 아리에띠〉에서 아리에띠는 포뇨보다 훨씬 작은 소녀이다. 10센티미터 밖에 안되는 아리에띠는 14살의 소녀이다. 미야자키의 다른 애니메이션에서 보았던 소피, 센, 사즈키, 시타 등과 겹치는 인물이다. 그녀 역시 바람 계곡에서 바람을 타고 다니는 나우시카처럼 자유로운 영혼의 소유자이다. 그러한 그녀에게 인간의 세계는 그 자체가 모험의 세계이다. 그녀는 어느 날 마루 위 인간의 세상으로 뛰어든다. 교외에 위치한 오래된 저택의 마루 밑에는 인간들의 물건을 몰래 빌려다 쓰는 소인들이 살고 있었다. 그들 세계에서 꼭 지켜야 할 철칙은 인간에게 들키지 않는 것이다. 만약 그들의 세계가 들키면 바로 그 집을 떠나야 한다. 그런데 어느날 14살의 10센티미터인 아리에띠는 부모님의 도움을 받지 않고 마루 위의 인간의 세계에 뛰어든다. 그러나 그녀는 인간 쇼우에게 정체를 들키고 만다. 인간은 무서운 존재라고 믿고 있던 아리에띠는 쇼우를 보면서 마음을 열기 시작한다. 마루 밑의 규칙을 어기고 쇼우에게 다가가는 이야기이다. 이는 할머니가 된 소피가 괴물이 된 하울을 만나러 가는 것과 같다. 편견과 잘못된 생각을 스스로 깨우쳐 간다는 점에서 미야자키의 다른 여성 주인공들과 어깨를 나란히 한다. 그녀들에게 드러난 양성성이 포뇨와 아리에띠에게도 여지없이 드러나고 있다.

10대 여성들의 영웅서사는 사랑신화와 밀접한 관련을 맺으면서 현재성을 획득하고 있음을 확인해 볼 수 있다. 우리나라의 애니메이션 감독 이성강의 작품들에 등장하는 여성 인물들도 미야자키의 주인공들과 같은 의미작용을 거친다고 볼 수 있다. 〈마리이야기〉의 마리, 〈오늘이〉의 오늘이, 〈천년여우 여우비〉의 우비 등도 영웅적 서사작용과 사랑의 서사작용을 거친다. 애니메이션에 나타난 영웅의 서사를 두 가지 유형으로 나누어보기로 하자. 영웅의 출현에 대한 욕망은 하나의 단결된 힘을 초인적으로 묶어줄 수 있는 메시아적 희망의 상징이 하나일 것이고 자신의 정체성을 찾아가는 매우 소박한 의미에서의 영웅성이 나머지 하나일 것이다. 나우시카, 시타, 산은 민족을 구원하는 영웅에 해당하며 단결된 힘에 대한 욕망의 투사체이다. 반면에 사츠키, 센, 소피, 포뇨, 아리에띠 등은 자신의 정체성을 찾아가는 소박한 의미의 영웅이라고 칭할 수 있을 것이다. 〈오늘이〉의 오늘이 역시 거대 영웅 서사의 틀 안에서 생성되는 의미를 가지며 마리와 여우비는 자신의 의미를 찾아가는 소박한 의미의 정체성을 찾는 영웅의 서사구현물이다.

이들 영웅 신화의 원천 스토리텔링의 추동력은 단연 사랑이다. 인류구원을 위한 거대한 사랑의 대명사인 나우시카는 부해로 뒤덮인 세상을 구하기 위해 병든 자연을 더욱 적극적으로 사랑하는 역할을 한다. 세계의 주도권을 쥐고자하는 토르메키아는 천 년 전에 잠든 옛 문명의 유산인 거신병을 부활시켜 부해와 곤충들을 한꺼번에 불태워버리고 인간만이 지배하는 세상을 만들려고 한다. 오무라고 불리는 거대한 곤충들의 분노를 잠재우고 나우시카는 예수의 십자가처럼 자신의 몸을 던져 전쟁과 곤충들의 분노를 온몸으로 막는다. 이러한 나우시카의 구원자적 이미지는 성경의 예수의 형상과 〈오디세이아〉의 공주 나우시카의 모습 그리고 일본 중고 설화집인 〈츠츠미 추나곤 모노가타리〉에 나오는 '벌레를 귀여워하는 공주"의 이야기가 모아진 결정체이다. 〈천공의 성 라퓨타〉의 시타 역시 이러한 메시아적 기능을 한다고 보이는데 다소 약화된 모습을 보인다.[10] 시타는 비행석 목걸이를 가지고 인류를 구원하기 위해 또 다른 라퓨타의 후계자이면서 라퓨타를 자신의 야욕을 위해 정복하려고 하는 무스카와 대적한다. 시타는 세상을 구하기 위해 그와 함께 죽을 결심을 하고 멸망의 주문을 외운다. 나우시카가 인류의 비극을 온몸으로 막으면서 세상을 바꾸려고 했다면 시타는 자신만을 희생함으로써 악과 절연하고자하는 다소 축소된 의미의 영웅의 모습을 보인다.

원령공주 산은 여기에서 더 나아가 인간을 적으로 설정하고 자연을 지키려는 영웅의 모습을 보인다. 늑대신 모로에게 키워진 원령공주는 타타라 마을의 에보시를 상대로 혹은 인간의 문명을 상대로 싸우는 인물이다. 이들은 인간이 지켜야하는 세상을 위해 자신의 몸을 희생하는 인물로써 켐벨의 영웅의 분리로 치자면 전사로서의 영웅쯤에 해당한다. 그런데 〈센과 치히로의 행방불명〉의 센, 〈하울의 움직이는 성〉의 소피, 〈이웃집의 토토로〉의 사츠키는 다소 다른 행보를 보여주는 영웅상이다. 이들은 자신이 누구인지 찾아가는 소자아적인 영웅이라고 할 수 있다. 〈센과 치히로의 행방불명〉에서 이사를 가던 중 치히로는 신들의 온천장에서 돼지로 변해버린 부모님을 구하고 자신의 이름을 되찾기 위해 마고토(誠) 정신으로 열심히 일을 한다. 〈하울의 움직이는 성〉의 소피 역시 갑자기 90세의 노인으로 변해버린 자신을 탓하기 보다는 열심히 일을 하며 자신을 되찾아간다. 〈이웃집의 토토로〉에서 사츠키도 아픈 엄마를 대신해서 자신의 일을 잘하고 4살짜리 동생 메이까지 돌본다. 이들은 민족이나 자연의 순리를 위해 싸우지는 않지만 역시 전형적인 영웅 신화의 면모를 보여준다. 우리 시대의 진정한 영웅은 초인적인 목적 달성에 있는 것이 아니라 작은 인간으로서 자기의 소임을 다했을 때 비로소 현실적인 큰 영웅이 되는 것이다. 시드니 후크는 이러한 현대적 영웅을 '모든 사람은 영웅'이라는 슬로건으로 차용하고 있으며 이를 민주주의 사회의 이상으로 설정하고 있다.[11]

이성강의 애니메이션에서 〈오늘이〉와 〈천년여우 여우비〉는 전형적인 신화의 원천 스토리텔링에 의존한 작품이다. 특히 〈오늘이〉는 민간 신화인〈원천강 본풀이〉를 그대로 영상화시킨 애니메이션이다. 부모도 모르고 성도 나이도 모르는 오늘이라는 인물이 학의 도움으로 성장을 하고 오늘이라는 이름의 정체성을 찾아가는 이야기이다. 이는 〈센과 치히로의 행방불명〉의 센이 자신의 잃어버린 이름을 찾고 부모를 찾아가는 구조와 비슷하다. 이때 치히로와 오늘이는 자신의 이름을 찾아가는 과정에서 세상의 무질서에 질서를 부여하는 조력자로서 영웅성을 발휘한다. 치히로는 온천장에서 오물 신을 씻겨주거나 자본주의적 일본의 과잉 소비를 상징하며 감성과 이성의 과잉된 텅빈 결핍과 부재의 얼굴 없는 신[12] 가오나시를 치유하는 역할을 한다. 오늘이 역시 원천강에 있는 부모를 찾으러 가면서 왜 앉아서 공부만 해야 하는지 이유를 모르는 장상이, 꽃이 피지 않는 연꽃 나무의 이유, 여의주를 많이 가지고 있어도 용이 되지 못하는 뱀, 하늘의 죄로 매일매일 글을 읽어야하는 매일이의 수수께끼를 풀어준다. 신동흔은 이러한 오늘이를 두고 고독한 인간의 모습을 상징하는 것이라고 말한다. 그렇다면 오늘이는 자신의 존재감에 제압되지 않고 주변의 삶에 끊임없이 관심을 가질 수 있는 작은 소영웅이라고 할 것이다.

〈천년여우 여우비〉의 그 원천 스토리텔링은 우리나라의 구미호 전설에 바탕을 두고 있다. 100년을 넘게 살았지만 인간의 나이로 치면 10살 사춘기의 소녀에 불과하다. 어느 날 또래의 인간을 보고 인간 세계를 동경해서 아이들이 다니는 학교에 다니면서 모험을 펼치는 구조를 지닌다. 인간이 되고 싶었던 구미호는 인간과의 사랑으로 인간이 되지 못하는 비극적 운명을 지니는데 이 애니메이션도 이러한 원천 스토리텔링을 고수하고 있다. 지금까지 살펴본 원천 스토리텔링은 현실의 이야기가 아니라 마치 과거의 환상속의 이야기를 전해주는 착각을 주지만 그것은 신화의 파롤에 지나지 않는다. 그런 의미에서 우리가 신화라는 막대한 재산을 물려받은 상속인과 같다는 프레이저[13] 말은 충분히 공감이 간다. 즉 우리와 원시인 사이에는 차이점보다는 유사한 공통점이 훨씬 많으며 우리는 미개한 조상들로부터 많은 철학을 물려받은 것이다. 따라서 현실의 이야기는 아니지만 결국 현실을 이야기하는 것이 바로 신화가 가지는 의미작용이자 기호작용이다.

2. 문제 해결에 나선 소녀의 양성성

수잔 네피어는 미야자키 하야오의 '소녀'를 현실을 벗어난 존재의 매력이라고 정의한다. 미야자키는 빼어난 영상을 통해서 특정한 주의주장을 초월하여 한없이 매력적인 '다른'세계를 창조하는데 이것은 잃어버린 세계에만 국한된 담론이 아니라 가능한 것에 대한 담론이라고 말한다.[14] 미야자키와 이성강이 그리는 소녀는 남자다움의 전형적 요소인 자립심이 강조된 용감한 이미지이다. 따라서 '소녀의 가면을 쓴 소년'이라거나 '비여성적'이라는 용어로 비평되곤 한다. 이 두 작가의 소녀들은 고아이거나, 어머니가 없거나, 부모의 지원을 받지 못하는 인물들이다. 그렇다면 왜 두 작가 모두 고아나 다름없는 소녀를 등장시켜야 했으며 그들은 남성적인 속성을 가지고 세상을 용감하게 맞서야 하는가에 대한 질문을 던져봐야 할 것이다. 미야자키 하야오는 자신의 여주인공의 판타지 세계를 창조하기 위해 신화, 일본 전래의 궁정문학, 일본의 역사, 전래동화 등 폭넓은 소재들을 차용하고 있다고 한다. 이성강의 경우에도 민간신화와 전설이 소녀의 이미지를 형성하기 위해 차용되고 있다.

소녀는 어떠한 기호작용을 거쳐서 문화의 생성코드로 차용되고 있는가. 우리는 세 가지 측면에서 검토해 볼 수 있을 것이다. 먼저 소녀가 양성인으로서 가지는 속성을 검토하기로 하자. 양성인은 괴테가 말한 것처럼 '삶을 부정한 악마가 모순적으로 신의 가장 소중하고 믿음직한 동료'처럼 등장하는 것과 같은 원리이다. 박규태[15]가 '소녀와 마녀사이'라고 미야자키의 여성성을 규정하는 근거도 이러한 양면적인 소녀의 이미지를 간파한 것이기 때문이다. 두 번째로 소녀의 차용을 샤먼적 주술효과라고 부를 수 있겠다. 생명과 교감하는 캐릭터로서 소녀는 인간과 자연의 중간자이면서 이 두 세계를 넘나드는 문지방적 존재이기 때문이다. 세 번째로 소녀의 문화생성코드는 모성성이라는 용어로 정의할 수 있을 것이다. 모성원리는 미래 사회의 담론으로 바라볼 수 있는 포용적인 대지모신의 원리를 보여준다.

먼저 소녀의 양성성에 대해서 좀 더 심도 있게 살펴보기로 하자. 우선 양성성에는 두 가지의 의미가 읽혀진다. 먼저 성자와 마녀의 남매관계, 혹은 선과 악의 혈연관계 등을 생각해볼 수 있을 것이다. 이러한 예로 이집트의 오시리스와 세트가 선과 악을 상징하는 형제로 등장하고 인도신화의 데바와 아수라 역시 천지창조 이전에는 동일한 존재였음을 들 수 있겠다. 최근 극장가를 강타했던 〈트랜스포머〉 역시 옵티머스 프라임과 메가트론은 선과 악으로 나뉘어 싸우지만 원래 쌍둥이 형제였음을 알 수 있다. 선과 악은 태초부터 같은 뿌리를 두고 시대에 따라서 다른 양식으로 재현될 뿐이다.

미야자키는 누구보다도 이러한 양성성에 관심을 가진 것으로 보인다. 〈원령공주〉에서 시시신이 삶을 관장하기도 하고 동시에 죽음을 관장하는 신이기도 한 점을 예로 들 수 있겠고, 〈센과 치히로의 행방불명〉에서 마녀 유바바와 제니바는 쌍둥이 자매였었고, 〈천공의 성 라퓨타〉의 후계자인 시타와 무스카 역시 원래는 동일한 라퓨타 사람이었다. 절대 악도 없고 절대 선도 없는 미야자키의 인물구도는 그 자체가 어쩌면 양성성을 보이고 있는 것인지도 모른다. 이를테면 〈원령공주〉의 산과 애보시의 관계에서 누가 선인지 악인지 구분이 모호해지는 경우를 그 예로 들 수 있을 것이다. 또 하나의 양성성의 의미는 남성과 여성이 하나의 성으로 통합된 존재로 등장하는 것이다. 플라톤의 『향연』에서 최초의 인간을 구형의 양성적인 존재로 묘사한 것이나 예수가 사도들을 향해 '남성도 아니고 여성도 아닐 때 왕국에 들것'이라고 한 말은 양성성의 완전함을 묘사한 것으로 읽을 수 있다.

미야자키와 이성강이 사용하는 소녀의 이미지는 남성과 여성이 혼재된 혹은 통합된 양성성을 가진다. 10대의 소녀는 자유분방하면서 여성이라는 사회적 이데올로기가 아직은 고착화되지 않는 발랄한 이미지를 상징한다. 소녀의 순수성은 정화의 기능까지 함축하는 것으로 읽을 수 있는 개념이다. 〈센과 치히로의 행방불명〉에서 센이 신들의 온천장을 청소하면서 오물 신을 씻기는 의미, 〈바람계곡의 나우시카〉에서 나우시카가 부해로 오염된 세상을 다시 소생시키는 역할을 담당하는 것, 〈원령공주〉에서 숲의 파괴를 막고 시시신의 소생을 위해 온 몸을 던지는 것, 〈하울의 움직이는 성〉에서 괴물로 변해가는 하울을 소생시키는 생성력은 모두 소녀라는 기표 안에 함축된 기의들이다. 또한 〈벼랑 위의 포뇨〉와 〈마루밑 아리에띠〉처럼 자기가 처한 환경을 스스로 바꾸어 나가는 개척 정신을 함의하고 있는 기표들이다. 마찬가지로 이성강의 〈오늘이〉는 얼음으로 얼어버린 원천강을 푸른 대지로 바꿀 수 있는 소생의 기능을 담당하거나 〈천년여우 여우비〉에서는 소심한 남자주인공 금이의 목숨을 살리기 위해 자신을 희생하는 인물로 등장한다.

두 번째로 제시한 소녀의 샤먼적 주술효과 즉 문지방적 존재로서의 특성을 들 수 있다. 이는 양성성이라는 부분에 일부 걸쳐있는 개념인데, 시공간의 영역을 자유롭게 왕래한다는 측면을 부각하기 위해 따로 분리해서 논의의 심도를 높이기로 하겠다. 10대의 소녀는 시간과 공간에 있어서 무한한 자유로움을 함의한다. "꿈꾸는 10대 소녀"라는 말이 있다. 이 말은 10대의 소녀가 가지는 신기한 힘을 함축하는 신화이다. 실제로 미야자키나 이성강의 경우에만 10대의 소녀를 생성의 혹은 생산의 기호로 차용한 것은 아니다. 일찍이 루이스 캐럴은 앨리스를 통해서 이상한 나라에 여행을 가능하게 했고 영화 〈제5원소〉에서 소녀는 시공간의 제약에서 벗어난 샤먼적인 존재로서 문화에서 차용되었었다. 실제로 미야자키와 이성강의 소녀들은 현실에서 불가능한 것을 구사할 줄 하는 존재들로 등장한다. 자연과의 교감이 가능하고(원령공주), 바람을 읽고서 마음대로 나는 것이 가능하고(나우시카), 돌의 신비한 의미를 주술적으로 이용해 공중에서 떠있을 수 있고(시타), 나무의 틈으로 들어가 미지의 세계를 경험하거나 사람들의 눈에 보이지 않는 정령을 보거나 신기한 버스를 타는 것이 가능하고(사츠키), 저승으로 가는 기차를 탈 수 있으며(센), 곤충과 이야기를 나눌 수 있고(나우시카), 학과 교감하고 학에 의해서 키워지기도 하고(오늘이), 하늘을 자유자제로 날면서 현실의 주인공을 어린 시절로 데려가주고(마리), 인간의 세계와 다른 세계를 연결시켜주기도 하며(포뇨와 아리에띠), 삶과 죽음의 공간을 자유자제로 이동하고(여우비), 심지어 짐승으로 변한 사람을 사랑할 수 있는 능력(소피)까지 가지고 있다. 수잔 네피어는 비상하는 소녀들이 현실의 구속원리를 초월한다고 말한다. 비상은 서사에 카니발적이고 페스티발적인 요소를 더해준다고 말하고 있다. 결국 난다는 것은 축제적인 이미지를 보여주는데 그 안의 나는 주체는 다분히 샤먼적인 속성을 지니게 된다.

〈마리이야기〉에서 마리는 자유롭게 비상하는 남자 주인공의 유년에 머물렀던 신비의 소녀로서 그가 성인으로 성장하는데 필요한 용기를 주는 인물이며, 오늘이는 악당에게 잡혔지만 오히려 자신의 고향인 원천강을 찾는 과정에서 자연과의 교감을 통해 많은 사람들에게 인생의 해결책을 제시해주는 인물이다. 여우비는 지구에 불시착한 외계인 요용들 6마리와 한 지붕에 살고 있는데 여우비는 삶과 죽음의 시간과 공간 이동이 자유롭다. 두 세계를 자유롭게 오갈 수 있는 의미를 소녀가 함축하는 기호작용은 무엇이든 가능하다고 생각하는 소녀의 상징성 때문일 것이다.

세 번째로 소녀의 모성성의 원리를 자세히 들여다 볼 수 있을 것이다. 모성원리의 하나인 포용력을 소녀의 특징으로 바라볼 수 있을 것이다. 박규태는 "모성원리가 가지는 일본의 병폐"라는 용어를 사용한다. 모성원리는 좋은 것이든 나쁜 것이든 모든 것을 끌어안으려 한다는 것이라고 말한다. 이러한 모성원리 때문에 미야자키의 애니메이션이 선과 악의 구분이 모호하다는 비판이 제기되는 것도 사실이다. 그런데 우리가 주목하고자 하는 것은 그의 애니메이션에 하나같이 정상적인 엄마가 부재한다는 것을 들 수 있다. 이는 이성강의 경우에도 동일하게 적용되는 것인데, 엄마가 없다는 결핍과 고아의식이 던져주는 의미를 살펴볼 필요가 있겠다. 미야자키의 작품에 등장하는 소녀들은 소녀라기보다는 엄마의 존재를 대신해주는 역할을 하고 있다. 엄마가 죽어서 원래 없거(시타, 나우시카, 산, 소피)나 있더라도 아팠거(사츠키)나 혹은 돼지(센)로 변해버린다. 즉 엄마는 있으나 없으나 마찬가지로 소녀에게는 아무런 보호막이 되지 못한다. 스스로 세상을 보듬어가는 것을 배우는 이미지를 보여주고 있는데, 이는 모성의 대리자로서 작용하는 것이라 할 수 있다.

〈이웃집의 토토로〉에서 사츠키는 초등학교 6학년이지만 4살 동생 메이에게는 엄마와 같은 존재이다. 동생과 아빠를 위해 아침 일찍 일어나 밥을 하고 집에 있는 동생과 아버지의 도시락을 싸며, 〈바람계곡의 나우시카〉에서는 몸이 굳어지는 아버지를 대신해서 바람계곡의 실질적인 지도자의 역할을 수행한다. 〈원령공주〉의 애보시는 사회에서 소외받은 사람들과 문둥병 환자들을 자신의 국민으로 받아들이고 모든 사람으로부터 존경을 받는 여자 지도자상을 보여준다. 이러한 지도자로서의 여성성을 '성숙한 남성'과 '근대적 아버지'로부터의 도주선이라고 칭하기도 한다.[16] 자연을 지키고자 문명과 맞서는 원령공주나 마녀의 계략을 극복하고 부모를 구하는 센은 미래 사회의 대안이 여성적 사유에 있음을 보여주는 것이라 하겠다. 에코 페미니즘이라고까지 논의가 진행될 수 있는 지점이다. 미래사회의 종말의식은 어쩌면 미야자키와 이성강이 제시하는 소녀이미지의 복원을 통해 구제될 수 있을 지도 모르는 일이다.

3. 성녀와 마녀의 경계를 넘는 양성성

이분법적 사고는 애니메이션의 영상을 기호학적으로 배치시키는 효과를 낳는다. 기 고티에는 영상을 지배하는 약호들은 문화를 지배하는 약호들이라고 말한다. 영상읽기는 비판적인 생각 없이 자연스럽게 학습되는 결과를 가져온다. 이러한 학습을 통해서 우리가 속해 있는 문화는 우리 안에서 내면화된다. 그는 영상을 향유하는 주체들이 영상에 의해서 그 사회의 이데올로기에 젖어들게 마련이라고 말한다.17) 우리는 미야자키와 이성강이 제시하는 영상의 이분법에 주목할 필요가 있겠다. 이들이 제시하는 이분법적 요소는 어떠한 의미 생산적 효과를 지니는가. 공간의 이분법과 이미지의 이분법을 통해 제시되는 기호작용을 알아보고 거기에서 생성되는 의미생산 과정을 살펴볼 수 있다.

이 두 작가에게 세상은 이분화 된 공간으로 존재한다. 가장 대표적인 것이 〈천공의 성 라퓨타〉의 공간과 〈오늘이〉의 공간이라고 할 수 있다. 하늘을 떠다니는 라퓨타 성의 모습은 흡사 북유럽 신화의 우주목인 이그드라실을 상기시킨다. 나무는 마치 원을 형성하듯이 구성되어있는데, 지상의 나무의 잔가지는 신들의 세계인 아스가르드이고, 거대한 뿌리가 세 개 있는데 하나는 거인의 나라 니폴헤임이며, 또 하나는 인간의 세계인 미드가르드이고, 마지막 하나의 뿌리는 신들의 세계로 뻗어있다. 이 우주목의 세계에는 신과 인간 그리고 거인족이 함께 형성되어 있다. 〈천공의 성 라퓨타〉의 공간은 이 이그드라실의 세계를 그려 보이고 있다. 라퓨타 성의 상층부는 자연 생태가 아름답게 조성된 이상 세계이고 하층부는 기계 문명으로 비인간화된 공간으로 그려진다. 라퓨타는 유토피아적인 장소와 공

이그라드실

포의 이분화 된 장소가 공존하는 곳이다. 라퓨타의 하층부에 있는 기계의 세계가 악을 상징하는 공간이라면 땅에 기반 한 상층부의 세계는 선을 기반으로 한 세계이다. 상층부가 라퓨타의 후계자인 시타의 세계라면 하층부는 라퓨타의 또 다른 후계자인 무스카의 세계라고 할 수 있다. 라퓨타의 세계는 이러한 대립된 세계를 보여주면서 동시에 자연의 형상에 닮아있는 기계를 보여준다. 즉 사람을 닮은 로봇이나 잠자리와 새를 닮은 비행기들은 라퓨타의 하층세계를 비판하는 영상기법으로 작용한다. 이 대립적인 공간이 공존하면서 이 두 세계의 운명은 함께 멸망해야 하는가라는 염려를 낳는다. 그런데 비행석이 가지는 멸망을 암시하는 주문의 주술성은 상층부의 세계를 온전히 남겨둔 채 하층부의 기계로 만들어진 반구만을 파괴시켜 떨쳐낸다. 주문을 실행시킨 비행석은 라퓨타의 나무에 박히게 되고 파괴의 중심이었던 비행석이 상층부의 자연을 지탱한다. 이는 자연을 해치는 무분별한 과학의 몰락이라는 상징적 의미를 획득한다. 이 지점에서 미야자키가 사용하는 이분법의 독특한 면을 살피게 된다. 선과 악이 뚜렷하게 구별되기보다는 마치 그것들은 자웅동체처럼 항상 공생하는 형국을 보여준다. 궁극적으로 악이라는 것도 선 안에서 수용될 수 있는 유연한 사고를 보여준다.

〈오늘이〉가 찾아가는 원천강이라는 곳은 야라는 학이 오늘이를 키운 이상세계의 상징이다. 어느 날 오늘이를 납치하고 야에게 활을 쏘아버린 도둑들은 오늘이를 데리고 가다가 바다에서 배가 뒤집혀 죽게 되고 오늘이만 살아남아 원천강을 다시 찾아가게 된다. 오늘이가 없고 학이 상처를 입은 원천강은 얼음으로 뒤덮여버리고 더 이상 아무것도 살지 못하는 공간으로 변해버린다. 오늘이는 용이 된 이무기의 도움으로 드디어 원천강에 이르게 된다. 이성강에게도 공간은 이분화 되는 것을 볼 수 있다. 오늘이가 야를 찾게 되고 오늘이의 울음으로 원천강은 녹게 되고 다시 이상공간이 된다. 곧 이것은 라퓨타의 공간인식과 같은 의미로 바라볼 수 있을 것이다. 이상세계와 지옥은 선과 악이 자웅동체의 한 몸에서 생성되는 것처럼 한 곳에서 생성되는 의미구조인 것이다. 미야자키나 이성강에게 공간의 이분법은 매우 형식적인 것에 불과하다. 결국 공간의 이분법은 내면의 사유에 의해서 얼마든지 생성되기도 하고 파괴되기도 하는 메타적인 공간이 되는 것이다.

이미지의 이분법은 애니메이션을 형성하는 중요한 원리가 된다. 서론에서 이미지의 세계에 살고 있음을 역설한 것에서도 중요성은 충분히 강조되고 있다. 켐벨이 보여준 신화이미지는 꿈꾸는 것에서 시작해 꿈에서 깨는 거시구조를 보인다. 뒤랑에게 이미지는 낮과 밤의 이원화에 의해서 분류되는 체제를 가진다. 태초에 빛과 어둠으로 세상이 창제되었다는 것부터 세계는 이미지의 이분화에 의해서 나뉘어 질 수밖에 없다. 박규태는 미야자키가 애니메이션을 통해 잃어버린 전통과 사라져가는 역사에 대한 비판을 하고 있으며 공허한 물질주의가 팽배한 현대사회를 비판하고 있다고 바라본다. 이러한 이미지를 나타내기 위해서 부패와 깨끗함, 청소와 정화, 식용과 오물, 가면과 이름, 숭고와 추악, 결핍과 과잉의 이분화된 이미지를 차용하고 있다. 숲은 인간이 살아가는 공간과 이분화된 신성의 공간으로 설정된다. 인간 세상의 상처는 숲에서 치유되며, 물에서 씻겨 지고, 하늘에서 자유롭게 비상하는 것으로 치유된다. 그러나 인간의 적으로 등장하는 〈바람계곡의 나우시카〉의 오무, 〈월령계곡〉의 들개신, 〈천공의 성 라퓨타〉의 기계로봇, 〈센과 치히로의 행방불명〉의 마녀와 〈하울의 움직이는 성〉의 마녀는 절대 악으로 이분화 되지는 않는다. 나우시카의 마음을 알아듣는 오무, 인간인 산을 키우면서 결국 아시타카를 믿어주는 들개신 모로, 꽃을 가꾸고 있는 인간미를 가진 로봇, 센과 소피에게 기회를 주는 마녀들은 미야자키의 이분화가 가지는 구조를 보여주는 이미지들의 유연성이다. 결국 이미지의 이분화 역시 공간의 이분화 이미지와 서로 상응되는 의미를 창출해내고 있다. 이미지의 세계를 통해 관념이 어떻게 배열되고 있는지 살펴볼 수 있을 것이다. 이분화 된 이미지 형식은 단지 세상을 메타적으로 바라볼 수 있게 하는 것이지 대립적 사고를 보여주고자 하는 것이 아니다. 따라서 이미지의 이분화가 작용하는 기호작용은 기존의 기호학의 이항대립과는 다소 차이가 있는 개념이라고 할 수 있다.

가오나시(顔無し)란 얼굴이 없음을 뜻한다. 〈센과 치히로의 행방불명〉에서 나오는 이 캐릭터는 문명의 과잉과 모순을 보여주는 기이한 얼굴을 하고 있다. 사실 얼굴이 없다. 문명이라는 것은 이렇게 가오나시처럼 우리 곁에서 웅크리고 있는 괴물 같은 형상을 하고 있는지도 모르는 일이다. 한국 영화〈괴물〉은 여러 가지를 함축하는 형이상학적 의미를 가진다. 괴물의 형상은 사실 우리에게 보이는 것처럼 단순한 모습이 아닐 것이다. 어쩌면 영화 〈괴물〉이 보여준 괴물의 형상은 이 시대가 상상할 수 있는 모습 중에 하나일 뿐이다. 미노타우로스가 그리스 인들이 가지는 괴물의 형상이라면 가오나시는 현대인들이 상상할 수 있는 괴물의 대명사가 아닐까한다. 이미 애니메이션은 더 이상 문화의 주변텍스트가 아니다. 요즘 인문학을 하는 사람들이 애니메이션을 텍스트로 적극적으로 수용하는 의도는 우리 시대가 영상 시대이자 동시에 신화적 시대이기 때문일 것이다. 문화텍스트에서 원소스멀티유즈(One Source Multi-Use)라는 개념은 애니메이션에 가장 잘 어울리는 용어인데, 우리가 중요하게 생각해야하는 것은

원소스(One Source)의 창조적 재생산이라고 하겠다. 애니메이션을 신화로 바라보는 과정은 원천 소스에 대한 근본적인 고민을 함의한 개념이다. 신화가 메타 언어적이라는 바르트의 견해를 이해하면 신화가 이데올로기를 숨기고 축소되어 왜소하게 작용하는지 반대로 확대되어 즐겁게 전개되는지 알게 될 것이다. 메타 언어적 의미에서 신화는 텍스트의 확장을 꾀할 수 있는 유용한 방법이 될 것이다.

4. 알파걸과 양성성의 문화

미야자키 하야오와 이성강의 애니메이션에 나오는 양성적인 소녀의 이미지를 통해 우리는 문화의 양성성에 대한 심층적인 이해를 도모하고자 하였다. 그런데, 동화에서도 그러한 현상은 두드러지고 있었다. 우리는 애니메이션 〈슈렉Shrek〉 시리즈에서 공주들의 엽기적인 행동을 통해 무엇을 느끼는가. 더 이상 수동적으로 기다리거나 선택되는 것을 원하지 않고 자신의 삶을 스스로 개척해 나가는 알파걸들을 통해 심리적인 통쾌한 해방감을 느낄 것이다. 이는 보는 사람이 남자이건 여자이건 동일하게 느껴지는 일탈적인 해방감이다. 어린이들이 보고 있는 동화 몇 편을 통해 양성성을 드러내는 인물들의 의미를 살펴보고 댄 킨들런이 주장하는 알파걸의 현재적 문화 의미를 들여다보기로 하자. 동화 속에는 용감하고 힘세고 자기주장이 강한 〈당글 공주〉 〈내 멋대로 공주〉 〈종이봉지 공주〉등이 새로 이사 왔다. 동화의 세계를 지키던 백설공주, 잠자는 공주, 신데렐라 등은 모두 〈슈렉Shrek〉의 세계로 이사가버린 지 오래다. 이제 아이들이 만나는 동화 속 공주들은 모두 내적인 아니무스의 세계가 외적인 페르소나에 반영된 전사적인 공주들이다.

새로 탄생한 공주들은 누군가에게 자신을 의탁해야 한다는 생각이 유전적으로 존재하지 않는 진정한 알파걸들이다. 스스로 악당과 싸우면서도 더 이상 왕자가 자신을 구하러 올 것이라는 헛된 생각조차 하지 않는다. 남자 아이들에게 신사의 남성성을 가르치면서 여성을 먼저 돌봐주라고 가르치는 것을 계속 고수한다면 이 알파걸들은 아마도 분개할 런지도 모른다. 동화 속의 공주들의 자기주장을 들어보자. 대표적으로 〈종이봉지 공주〉는 용에게 붙잡힌 왕자를 구하기 위해 용감히 길을 떠난다. 가는 길에 용이 내 뿜는 불 때문에 드레스가 타버렸어도 전혀 상관하지 않고 길거리에 널려있는 종이를 뒤집어 써서 종이봉지 공주가 된다. 얼굴엔 검정 칠을 하고 전투사가 된 공주는 왕자를 구하러 성에 도착하지만 왕자는 정작 아름답지 않은 모습으로 자기를 구하러 온 공주를 달가워하지 않는다. 왕자는 가서 곱게 차려입고 다시 구하러 오라고 말하지만 공주는 더 이상 자신들의 관계에 연연해하지 않고 유쾌하게 이별을 고한다. 그리고 자신의 길을 가는 것이다. 이쯤 되면 남성들의 생각도 수정이 필요한 것이 아닐까. 알파걸들과 공존하는 방법에 대해서 말이다.

어쩌면 현대 사회의 무의식은 남성 안에 있는 남성성을 더 이상 원치 않고 또한 남성성이 크게 육성되지 않도록 작용하는 지도 모른다. 동시에 여성성은 과감하게 사회의 표층으로 두드러지고 있으며 그 현상이 지극히 자연스러운 횡보처럼 보인다. 더 이상 가족을 위해 사냥을 하거나 추위를 막아주기 위해 나무를 베는 일이 없어진 형국에 남성성이라는 기질을 계속적으로 가지도록 강요하는 것도 무리일 것이다. 그런데 더욱 더 놀라운 것은 동화의 아니무스적인 속성을 가진 알파걸들이 자신의 길을 독창적으로 가는 것에서 만족하지 않는다는 것이다. 토미 웅거리가 보여주는 동화의 세계는 참으로 의미심장하다. 그가 쓴 대표적인 동화인 〈제랄다와 거인〉과 〈빨간 모자〉의 여자 주인공을 들여다보자. 그녀는 자기의 생각을 주체적이고 독립적으로 한다는 점과 능력과 심성에 있어서 양성성을 보인다는 점에서 알파걸의 유전자를 타고 났다. 그런데 이 여주인공들의 특징이 사회의 교화기능을 담당한다는 데까지 확장되고 있다는 점이다. 〈제랄다와 거인〉에서 6살 제랄다는 아버지와 함께 마을 외딴 집에서 살면서 스스로 요리도 하고 집안 살림도 하고 못하는 것이 없다. 아버지를 대신해서 마차를 끌고 시장에 나가 장사까지 할 수 있는 것이다. 그렇게 길을 가고 있는 제랄다는 마을에서 어린이를 잡아먹는 식인거인을 만난다. 그녀는 그 식인 거인에게 맛있는 음식을 만들어 주고 그의 성에 가서 그를 교화시켜 정상적인 인간으로 변화시켜 결혼까지 가능하게 된다. 그녀는 사회적인 고정관념에서 자유로울뿐더러 자신의 의지에 의해 주변을 변화시켜가는 알파걸이다.

또 다른 그의 동화인 〈빨간 모자〉에서도 소녀는 늑대와 맞서지 않고 늑대를 진심으로 이해하고 그와 결혼까지 하는 적극적인 알파걸이다. 단순히 자기 자신을 지키고 고정적인 사회의 편견에서 자유로운 것에서 더 나아가 새로운 사회를 만들 수 있는 인물인 것이다. 토미 웅거리의 〈빨간 모자〉 속의 소녀는 동화의 헛소리를 더 이상 믿지 않는 진정한 알파걸이다. 이 동화에서 할머니는 빨간 모자를 괴롭히고 구타하는 부정적인 인물인데, 숲 속에서 만난 늑대는 빨간 모자에게 할머니의 평판을 이야기하면서 자기를 따라서 궁전으로 가면 공주처럼 대접해 주겠다고 말한다. 소녀는 늑대의 속셈을 의심하면서 늑대의 이빨에 대한 질문을 한다. 그러는 과정에서 늑대를 믿게 되고 늑대와 결혼하기로 한다. 할머니는 여전히 심술쟁이로 살아간다는 이야기이다. 할머니와 부모님의 말에 복종적인 동화들과는 대조적으로 사회적으로 나쁘다고 인식되는 거인이나 늑대를 편견을 통해 보려고 하지 않고 스스로 자신이 판단하는 바를 믿는다.

물론, 거인이나 늑대가 모두 궁전에 산다는 설정은 왕자의 궁전을 연상시킨다는 비난을 받기 어려울 것 같지만 그것마저 동화에서 사라진다면 무슨 재미가 있겠는가. 우리는 토미 웅거리가 그리려고 하는 편견과 싸우는 알파걸들에게 높은 점수를 주기로 하자. 이러한 상상력이 처음으로 보이는 것은 아니다. 이미 〈미녀와 야수〉에서 미녀인 벨이 야수를 감동시키면서 교화시키는 것을 보았을 것이다. 그때 벨이 선택한 교화의 방법은 책과 도서관이라는 매개체를 통해서였다. 벨은 야수의 겉모습이 아니라 그의 진심을 사랑하게 되며 야수는 마법에서 풀려나게 된다. 그런데 토미 웅거리의 여자 주인공들은 〈미녀와 야수〉의 벨보다 더 적극적으로 세상과 맞서고 있다는 것이다. 그녀들은 자신이 느끼는 것을 가장 중요하게 느끼는 주체적인 인물들이다. 잭 자이프스[18]의 주장처럼 동화는 그 자체로 초시간적이거나 보편적이거나 아름다운 것은 아니다. 또한 아이들을 위한 최상의 치료가 되는 것도 아니라고 한다. 동화라는 것의 역사적 처방은 내면화되어 있고, 강력하고, 가히 폭발적이라고 까지 할 수 있는데, 우리는 이 시대의 전복적인 동화들을 통해서 새로운 주인공들의 새로운 대응 방법들을 본다. 오늘날의 동화 속 주인공들은 분명 전통적인 동화 속 주인공들과는 상당히 다르다. 그래서 동화를 통해 이 시대의 문화 담론의 한 가지 방향을 읽어가는 것이다.

■ 결론을 대신하며

현대 디지털 놀이 문화 속에서 여성은 어떤 모습으로 살아가는가. 아니 인간은 어떤 모습으로 살아가는가. 언제부터인가 이런 주제를 생각하기 시작했다. 그러다 보니 문화의 변화가 양성성이라는 코드로 들어왔다. 문화에 흐르는 여러 가지 변화들을 양성성이라고 칭하고 보니 양성성이라는 말이 너무나 광범위하게 적용되는 것처럼 보인다. 버지니아와 미르치아 엘리아데의 생각에서 시작해 점점 더 넓은 담론으로 진행하다 보니 문화 전반에 걸쳐서 양성성이라는 용어를 참으로 많이 활용하게 되었다.

요즘 여대생들을 보면 바로 이 양성성이라는 말을 떠올린다. 댄 킨들런은 알파걸이라는 용어로 현대 여성들을 진단했지만 나는 양성성이라는 용어로 현대 여성을 진단하고 싶다. 이는 비단 여학생이나 여대생에 국한된 담론이 아니다. 각종 문화에 흐르는 변화의 조짐들을 이렇게 읽고자 하는 것이다. 남성도 여성처럼 외모에 관심을 가지고 살아가는 시대, 남성도 여성처럼 화장도 하는 시대, 남성도 여성처럼 요리도 하고, 밥도 하고, 아기도 돌보는 시대가 양성성의 시대이다. 양성성의 시대에 여성들은 수렵시대의 남성들처럼 나가서 일도 하고, 비즈니스를 하고, 남자들의 전유물이었던 자동차도 자유롭게 운전하고, 드라이버를 들고 집안 구석구석을 아무렇지 않게 수리할 수 있다. 우주 비행기를 타기 위해 남자와 경쟁해서 우주에 혼자 갔다 올 수도 있고, 콜럼버스처럼 세계를 누비면서 탐험을 즐기기도 한다.

영국의 엘리자베스여왕과 대처 수상처럼 여자 대통령이 나오는 것이 더 이상 신기하지 않은 시대에 살고 있다. 남성이어서 할 수 있고 여성이어서 못하는 시대가 아니라 인간의 특성에 맞게 자기의 일을 찾아가는 시대가 양성성의 시대라고 말할 수 있다. 이런 것들이 실현되고 있어서 문화의 양성성이라는 말을 거침없이 내놓는 것은 물론 아니다. 우리 사회의 문화가 아니 전 세계의 문화가 그러한 흐름에 서 있다는 것을 말하기 위함이다.

이러한 시대에 인재를 양성적으로 키우는 것은 너무나 중요하다. 이 책에서 찾고 있는 양성성이 비록 여성에게 한정된 것이지만 양성성은 인간에게 공통적으로 필요한 덕목이다. 어떤 사람이 자기 자신이 아닌 다른 누군가가 되길 바라면서 살아가는 것은 좀 억울한 일이다. 자기 자신으로 온전히 성장할 수 있는 문화적 풍토가 조성되어야 할 것이다. 이 책을 쓰는 동안 나는 여학생들의 생각을 최대한 많이 들으려고 했고 또한 마찬가지로 남학생들의 생각도 많이 들으려고 했다. 내가 있는 곳에는 여학생들이 많아서 이런 양성성의 담론을 연구하는데 무척 도움이 된 것이 사실이다. 자기 자신을 사랑하며 열심히 삶을 계획하는 이 시대의 알파걸들을 가르치는 것을 행운이라고 생각한다. 그들이 가지는 꿈이 나와 다른 성을 배척하고 더 앞서 가기 위한 이기적인 발상이 아니라 자신 안의 양성성을 충분히 발휘해서 다른 성들과 공존하는 삶을 살아가길 바란다.

문화는 마치 살아 움직이는 유기체 같다는 생각을 늘 한다. 거대한 형체를 가지고 새로운 것을 만들어내고 있지만 그 모습은 선명하게 드러내지 않는다. 그러나 그것은 언제나 앞으로 나아간다. 어떤 힘에 의해서인지 모르지만 과거보다는 더 나은 방향으로 흐르는 것은 분명하다. 여성과 남성의 관계 역시 그러하다고 생각한다. 우리의 아이들이 어른이 되었을 때 문화 속에서 여성과 남성의 역할은 지금과는 매우 다른 모습일지도 모른다. 그러나 그러한 변화의 흐름에 양성성이라는 문화의 의미 줄기가 더욱 강화되어 있을 것이라는 믿음이 생긴다. 이 시대에 양성성이란 개념은 보다 완전한 인간을 지향하는 의미로 읽혀야 할 것이다.

■ 註

제1장

1. 나카야마 치나츠, 고향옥 옮김, 『이상해』, 고래이야기, 2009.
2. 양윤정, 「팀 버튼의 영화 〈이상한 나라 앨리스〉에 나타난 통과제의의 구조」, 『동화와 번역』, 동화번역연구소, 2010, 12, 186쪽.
3. 윤영실, 「최남선의 설화 설화 연구에 나타난 탈신믹적 '문화'관념」, 『비교한국학 16』, 국제비교한국학회, 2008, 374쪽.
4. 캐리 브루셔드, 박은주 옮김, 『신데렐라 성곡법칙』, 김영사, 2006.
5. 고혜경, 『선녀는 왜 나뭇꾼을 떠났을까』, 한겨레출판, 2006.
6. 국립중앙박물관 〈그리스 신화전〉에서 시타로스와 스핑크스를 보면서 설명부분을 인용한다.
7. 김대문, 이종욱 옮김,1999, 『화랑세기』, 소나무.
8. 이종욱, 2005, 『색공지신 미실』, 푸른역사.
9. 고마쓰 가즈히코, 박전열 옮김, 『일본의 요괴학 연구』, 민속원, 2009, 110-113쪽.
10. 이자성, 『여자라면 힐러리처럼』, 다산북스, 2008, 68쪽.
11. 조현설, 「동아시아 남매혼 신화와 근친상간의 상상력」, 『창조신화』, 동방미디어, 2001, 229쪽.
12. 소포클레스, 천병희 옮김, 『오이디푸스 왕, 안티고네』, 문예출판사, 2011.

제2장

1. 김열규, 『한국 여성 그들은 누구인가』, 한국학술정보, 2001. 서문.
2. 이어령, 『이어령의 삼국유사』, 서정시학, 2006, 172-223쪽.
3. 일연, 김원중 옮김, 『삼국유사』, 을유문화사, 2002, 369-376쪽.
4. 미르치아 엘이아데, 이재실 옮김, 『메페스토펠레스와 양성인』, 문학동네, 2006. 제2장
5. 김정숙, 『자청비·가믄장아기·백주또』, 각, 2002, 79쪽.
6. 롤랑바르트, 이화여대기호학연구회 옮김, 『현대의 신화』, 동문선, 1997.
7. 김선자, 『중국 소수민족 신화기행』, 안티쿠스, 2009.
8. 장영란, 「한국 신화 속의 여성의 주체의식과 모성 신화의 전복적 기능」, 『한국여성철학 8』, 2007, 141-171쪽.
9. 장영란, 「한국 여성-영웅 서사의 희생의 원리와 자기완성의 철학-'딸'의 원형적 이미지 분석과 효 이데올로기 비판」, 『한국여성철학9』, 2008, 1-29쪽.

10. 노정숙, 「신화를 통해 본 여성 주체의 형성-〈바리공주〉신화에서 주체 형성의 원리들과 가치」, 『한국여성학 21』, 2005, 5-37쪽.

11. 오세정, 「무속신화의 희생양과 희생제의」, 『한국고전연구』, 2001, 342-367쪽.

12. 염원희, 「무속신화의 여성 수난과 신기능의 상관성 연구」, 『한국무속학』, 2010, 305-333쪽.

13. 차옥숭, 「한국 여성 신화의 여성 정체성」, 『종교연구 45』, 2006, 1-24쪽.
김수연, 「여성 신화와 여성 조력자, 문학 속의 그녀들」, 『독일문학』, 2005, 28-49쪽.
조흥윤, 「동아시아의 여성문화: 한국 신화 속의 여성 문화」, 『민족과 문화 9』, 2001, 187-205쪽.
이나미, 「한국의 마고 여신에 관한 고찰-한국 신화의 고태적 상징」, 『심성연구 24』, 2009, 151-173쪽.

14. 롤랑바르트, 이화여대기호학연구회 옮김, 『현대의 신화』, 동문선, 1997.

15. 현용준, 『제주 신화의 수수께끼』, 집문당, 2005, 58-64쪽.

16. 김선자, 『중국 소수민족 신화기행』, 안티쿠스, 2009.

17. 신동흔, 『살아있는 우리 신화』, 한겨레출판, 2004.
조현설, 『우리 신화의 수수께끼』, 한겨레출판, 2006.
현용준, 『제주 신화의 수수께끼』, 집문당, 2005. 위의 저서들을 참고해 정리한 내용이다.
〈자청비〉〈가믄장아기〉〈백주또〉에 대한 서사는 위 책들을 통해 재구성한다.

18. 이수자, 「농경기원신화 〈세경본풀이〉의 특징과 의의」, 『동아시아 여성신화』, 집문당, 2003, 217-246쪽.

19. 김선자, 『변신이야기: 필멸의 인간은 불멸의 꿈을 꾼다』, 살림, 2004. 71-72쪽.

20. 댄 킨덜런, 최정숙, 『알파걸』, 시대의창, 2007.

21. 김정숙, 『자청비·가믄장아기·백주또』, 각, 2002, 113쪽.

22. 김정숙, 『자청비·가믄장아기·백주또』, 각, 2002, 23-28쪽.

23. 김열규, 『가호로 읽는 한국 문화』, 서강대출판부, 2008, 102-106쪽.

24. 신동흔, 『살아있는 우리 신화』, 한겨레신문사, 2004, 45쪽.

제3장

1. 〈소설 한류, 유럽 독자 사로잡다〉 (2006. 2. 3 〈기자수첩〉)

2. 〈한국문학: 유럽서 뿌리 내리다〉, (2012. 4. 10. 〈서울신문〉)

3. 〈라디오: 시사자키-황석영과의 인터뷰〉(2011. 6. 9)

4. 고인환, 「황석영 소설에 나타난 전통 양식 전용 양상 연구-『손님』, 『심청』, 『바리데기』를 중심으로」, 『한민족문화연구』 제26집, 한민족문화학회, 2008, 175-200쪽.
문재원, 「황석영 『심청』의 근대성과 탈근대성」, 『한국문학논총』 43, 2006, 351-375쪽.
미야자마 히로시, 「황석영 『심청』과 19세기 동아시아」, 『역사비평』 67, 역사문제연구소, 2004, 123-134쪽.

양진오, 「세계문학으로서의 한국문학, 그 위상과 전망-황석영의 『바리데기』를 중심으
로」, 『한민족어문학』, 제51집, 한민족어문학회, 74-92쪽.

5. 권성우, 「서사의 창조적 갱신과 리얼리즘의 퇴행 사이-황석영의 『바리데기』론 」, 『한민
족문화연구』 제24집, 한민족문화학회, 2008, 229-245쪽.

김경수, 「작가의 욕망과 소설의 괴리-황석영의 『바리데기』에 대한 한 생각」, 『황해문
화』, 겨울호, 415-420쪽.

6. 김미영, 「황석영 소설에 나타난 여성인물 연구」, 『한국 문학이론과 비평』29집, 2005,
419-444쪽.

류보선, 「모성의 시간, 혹은 모더니티의 거울」, 『심청 하』 해설, 문학동네, 311-328쪽.

박숙자, 「여성의 몸을 탐하는 남성의 서사-황석영의 『심청』과 김영하의 『검은 꽃』」, 『
여성과 사회』 제 16호, 한국여성연구소, 창작과 비평사. 216-235쪽.

7. 유경수, 「다원적 소통을 향한 디아스포라적 상상력-황석영의 『바리데기』를 중심으
로」, 『비교한국학』 17집, 2009.

박정근, 「디아스포라로 인한 다문화 사회의 바리데기적 비전-황석영의 『바리데기』를
중심으로」, 『한민족문화연구』 31호, 2009.

이명원, 「약속 없는 시대의 최저낙원-황석영의 『바리데기』에 대하여」, 『문화과학』, 가
을호, 305-318쪽.

지용신, 「문학사 밖의 문인들: 재현된 서사와 이산체험의 복원-천운영의 「잘가라 서커
스」와 황석영의 『바리데기』를 중심으로」, 『한국문예비평연구』 Vol 27, 2008.

심진경, 「한국 문학은 살아 있다-소설과 황석영과의 대화」, 『창작과 비평』, 가을호,
305-318쪽.

8. 댄 킨딜런, 최정숙, 『알파걸』, 시대의창. 2007.

9. 버지니아 울프, 최홍남 옮김, 『올랜도』, 평단, 2008.

10. 주디스 버틀러, 조인순 올림김, 『안티고네의 주장』, 동문선, 2005, 26-27쪽.

11. 게르드 브란트베르그, 노옥재 외 옮김, 『이갈리아의 딸들』, 황금가지, 2011.

12. 미르치아 엘리아데, 이재실 옮김, 『메피스토펠레스와 양성인』, 문학동네, 2008.

13. 황석영, 『바리데기』, 창작과 비평사, 2007, 205쪽.

14. 고인환, 「황석영 소설에 나타난 전통 양식 전용 양상 연구-「손님」, 『심청』, 『바리데기』
를 중심으로」, 『한민족문화연구』 제26집, 한민족문화학회, 2008, 190쪽.

15. ____, 「한국 여성 신화에 나타난 양성성의 욕망과 문화적 의미작용 연구- 제주도
무속신화 속 여성의 현대적 의미 해석을 중심으로」, 『인문과학연구』 16집, 대구가톨
릭대학교. 2011.

16. 유경수, 「다원적 소통을 향한 디아스포라적 상상력-황석영의 『바리데기』를 중심으
로」, 『비교한국학』 17집, 2009, 444쪽.

17. 지용신, 「문학사 밖의 문인들: 재현된 서사와 이산체험의 복원-천운영의 「잘가라 서커
스」와 황석영의 『바리데기』를 중심으로」, 『한국문예비평연구』 Vol 27, 2008, 326쪽.

18. 황석영, 『바리데기』, 창작과 비평사, 2007, 〈작가 인터뷰〉 295-301쪽.

19. 황석영, 『문학의 미래: 현대 사회와 문학의 운명-동아시아와 외부세계』, 중앙북스,
2009, 194쪽.

20. 질베르 뒤랑, 유평근 옮김, 『신화비평과 신화분석』, 살림, 2002, 201쪽.
21. 김성곤, 『글로벌 시대의 문학: 세계 문학 속의 한국문학』, 민음사, 2006, 329쪽.

제4장

1. 고운기, 『도쿠가와가 사랑한 책』, 현암사, 2009.
2. 이강옥, 「『삼국유사』의 세계관과 서술미학」, 『국문학 연구』 Vol. 5, 국문학회, 2001.
   정천구, 「삼국유사 글쓰기 방식의 특성 연구 -수이전, 삼국사기, 해동고승전과의 비교를 통해」, 서울대대학원, 1996.
   박상영, 「『삼국유사』소재 찬사를 통해 본 일연의 세계인식」, 『고전문학연구』 Vol.30, 한국고전문학회, 2006.
   고운기, 「일연의 글쓰기에서 정치적 감각 - 삼국유사 서술방법의 연구 2」, 『한국언어문화』 Vol. 42, 한국언어문화학회, 2010.
3. 임재해, 「삼국유사 설화 자원의 문화 콘텐츠와 길 찾기」, 『구비문학연구』 Vol. 29, 한국구비문학회, 2009.
   장만식, 「『삼국유사』권2 〈무왕조〉에 나타난 오이디푸스 콤플렉스와 문학치료적 함의」, 『문학치료 연구』, Vol. 6, 한국문학치료학회, 2007.
   하은하, 「『삼국유사』 소재설화를 이용한 문학 치료의 한 사례」, 『문학치료연구』 Vol. 2, 한국문학치료학회, 2005.
4. 이대형, 「모성담론의 문화적 형성과 재현 : 고대에서 근대전환까지 모성 담론의 문화적 조명: 『삼국유사』에 나타난 모성의 형상화」, 『한국고전 여성문학연구』, 한국고전여성문학회, 2007.
   최선경, 「『삼국유사』 불교설화에 등장하는 여성 인물 형상과 기능에 관하여」, 『인간연구』 Vol. 8, 가톨릭대학교 인간학 연구소2005.
5. 케이트 밀레트, 정의숙·조정호 옮김, 『성의 정치학(상)』, 현대사상사, 1976.
6. 버지니아 울프, 이미애 옮김, 『자기만의 방』, 민음사, 2006, 149쪽.
7. 미르치아 엘리아데, 이재실 옮김, 『메페스토펠레스와 양성인』, 문학동네, 2006.
8. 김부식, 이우경 편역, 『새로운 삼국사기』, 한국문화사, 2007, 198-199쪽.
9. 이어령, 『이어령의 삼국유사』, 서정시학, 2006, 254쪽.
10. 카렌 암스트롱, 이다희 옮김, 『신화의 역사』, 문학동네, 2005, 13쪽.
11. 질베르 뒤랑, 유평근 옮김, 『신화비평과 신화분석』, 살림, 2002, 201쪽.
12. 최재천, 『여성시대에는 남성도 화장을 한다』, 궁리, 2003, 90쪽.
13. 김정, 『허황옥, 가야를 품다』, 푸른책들, 2010.
14. 고운기, 『우리가 정말 알아야 할 삼국유사』, 현암사, 2002, 214쪽.
15. 이명옥, 『팜므파탈』, 다빈치, 2003.
16. 댄 킨딜런, 최정숙 옮김, 『알파걸』, 시대의창, 2007.
17. 김대문, 이종욱 옮김, 『화랑세기』, 소나무, 1999.

18. 삼국유사에 대한 책은 다음과 같은 도서를 활용한다.
　　일연, 김원중 옮김, 『삼국유사』, 을유문화사, 2002.
　　일연, 리상호 옮김, 『사진과 함께 읽는 삼국유사』, 까치, 1999.
　　고운기, 『우리가 정말 알아야 하는 삼국유사』, 현암사, 2002.
　　이어령, 『이어령의 삼국유사』, 서정시학, 2006.
19. 이종욱, 『색공지신 미실』, 푸른역사, 2005.

제5장

1. 전광용, 『신소설 연구』, 새문사, 1986, 84-100쪽.
2. 채호석, 「〈귀의성〉에 나타난 여인의 운명과 그 의미에 대하여」, 『한국개화기소설연구』, 태학사, 2000, 79-112쪽. 본 내용은 논문 전반을 다시 재인용한다.
3. 신동흔, 『살아있는 우리신화』, 한겨레신문사, 2004, 204쪽.
4. 슬라보예 지젝, 김소연·유재희 옮김, 『삐딱하게 보기』, 시각과 언어, 1995, 276쪽.
5. 케이트 밀레트, 정의숙·조정호 옮김. 『성의 정치학(상)』, 현대사상사, 1976.
6. 박경리, 『성녀와 마녀』, 도서출판인디북, 2007. 이하 작품은 페이지만 표시한다.
7. 이재선, 『한국문학 주제론』, 서강대학교출판부, 2007, 373쪽.
8. 류보선, 「비극성에서 한으로, 운명에서 역사로」, 『작가세계』, 가을호, 1994, 22쪽.
9. 정희모, 「1950년대 박경리 소설과 환멸주의-1950년대 주요 단편과 장편(표류도)를 중심으로」, 『박경리』, 새미, 1998, 49-53쪽.
10. 김정현, 『니체 전집 14: 선악의 저편, 도덕의 계보』, 책세상, 2008, 386쪽.
11. 이재선, 「한국문학의 악의 사상」『한국문학 주제론』, 서강대학교출판부, 1999, 60-77쪽.
12. 김만수, 「자신의 운명을 찾아가기-〈김약국의 딸들〉을 읽고」, 『박경리』, 새문사, 1998, 84쪽.
13. 김윤식, 정호웅, 『한국소설사』, 예하, 1993, 459쪽.
14. 이덕화, 『박경리와 최명희: 두 여성적 글쓰기』, 태학사, 2000, 116-119쪽.
15. 박경리, 「나의 문학적 자전」, 『꿈꾸는 자가 창조한다-박경리의 원주 통신』, 나남출판사, 1994, 138쪽.
16. 표정옥, 「金東仁 小說의 脫神話的 女性性과 戰略的 죽음을 통한 近代性 고찰」, 『정신문화연구108권』. 2007.
17. 김현숙, 「박경리 작품에 나타난 죽음과 생명의 관계」, 『현대소설연구』17호, 2002, 318쪽.
18. 이이화, 『놀이와 풍속의 사회사-한국사 이야기 4』, 도서출판 한길사, 2001, 143쪽.
19. 조현설, 『우리 신화의 수수께끼』, 한겨레출판, 2006, 99-107쪽.
　　〈태양신이 된 거지 궁산이〉의 내용을 정리한다.
20. 신동흔, 『살아있는 우리신화』, 한계례 신문사, 2004.
21. 로버트 A. 존슨 ,고혜경 옮김, 『신화로 읽는 여성성She』, 동인, 2006. 104-105쪽.
22. 고혜경, 『선녀는 왜 나무꾼을 떠났을까』, 한계례출판, 2006. 31-90쪽.

23. 김명호 외, 『한국의 고전을 읽는다』, 휴머니스트, 2006, 41-55쪽.
24. 송효섭, 『해체의 설화학』, 서강대학교출판부, 2008, 263쪽. 274쪽.
25. 우한용, 「오영수 문학의 생산성 그 몇 국면」, 『선제어문 38』, 서울대학교 국어교육과, 2008, 603-607쪽.
26. 송준호, 「오영수의 〈갯마을〉연구」, 『한국언어문학 49』, 한국언어문학회, 2002, 322-324쪽.
27. 오태호, 「오영수 소설에 나타난 서정적 리얼리즘 연구」, 『국제어문 48』, 국제어문, 2010, 1552쪽.
28. 임명진, 「작가 오영수의 생태적 상상력」, 『한국언어문학 70』, 한국언어문학회, 2009, 307쪽.

제6장

1. 김화경, 『세계 신화 속의 여성들』, 도원미디어, 2003. 〈제3장 성처녀 남성 이데올로기의 표현이다〉
2. 주디스 버틀러, 조현순 옮김, 『안티고네의 주장』, 동문선, 2005, 166-167쪽.
3. 버지니아 울프, 이미애 옮김, 『자기만의 방』, 민음사, 2006. 제 6장 양성성의 개념을 참고한다.
4. 강유원, 『인문고전강의』, 라티오, 2010, 135쪽.
5. 김중식, 『불멸의 춘향전』, 청동거울, 1999, 234-244쪽.
6. 윤선자, 『축제의 정치사』, 한길사, 2008, 304-305쪽.
7. 안상경, 「온달문화축제」, 『한국 축제의 이론과 현장』, 원인, 2000, 1302-1307쪽.
8. KBS 역사스페셜 〈바보온달, 그는 고구려의 전쟁영웅이었다〉, 2001.11.24.
9. 나경수, 『서동요』, 한얼미디어, 2005. 101쪽.
10. KBS 역사스페셜 〈현종하는 최대의 석탑, 미륵사지의 비밀을 밝힌다〉, 2002. 12. 14일 방영.
11. 고운기, 『도쿠가와가 사랑한 책』, 현암사, 2009. 151-152쪽.
12. 김선자, 『변신 이야기: 필멸의 인간은 불멸의 꿈을 꾼다』, 살림, 2004, 18쪽.
13. 고혜경, 『선녀는 왜 나무꾼을 떠났을까』, 한계레출판, 2006.
14. 류인균, 『한국 고소설에 나타난 오이디푸스 콤플렉스〈심청전〉〈콩쥐팥쥐〉』, 서울대학교출판부, 2004.
15. 박순호, 「전북 지역의 축제」, 『한국축제이론과 현장』, 월인, 2000, 702-713쪽.
16. 김선자, 『변신 이야기』, 살림, 2003, 42쪽.
17. 나승만, 「진도 영등제: 축제화 과정을 중심으로」, 『한국축제이론과 현장』, 월인, 2000, 1177-1197쪽.
18. 조성애, 「축제와 원형적 세계관」, 『축제와 문화의 본질』, 연세대학교 출판부, 2006, 87쪽.

19. 표정옥, 『서사와 영상, 영상과 서사』, 한국학술정보, 2007, 211-223. 이 책에서 〈왕의 남자〉에 대한 분석을 시도하고 있는데, 〈삶과 죽음, 축제와 제의의 외줄타기〉라는 제목으로 분석하고 있다.
20. 케이트 밀레트, 정의숙·조정호 옮김. 『성의 정치학』, 현대사상사, 1976.

제7장

1. 김경용, 『기호학이란 무엇인가』, 민음사, 2004, 190쪽.
2. 조지프 캠벨, 홍윤희 옮김, 『신화이미지』,살림, 2006.
3. 질베르 뒤랑, 진형준 옮김, 『상상력의 과학과 철학』, 살림, 1997, 46-48쪽.
4. 질베르 뒤랑, 유평근 옮김, 『신화비평과 신화분석』, 살림, 1998, 197쪽.
5. 유평근, 진형준, 『이미지』, 살림, 2005.
6. 나카자와 신이치, 김옥희 옮김, 『신화, 인류 최고의 철학』, 동아시아, 2001, 205-206쪽.
7. Lavers Annette, *Mythologies Roland Barthes,* (Hill and Wang, 1972), 109-111쪽. 멀리 떨어져 있든, 아니든 간에 신화학은 역사적 바탕만을 가질 수 있다. 신화는 역사에서 선택된 파롤이기 때문이다. 사물의 본성(nature)에서는 신화가 나올 수 없다.
8. Campbell, Joseph, *The power of myth with Bill Moyers,* Broadway Books, 1988, 31-33쪽.
9. 시미지 미사시, 이은주 옮김, 『미야자키 하야오 세계로의 초대』, 좋은 책 만들기, 2004.
10. 김준양, 『이미지의 제국-일본 열도 위의 애니메이션』, 한나래, 2006, 363-365쪽. 〈천공의 성 라퓨타〉는 걸리버 여행기 3부 '하늘을 나는 성 라퓨타'에서 차용되었다. 스위프트는 소인국, 거인국, 하늘을 나는 성 라퓨타, 후이늠(인간을 쓰레기처럼 취급하는 말들의 나라)로 나누어 계몽주의 시대의 인간주체를 풍자하였다.
11. 박지향, 『영웅만들기-신화와 역사의 갈림길』, 휴머니스트, 2005, 30.쪽
12. 박규태, 『애니메이션으로 보는 일본-소녀와 마녀 사이』, 살림, 2005, 70쪽.
13. 제임스 조지 프레이저, 박규태 옮김, 『황금가지1』, 을유문화사, 2005, 623-624쪽.
14. 수잔J. 네이어 지음, 임경희, 김진용 옮김, 『인문학으로 읽는 제패니메이션 아니메』, 투비박스, 2005, 202-203쪽.
15. 박규태, 『애니메이션으로 보는 일본-소녀와 마녀 사이』, 살림, 2005.
16. 김준양, 『이미지의 제국-일본 열도 위의 애니메이션』, 한나래, 2006, 385쪽.
17. 기 고티에, 유지나, 김해련 옮김, 『영상기호학』, 민음사, 1997, 199쪽.
18. 잭 자이프스, 김정아 옮김, 『동화의 정체: 문명화의 도구인가. 전복의 상상인가』, 문학동네, 2008, 29쪽.

■ 참고문헌

〈단행본〉

KBS 역사스페셜 〈현존하는 최대의 석탑, 미륵사지의 비밀을 밝힌다〉, 2002. 12. 14
　　방영.

KBS 역사스페셜, 〈최인호의 다큐로망 해신 장보고〉 중 4편 〈대해를 넘어〉. 2003.

　　　　　　　, 〈바보온달, 그는 고구려의 전쟁영웅이었다〉, 2001. 11. 24 방영.

　　　　　　　, 〈이몽룡은 실존 인물이었다〉, 1999. 12. 04 방영.

강유원, 『인문고전강의』, 라티오, 2010.

강정효, 『화산섬 돌 이야기』, 도서출판 각, 2004.

게르드 브란트베르그, 노옥재 외 역, 『이갈리아의 딸들』, 황금가지, 2011.

고운기, 『도쿠가와가 사랑한 책』, 현암사, 2009.

　　　, 『삼국사기열전』, 현암사, 2005.

　　　, 『삼국유사 글쓰기 감각』, 현암사, 2010

　　　, 『삼국유사』, 홍익출판사. 1998.

　　　, 『우리가 정말 알아야 할 삼국유사』, 현암사, 2002.

고혜경, 『선녀는 왜 나무꾼을 떠났을까』, 한계레출판, 2006.

김대문, 이종욱 옮김, 『화랑세기』, 소나무. 1999.

김동만, 『다큐제주』, 도서출판 각, 2008.

김별아, 『미실』, 문이당. 2005.

김부식, 아우경 편역, 『새로운 삼국사기』, 한국문화사. 2007.

　　　, 한국정신문화연구원 편집부, 『삼국사기』, 한국정신문화연구원, 1997.

김선풍 외, 『한국 축제의 이론과 현장』, 월인, 2000.

김성곤, 『글로벌 시대의 문학: 세계 문학 속의 한국문학』, 민음사, 2006.

김열규, 『신삼국유사』, 학연사. 2000

　　　, 『한국 여성 그들은 누구인가』, 한국학술정보, 2001.

김영순, 최민성 외, 『축제와 문화콘텐츠』, 다홀미디어, 2006.

김원중, 『삼국유사』, 을유문화사, 2002.

김인숙, 『제주의 빛 김만덕』, 푸른숲주니어, 2006.

김정,『허황옥, 가야를 품다』, 푸른책들. 2010.

김정숙,『자청비·가믄장아기·백주또』, 도서출판 각, 2002.

김중식,『불멸의 춘향전』, 청동거울, 1999.

김화경,『세계 신화 속의 여성들』, 도원미디어, 2003.

김홍우,『한국의 놀이와 축제1.2』, 집문당, 2004.

김희정,『버지니아 울프: 살아남은 여성 예술가의 초상』, 살림, 2004.

나경수,『서동요』, 한얼미디어, 2005.

댄 킨딜런, 최정숙 역,『알파걸』, 시대의창. 2007.

동아시아고대학회,『동아시아 여성신화』, 집문당, 2003.

로버트 A. 존슨, 고혜경 역,『신화로 읽는 남성성He』, 동인, 2006.

로버트 A. 존슨, 고혜경 역,『신화로 읽는 여성성She』, 동인, 2006.

류정아,『축제인류학』, 살림, 2003.

리사 터틀, 유혜련, 호승희 역,『페미니즘 사전』, 동문선, 1998

리상호,『삼국유사』, 까치. 2000.

메리 E. 위스너-행크스, 노영순 역,『젠더의 역사』, 역사비평사, 2009

미르치아 엘리아데, 이은봉 역,『성과 속』, 한길사, 2006.

_______________, 이재실 역,『메피스토펠레스와 양성인』, 문학동네, 2008.

박동식,『제주도』, 시공사, 2004.

박성창,『글로벌 시대의 한국문학』, 민음사, 2009.

박진태,『삼국유사의 종합적 이해』, 박이정. 2002.

버지니아 울프, 이미애 옮김,『자기만의 방』, 민음사, 2006.

__________, 최홍남 옮김,『올랜도』, 평단, 2008.

서대석.『한국 신화의 연구』, 집문당. 2000.

서정오,『우리가 정말 알아야 할 우리 신화』, 현암사. 2003.

소포클레스, 천병희 역,『오이디푸스왕, 안티고네』, 문예출판사, 2006.

신동흔,『살아있는 우리 신화』, 한겨레신문사, 2004.

연세대학교 출판부 편집부 엮음,『축제와 문화』, 연세대학교출판부, 2003.

오세정,『한국 신화의 생성과 소통원리』, 한국학술정보, 2005.

오정자,『신화의 땅 제주에서 토산을 만나다』, 여름언덕, 2006.

윤선자,『축제의 문화사』, 한길사, 2008.

이가원, 허경진,『삼국유사』, 한양출판. 1996.

이도흠, 『신라인의 마음으로 삼국유사를 읽는다』, 푸른역사. 2000.

이명옥, 『팜므파탈』, 다빈치, 2003.

이수자, 『큰 굿 열두거리의 구조적 원형』, 집문당, 2004.

이어령, 『이어령의 삼국유사 이야기』, 서정시학, 2006.

이영권, 『새로 쓰는 제주사』, 휴머니스트, 2007.

_____, 『제주 역사 여행』, 한겨레신문사, 2004.

이종욱, 『색공지신 미실』, 푸른역사. 2005.

일연, 김원중 역, 『삼국유사』, 을유문화사, 2002.

장 뒤비뇨, 류정아 역, 『축제와 문명』, 한길사, 1998.

장영란, 『신화 속의 여성, 여성 속의 신화』, 문예출판사, 2004.

장주근, 『제주도 무속과 서사무가』, 도서출판 역락, 2001.

정순경, 『탐라문견록 바다 밖의 세상』, 휴머니스트, 2008.

조르주 바타이유, 조한경 역, 『에로티즘의 역사』, 민음사. 2007.

조현설, 『우리 신화의 수수께끼』, 한겨레출판, 2006.

주강현, 『우리 문화의 수수께끼1,2』, 한겨레신문사. 2004.

주디스 버틀러, 조현순 역, 『안티고네의 주장』, 동문선, 2005.

질베르 뒤랑, 유평근 역, 『신화비평과 신화분석』, 살림, 2002,

차옥숭, 『동아시아 여신 신화와 여성 정체성』, 이화여자대학교출판부, 2010.

최건수, 『제주올레』, 21세기북스, 2010.

최재천, 『여성 시대에는 남성도 화장을 한다』, 궁리, 2007.

최혜실, 『신여성들은 무엇을 꿈꾸었는가』, 생각의 나무, 2000.

카렌 암스트롱, 이다희 역, 『신화의 역사』, 문학동네. 2005.

케이트 밀레트, 정의숙·조정호 역. 『성의 정치학』, 현대사상사, 1976.

토릴 모이, 임옥희 역, 『성과 텍스트의 정치학』, 한신문화사, 1994.

표정옥, 『그곳 축제에서 삼국유사를 만나다』, 연세대학교출판부. 2010.

_____, 『놀이와 축제의 신화성』, 서강대학교출판부, 2009.

_____, 『서사와 영상, 영상과 서사』, 한국학술정보, 2007.

하순애, 『제주도 신당 이야기』, 제주대출판부, 2008.

현길언, 『제주도 이야기 1. 2』, 창비, 1984.

_____, 『풍경따라 떠나는 제주여행』, 솔과 학, 2004.

현용준, 『제주 신화의 수수께끼』, 집문당, 2005.

______, 『제주도 전설』, 서문당, 1996.

______. 『제주도 신화』, 서문당, 1996.

황석영, 『문학의 미래: 현대 사회와 문학의 운명-동아시아와 외부세계』, 중앙북스, 2009.

황패강,『한국 신화의 연구』, 새문사, 2006.

〈논문〉

고운기, 「일연의 글쓰기에서 정치적 감각 - 삼국유사 서술방법의 연구 2」,『한국 언어문화』 Vol. 42, 한국언어문화학회, 2010.

고인환, 「황석영 소설에 나타난 전통 양식 전용 양상 연구-『손님』, 『심청』, 『바리데기』를 중심으로」,『한민족문화연구』 제26집, 한민족문화학회, 2008, 175-200쪽.

권성우, 「서사의 창조적 갱신과 리얼리즘의 퇴행 사이-황석영의 『바리데기』론」,『한민족문화연구』 제24집, 한민족문화학회, 2008, 229-245쪽.

권인한, 「『삼국사기』, 『삼국유사』자료 연구의 방법과 실제」,『한국문화』 Vol. 42 ,서울대학교 규장각 한국학 연구원, 2008.

김경수, 「작가의 욕망과 소설의 괴리-황석영의『바리데기』에 대한 한 생각」,『황해문화』, 겨울호, 415-420쪽.

김미영, 「황석영 소설에 나타난 여성인물 연구」,『한국 문학이론과 비평』 29집, 2005, 419-444쪽.

김주한, 「삼국유사소재 〈찬〉에 대하여」,『삼국유사연구』, 영남대학교 민족문화연구, 1983.

김창현, 「신화에 나타난 비극적 세계상과 그 서사적 전개 -『삼국사기』 및 『삼국유사』 소재 설화를 중심으로」,『온지논총』 Vol. 20, 온지학회, 2008.

나승만, 「진도 영등제: 축제화 과정을 중심으로」,『한국축제이론과 현장』, 월인, 2000.

류보선, 「모성의 시간, 혹은 모더니티의 거울」,『심청 하』 해설, 문학동네, 311-328쪽.

류인균, 『한국 고소설에 나타난 오이디푸스 콤플렉스〈심청전〉 〈콩쥐팥쥐〉」, 서울대학교출판부, 2004.

문재원, 「황석영『심청』의 근대성과 탈근대성」,『한국문학논총』 43, 2006, 351-375쪽.

미야자마 히로시, 「황석영『심청』과 19세기 동아시아」,『역사비평』 67, 역사문제연구소, 2004, 123-134쪽.

박상영, 「『삼국유사』소재 찬사를 통해 본 일연의 세계인식」, 『고전문학연구』 Vol.30, 한국고전문학회, 2006.

박숙자, 「여성의 몸을 탐하는 남성의 서사-황석영의 『심청』과 김영하의 『검은 꽃』」, 『여성과 사회』 제16호, 한국여성연구소, 창작과 비평사. 2009, 216-235쪽.

박순호, 「전북 지역의 축제」, 『한국축제이론과 현장』, 월인, 2000.

박승희, 「민족과 세계의 연대방식r-황석영의 『바리데기』를 중심으로」, 『한민족어문학』 57권, 2010.

박정근, 「디아스포라로 인한 다문화 사회의 바리데기적 비전-황석영의 『바리데기』를 중심으로」, 『한민족문화연구』 31호, 2009.

박진태 외, 「『삼국유사』의 종합적 연구 I」, 『민속학』, 민속학회, 1997.

_______, 「『삼국유사』의 종합적 연구 II-문헌적 성격을 중심으로」, 『우리말글』, 우리말글학회, 1999.

_______, 「『삼국유사』의 종합적 연구 III-고대, 중세 문화의 탐색」, 『우리말글』, 우리말글학회, 2000.

박진태, 「삼국유사를 통해 본 고대사회의 제의문화」, 『비교민속학』 Vol. 21, 비교민속학회, 2001.

서영채, 「창녀 심청과 세 개의 진혼제-황석영의 『심청』읽기」, 『문학과 윤리』, 문학동네, 176-196쪽.

심진경, 「한국 문학은 살아 있다-소설과 황석영과의 대화」, 『창작과 비평』, 가을호, 2007, 305-318쪽.

안상경, 「온달문화축제」, 『한국 축제의 이론과 현장』, 원인, 2000.

양진오, 「세계문학으로서의 한국문학, 그 위상과 전망-황석영의 『바리데기』를 중심으로」, 『한민족어문학』, 제51집, 한민족어문학회, 74-92쪽.

유경수, 「다원적 소통을 향한 디아스포라적 상상력-황석영의 『바리데기』를 중심으로」, 『비교한국학』 17집, 2009.

윤혜신, 「『삼국유사』 소재 설화에 나타난 천신의 인격화 양상과 의미」, 『민속문학사연구』 Vol.30, 민족문학사학회, 2006.

이강옥, 「『삼국유사』의 세계관과 서술미학」, 『국문학 연구』 Vol. 5, 국문학회, 2001.

이달문, 「『삼국유사』소재 단군 신화의 원전에 관한 한 가지 의문」, 『한문교육연구』 Vol. 22 ,한국한문교육학회, 2004.

이대형, 「모성담론의 문화적 형성과 재현 : 고대에서 근대전환까지 모성 담론의 문

화적 조명: 『삼국유사』에 나타난 모성의 형상화」, 『한국고전 여성문학연구』, 한국고전여성문학회, 2007.

이동민, 「신라 불교사에 있어서의 여성의 역할 - 삼국유사를 중심으로」, 이화여대대학원, 1993.

이명원, 「약속없는 시대의 최저낙원-황석영의 『바리데기』에 대하여」, 『문화과학』, 가을호, 305-318쪽.

이용군, 「황석영 '성장소설'에 나타난 모티프 연구」, 『우리문학연구』 29집, 2010, 365-394쪽.

임재해, 「삼국유사 설화 자원의 문화 콘텐츠와 길 찾기」, 『구비문학연구』 Vol. 29, 한국구비문학회, 2009.

장만식, 「『삼국유사』 권2 〈무왕조〉에 나타난 오이디푸스 콤플렉스와 문학치료적함의」, 『문학치료 연구』 Vol. 6, 한국문학치료학회, 2007.

조동일, 「『삼국유사』 설화 연구사와 그 문제점」, 『한국사연구 38』, 한국사연구회, 1982.

조미숙, 「한국문학의 세계문학의 가능성: 신상성을 중심으로」, 『인문사회논총』, 용인대학교, 2007.

조성애, 「축제와 원형적 세계관」, 『축제와 문화의 본질』, 연세대학교 출판부, 2006.

지용신, 「문학사 밖의 문인들: 재현된 서사와 이산체험의 복원-천운영의 「잘가라 서커스」와 황석영의 『바리데기』를 중심으로」, 『한국문예비평연구』 Vol 27, 2008.

최선경, 「『삼국유사』 불교설화에 등장하는 여성 인물 형상과 기능에 관하여」, 『인간연구』 Vol. 8, 가톨릭대학교 인간학 연구소, 2005.

하은하, 「『삼국유사』 소재설화를 이용한 문학 치료의 한 사례」, 『문학치료연구』 Vol.2, 한국문학치료학회, 2005.

황석영, 「삶과 글쓰기」, 『진보평론』 8, 2001, 185-198쪽.

■ 찾아보기

저자 | 표정옥

서강대학교 영문과와 같은 대학 국문과 대학원을 졸업했다. 서울대학교 국어교육과에서 박사후 과정을 마치고 서강대학교 학술연구교수와 서강대 국문과 대우교수를 거쳐 현재 숙명여자대학교 교양교육원 의사소통센터 교수로 재직하고 있다.

서강대, 연세대, 동덕여대, 숙명여대, 홍익대, 가톨릭대, 강남대 등에서 강의를 했고, 2009-2011년 학술진흥재단 시민강좌와 인문주간 프로젝트를 기획 및 총괄 하였다.

2008년, 2010년 대한민국 학술원상, 선리 학술상, 김구아카데미 학술상 등을 수상했으며, 서강대학교 50주년 학술총서, 연세대학교 문학의 기본개념 시리즈, 해상왕 장보고 재단, 아시아 연구재단, 대구대학교 대안문화 총서, 대구경북 연구원, 대교학술총서, 태평양학술총서, 한국연구원총서, 선진사회연구원 등에서 논문 및 저서 연구가 선정되었다.

저서로, 『문학과 게임(2006)』, 『현대문화와 신화(2006)』, 『서사와 영상, 영상과 신화(2007)』, 『문화의 역동성과 신화(2009)』, 『놀이와 축제의 신화성(2009)』, 『창의력과 상상력을 키우는 신화여행(2010)』, 『그곳 축제에서 삼국유사를 만나다(2010)』, 『동서양 서사문학의 환상과 기이의 미학(2011)』(공저), 『김유정의 귀환(2012)』(공저), 『글쓰기와 읽기(2011)』(공저), 『발표와 토론(2011)』(공저) 등이 있다.

양성성의 문화와 신화

초판 인쇄 ǀ 2013년 2월 15일
초판 발행 ǀ 2013년 2월 26일

저　　자　　표정옥

책임편집　　윤예미

발 행 처　　도서출판 지식과교양
등　　록　　제2010-19호
주　　소　　132-908 서울시 도봉구 창5동 262-3번지 3층
전　　화　　02-900-4520 / 02-900-4521
팩　　스　　02-900-1541
전자우편　　kncbook@hanmail.net

ⓒ 표정옥 2013 All rights reserved. Printed in KOREA

ISBN 978-89-6764-012-5 93810　　　　　　　　　　**정가** 20,000원

이 도서의 국립중앙도서관 출판도서목록(CIP)은 e-CIP홈페이지(http://www.nl.go.kr/ecip)에서
이용하실 수 있습니다. (CIP제어번호 : CIP2013000795)